10|18
12, avenue d'Italie — Paris XIIIe

Sur l'auteur

Né en 1939 à Edmonton, dans la province canadienne d'Alberta, Peter Bowen se dirige très tôt vers des études littéraires. Diplômé de l'université de Carleton en 1961, il obtient un doctorat de philosophie à l'université d'Oxford en 1969. Grand amoureux de la nature, il finit par s'installer dans le Montana, à la frontière du Canada, où il vit toujours, et devient écrivain. Auteur de chroniques humoristiques et d'essais, il se spécialise surtout dans les romans historiques avec *The Yellowstone Kelly* et les romans policiers avec *Gabriel Du Pré*, qui ont tous pour cadre cette région du Nord-Ouest américain qu'il affectionne tant. Cow-boy, guide de chasse et chanteur de folk à ses heures, Peter Bowen a su donner au héros des *Mystères de Gabriel Du Pré* une poésie et une authenticité certaines, et faire de cette série, qui compte aujourd'hui neuf titres, un véritable succès.

LE PAS DU LOUP

PAR

PETER BOWEN

Traduit de l'américain
par Carole d'Yvoire

1018

INÉDIT

« Grands Détectives »
dirigé par Jean-Claude Zylberstein

Du même auteur
aux Éditions 10/18

LA MAISON DU COYOTE, n° 3460
▶ LE PAS DU LOUP, n° 3463

Titre original :
Wolf, No Wolf

ISBN 2-264-03440-8

Chapitre premier

Du Pré jouait du violon dans le bar de Toussaint. L'endroit était bondé. Des cousins de Madelaine étaient descendus du Canada. Et comme on était en automne, les chasseurs d'oiseaux se trouvaient là aussi, pour tirer perdrix et gelinottes des High Plains.

Avec eux, ça allait. Par contre, les chasseurs de gros gibier étaient souvent des connards. Les chasseurs d'oiseaux aimaient la vie au grand air ; ils connaissaient la nature ou du moins voulaient la connaître. Les autres voulaient juste tirer sur quelque chose de gros, par exemple une vache.

Bart avait acheté pour deux mille dollars d'alcool, sans compter les tonnelets de bière, et les gens avaient apporté des plats en abondance. Tout était gratuit. Les enfants entraient et sortaient en courant. Les plus grands avaient droit à la bière.

Bart officiait au bar devant le vieux Booger Tom, perché sur un tabouret, sa canne posée contre le comptoir.

— Tu fais ça plutôt bien pour un homme que l'alcool a failli tuer, remarqua ce dernier. J'en connais qui supportent même pas l'odeur.

— Trouve Jésus ! dit Bart. Il n'est jamais trop tard pour changer de vie, mon frère.

Il alla prendre les commandes à l'autre bout du comptoir où Susan Klein, la propriétaire des lieux, lavait des verres à toute vitesse.

L'un des cousins de Madelaine jouait de l'accordéon, un autre de la guitare électrique. Ils étaient très bons.

Du Pré termina son morceau. Il était couvert de sueur. Il faisait chaud, humide, et le bar était tellement enfumé qu'on y voyait à peine. Madelaine se leva de sa chaise, son joli visage empourpré par le vin doux rosé qu'elle adorait. Elle passa ses bras autour du cou de Du Pré et l'embrassa longuement.

— Du Pré, dit-elle, tu me rends très heureuse quand tu joues ces belles chansons.

Du Pré prit le verre de whisky qui était passé de main en main depuis le comptoir.

— Pas mal, dit Du Pré en regardant son verre.

— Qu'est-ce qui est pas mal ? demanda Madelaine.

— Deux personnes seulement ont bu dedans au cours de son long voyage.

— Ils t'aiment, Du Pré, dit Madelaine en riant.

Elle portait une veste rouge, or, vert et bleu qu'elle avait ornée de perles. Il lui avait fallu quatre ans pour la faire. Les perles étaient minuscules et Madelaine avait quatre enfants.

Un jour, cette femme bien m'épousera, pensa Du Pré, dès que cette fichue Église catholique lui dira : « C'est bon, votre mari disparu est mort maintenant, vous pouvez arrêter de pécher en forniquant avec Du Pré. »

— Du Pré !

C'était le père Van den Heuvel. Du Pré aimait bien le grand prêtre balourd. Quand Madelaine harcelait Du Pré pour qu'il aille se confesser, il avouait vivre dans le péché avec Madelaine Placquemines et le prêtre disait : « Bon, je suis content pour vous. Allez, récitez cinq *Je vous salue Marie*, les paroles sont jolies. »

— Quelle belle musique !

Le père avait une bonne oreille et une très belle voix, mais il était si maladroit qu'il s'assommait souvent en se cognant la tête contre les portières des voitures.

— Jouez *The Big Rapids*, lui dit le père Van den Heuvel.

— D'accord, dit Du Pré. Je vais vous chercher à manger.

— Je peux...

— Non, dit Du Pré, si vous faites tomber une assiette, ça va encore, mais vous allez renverser toute une table, et les gens auront faim. Je vais vous chercher à manger.

Du Pré se fraya un chemin parmi la foule, parvint au buffet, remplit une assiette de viande, de salade de pommes de terre, de pain et de coleslaw. Il la rapporta.

— Asseyez-vous, je vous passe l'assiette après.

Le prêtre s'assit. Madelaine se tenait debout près de sa chaise pour éviter qu'il ne la renverse au cours de la manœuvre.

Du Pré resta debout, sirotant son whisky.

Les chasseurs d'oiseaux qui n'étaient pas de la région étaient faciles à repérer grâce à leurs vêtements chers, souvent de marque anglaise. Ils sentaient la poudre de fusil, le chien et l'armoise. Certains propriétaires de ranchs louaient leurs terres pour la chasse. Les chasseurs du Montana ne se sentaient pas encore lésés, mais cela viendrait quand ces terres leur seraient interdites et données aux étrangers qui pouvaient payer de plus gros droits.

— Belle fête, hein ? dit Du Pré en s'adressant à Madelaine.

Elle hocha la tête. Des gens arrivaient encore : deux couples vivant du côté ouest des Wolf Mountains, les

Stemple et les Ross. Du Pré avait souvent contrôlé leur bétail, jamais aucun problème. Il leur fit un signe de la main. Les deux couples se frayèrent un chemin jusqu'à lui.

— Du Pré ! salua Bill Stemple.

Il lui tendit la main. Du Pré la serra, hocha la tête et sourit aux autres.

— On a un problème, dit Stemple.

— Ah ?

— Il y a deux jours, un couple est venu chez nous et nous a demandé s'il pouvait chasser. Ils paraissaient corrects. Des Californiens, mais bon, on a dit d'accord. On n'a pas pris leur numéro de permis de chasse, bien sûr. Et puis, je suis allé en voiture vérifier mes réservoirs d'eau, et j'ai trouvé des clôtures coupées, et mes bêtes en liberté.

— Bon Dieu !

— On n'est pas du genre à penser du mal des gens à moins d'être sûrs, dit Bill Stemple, mais c'était que le début. Ces salauds ont tiré sur mes vaches, avec un 22 long rifle. J'ai fait venir le vétérinaire. À son avis, je vais perdre une vingtaine de bêtes. J'en ai retrouvé plusieurs mortes. J'ai encore du bétail là-haut dans les montagnes ; j'ai envoyé deux gars pour qu'ils le redescendent, je le mettrai au foin.

— Ils nous ont fait le même coup, dit Sally Ross. On en a déjà perdu dix-sept.

Vingt mille dollars environ, pensa Du Pré, chacun. Ça dépend. On verra quand ils feront leurs comptes, mais je parie sur vingt mille.

— Bon, dit-il, je prends mon manteau et on y va.

— Oh, ça peut attendre demain ! dit Sally Ross. Ils sont partis, ceux qui ont fait ça, on les a pas revus.

— À quoi ressemblaient-ils ?

— Des jeunes de la ville avec des vêtements de chasse qui sentaient le neuf. Ils avaient un springer à l'arrière de leur voiture, alors je me suis dit qu'ils étaient OK. Ce sont de bons chiens.

— Vous en avez parlé à Benny ?

— On est venus pour ça, répondit Sally. On nous a dit à son bureau qu'on le trouverait ici.

Benny Klein, le shérif, et sa femme Susan étaient les propriétaires du bar. Peu de choses arrivaient dans le comté sans qu'ils soient au courant, et très vite.

— Je ne l'ai pas vu, dit Du Pré. Demandez à Susan.

Le guitariste accordait son instrument. Du Pré remonta sur la petite scène dans le coin, et fit de même avec son violon.

Quelle merde ! pensa-t-il. On a eu des voleurs de bétail. On a eu un fou qui empoisonnait les chiens. Le bétail, c'est très précieux. Ils coupent les clôtures, ils les font monter dans un camion. Ils trouvent un petit coin tranquille pour les abattre. C'est très rentable.

Et maintenant, se dit Du Pré, tout le monde s'arrache l'Ouest. Ces nouveaux venus, ils se fichent de tout et de tous ceux qui étaient ici avant. Un endroit comme ça, c'est trop beau pour durer. Enfin, c'est encore pire à l'ouest de l'État. Il n'y a pas encore trop de monde ici. Tant mieux. Mais quelque chose est en train de changer.

Du Pré joua du violon une heure durant, de longues mélodies, sans pause. Il avait mal aux doigts, ils s'engourdissaient. Il sentit soudain des crampes à la main et dut s'arrêter. Il n'avait pas levé les yeux sur l'assistance.

Les gens le contemplaient en silence. Puis ils se mirent à applaudir, crier et siffler. Cela dura plusieurs minutes.

Moi, songea Du Pré, je joue toujours mieux quand je suis en colère ou que j'ai envie de baiser ou que je suis ivre et heureux. Je me perds dans cette musique.

Pourquoi ces gens sont-ils venus ? Est-ce que je vais foutre le bordel chez eux, moi ? Pourquoi ?

Benny Klein entra, s'arrêta un instant, et repéra Du Pré. Il lui fit signe de le rejoindre. Du Pré rangea le violon dans son étui, le confia à Madelaine, puis se fraya un chemin vers Benny. Ce dernier mit une main sur son épaule et l'entraîna dehors.

— Tu es au courant ? dit Benny.

— Ouais, un truc vraiment bizarre. Beaucoup d'argent fichu en l'air. Tu as une explication ?

— Oh, c'est encore pire que ce que tu imagines ! Il y a eu d'autres cas dans le Nord et l'Est. Mais ils ont trouvé là-bas ces prospectus à la con contre la présence du bétail sur les terres publiques.

— Ouais, c'est bien ce que je pensais.

Du Pré avait lu un article qui disait que tous les propriétaires de ranch, leurs familles, leurs bêtes devraient quitter le Montana de l'Est et le Dakota occidental. Ces dizaines de milliers de kilomètres carrés deviendraient alors un grand parc pour les bisons et les loups, et les touristes pourraient venir s'y amuser. Parmi les partisans de ce projet, certains ne voulaient pas attendre. Ils tuaient le bétail des éleveurs pour les inciter à partir.

— Du Pré, reprit Benny, j'ai un sale pressentiment. Ces imbéciles sont ici, et ils sont persuadés d'avoir raison. Ils se fichent des gens. Ils veulent arriver à leurs fins. Peu importe la façon dont ils y parviennent.

Du Pré acquiesça d'un hochement de tête.

— Ils ne savent pas où ils sont, continua Benny. Ils parcourent la région en voiture, en se disant que personne n'habite là. Mais si leur voiture tombe en panne, il faut combien de temps pour qu'on la repère ? Un quart d'heure, non ?

Du Pré hocha la tête.

— Ce qui m'ennuie, c'est que personne ne les a revus.

Du Pré regarda Benny un long moment. Celui-ci se roula une cigarette. Il paraissait très soucieux.

— À mon avis, on va bientôt te signaler des personnes disparues.

Benny acquiesça d'un hochement de tête.

— Ils sont morts, dit Du Pré. Mais on ne les a pas encore trouvés.

Benny leva les yeux.

— Je ne parie pas avec toi, dit-il. Je sais que tu as raison.

Chapitre 2

Du Pré attendait Taylor Martin et son hélicoptère. Il était dix heures du matin.

« L'air est meilleur à cette heure-là, avait dit Martin, on sera moins secoués. »

Du Pré se roula une cigarette, l'alluma et déboutonna sa veste de cuir.

Ces Martin, ils possèdent un ranch tellement grand qu'il faut trois hélicoptères pour rassembler leur bétail, pensa-t-il, c'est bien plus de bétail et de terres que je ne pourrais supporter.

Il entendit le *swock* des pales de rotor. Taylor Martin et son engin sortirent d'un canyon, huit kilomètres plus loin, et foncèrent à trente mètres au-dessus du sol. Ce type pilotait comme un cow-boy monte à cheval ; il était rapide, souple, précis. Il posa le petit appareil, et Du Pré courut vers lui sous une tempête de poussière. Il s'installa sur son siège et se débattit avec la ceinture de sécurité. Il rentrait à peine ses jambes dans l'appareil que Martin décollait déjà, en direction du nord-ouest. Les deux hommes observaient la terre sous eux, fendue par les ravines, et les affleurements rocheux couverts de genévriers. Cherchant quelque chose qui ne devait pas être là.

— Les *scablands*[1] ? cria Martin.

— Commençons par là, répondit Du Pré sur le même ton.

Martin quadrilla le terrain en faisant des allers et retours. Du Pré se tourna vers les crêtes qui menaient aux contreforts des Wolf Mountains, jetant un coup d'œil sur les ranchs, à la recherche d'un camion ou une voiture, d'un reflet de soleil sur une vitre. Un véhicule qui n'aurait aucune raison de se trouver là.

L'hélicoptère vibrait. Du Pré détestait ça.

Ce satané truc va exploser, on retrouvera trois boulons et un peu d'alu, c'est tout. Je vous salue, Marie.

Un coyote fila dans un pré puis plongea dans l'ombre d'un rocher. Du Pré regarda les deux fusils de chasse automatiques montés sur leurs supports. Martin mitraillait les coyotes avec.

— Là, en bas ! cria Martin.

Le bruit de l'hélicoptère faillit couvrir sa voix. Du Pré se pencha et regarda. Une Land Rover à quatre roues motrices s'était écrasée au fond d'une étroite crevasse. Des pies et des corbeaux, perchés sur les buissons autour de l'épave, allaient et venaient par les vitres cassées.

Dans les *scablands*, pensa Du Pré. On les tue d'un coup de fusil, on jette les corps à l'arrière, on balance la voiture dans une crevasse. On n'a même pas pris la peine d'y mettre le feu. Ça aurait attiré l'attention, de toute façon.

L'hélicoptère s'éloigna brusquement et revint. Martin parlait dans son micro. Du Pré vit la voiture de Benny filer sur la route poussiéreuse. Il se pencha vers l'oreille du pilote et lui cria de le déposer devant Benny.

C'est un homme sympathique, il n'aime pas les

1. Terres plates couvertes de basalte. *(N.d.T.)*

cadavres aux yeux becquetés par ces fichues pies. On ne peut même plus les abattre, c'est une espèce protégée.

Taylor Martin posa l'hélicoptère sur la route. Du Pré sauta et l'engin décolla. Du Pré se roula une cigarette, l'alluma et attendit. La voiture de Benny approcha dans un grondement, pas de gyrophare. À quoi bon ? Il n'y avait pas beaucoup de circulation par ici, pour sûr. Du Pré se plaça au bord de la route. Benny ralentit, s'arrêta et Du Pré monta dans sa voiture.

— Je n'ai pas besoin de ça, tu avais raison.

— On va là-bas, je descends voir, je te dis quand appeler le coroner.

— Le gouverneur a déjà contacté le FBI. J'espère qu'aucun de leurs agents ne se fera tuer. Tout ça sent mauvais, Gabriel, vraiment mauvais. Je me doutais que ça finirait par arriver. Je vais démissionner.

Du Pré hocha la tête.

Benny n'a jamais été fait pour ce travail, songea-t-il. Ça va se terminer par l'arrestation de nos amis et voisins. Mais je le ferai sans hésiter. La mort est une punition trop cruelle pour une simple connerie de jeunes.

— Là-haut, dit Du Pré en indiquant une piste défoncée.

La voiture de police cahotait sur le sentier. Benny roulait lentement, évitant les cailloux pointus qui risquaient d'abîmer la transmission ou le carter. La piste se terminait brusquement. Ils sortirent et regardèrent la crevasse. Le 4 × 4 se trouvait au fond, environ vingt mètres plus bas.

Du Pré lança une pierre. Quelques oiseaux décampèrent en battant des ailes avant de se poser de nouveau. Un sentier sinueux descendait vers l'épave. Du Pré s'y engagea, dérapant avec ses mocassins. Benny voulut le suivre.

— Tu restes là-haut, bon sang, Benny ! Tu as déjà vomi deux fois sur moi, j'ai pas envie que tu recommences.

Du Pré continua. Il se laissa glisser sur les derniers mètres et se rattrapa au flanc de la Land Rover. Toutes les vitres avaient explosé. Il regarda à l'arrière. Pas de sang. Une main inerte pendait au-dessus du siège arrière. Du Pré s'avança sur le côté. Un homme. Une femme. Les oiseaux et les animaux s'étaient attaqués à leurs visages. Une odeur fétide tout autour. Du sang sur leurs vêtements. Les cheveux trempés de sang.

Il regarda le siège avant, puis se redressa.

— Benny !

— Ouais !

— Il y en a deux. Tu peux appeler maintenant !

Le visage de Benny disparut de sa vue.

Du Pré fit le tour du véhicule. Deux fusils de chasse rangés dans leur étui dépassaient de la portière du conducteur ouverte, de l'eau croupie s'écoulait d'une glacière.

Alors, se demanda Du Pré, où est cet épagneul springer ? On a un chien par ici, peut-être que les coyotes ne l'ont pas encore mangé. Peut-être que le chien est mort là où ces gens ont été tués.

Du Pré remonta tant bien que mal. Il se hissa au bord en s'accrochant à un buisson. Benny était assis dans sa voiture. Du Pré le rejoignit, s'appuya contre le capot et fuma une cigarette.

— On nous envoie deux médecins légistes par hélicoptère, annonça Benny. On va avoir beaucoup de monde sur cette affaire, bon sang !

Il sortit de la voiture.

— Benny, mon ami, tu abandonnes maintenant. Tu démissionnes aujourd'hui.

Benny leva les yeux.

— Voilà ce qui va arriver si tu restes : ils vont

croire que tu es dans le coup et t'accuser. Ils essaieront de te faire peur, de toute façon. Mais ne reste pas, cette affaire-là risque de te tuer. S'il te plaît.

Benny hocha la tête.

— Susan m'a dit la même chose. Mais qui va me remplacer ? Ils feront la même chose avec eux, tu sais. Je ne peux pas partir comme ça, et les laisser pendre mes amis. J'ai prêté serment.

— Tu n'as jamais juré de te battre contre les types du FBI. Ils se fichent d'attraper la bonne personne, tu sais, tout ce qu'ils veulent, c'est un coupable. On dit qu'ils se sont améliorés. J'espère que c'est vrai, mais cette histoire va te tuer. Et alors, je n'aurai plus d'endroit où inviter Madelaine à boire du rosé, où jouer du violon.

Benny réfléchit puis dit :

— C'est de la lâcheté.

— Ha, dit Du Pré, rien à voir. Arrêter des gamins, des cambrioleurs, un idiot qui pique une voiture, un ivrogne qui tue sa femme, c'est une chose. Là, c'est différent.

— Je sais, dit Benny, mais qui sera shérif à ma place ? Mes adjoints ? Je ne veux pas leur coller ça sur le dos. Je voulais ce travail, vraiment.

— Pas eux, dit Du Pré. Tu as raison.

— Toi ?

— Non. On va se coltiner le FBI. Il faut un homme qu'ils ne puissent pas bousculer, tu comprends ?

Benny tira une bouffée de sa cigarette.

— On est des petites gens, ici, Du Pré, dit-il. On n'a ni argent ni pouvoir. On est des petits éleveurs, des voyageurs de commerce. On a deux avocats, le médecin le plus proche est à Miles City. On va se retrouver avec une putain d'armée d'agents fédéraux, de journalistes, de curieux qui voudront écrire l'histoire pour le compte d'éditeurs de récits criminels. Un vrai zoo ! Et on va leur jeter en pâture un de nos amis ou voisins ! *On connaît ces gens, Du Pré, on les connaît.*

Du Pré hocha la tête.

— Tu me donnes un nom, un bon, et je démissionne. Si les gars sont d'accord.

Du Pré acquiesça. Une sirène hurla au loin. L'hélicoptère revenait, volant bas.

— Ils sont déjà là, dit Du Pré.

— Qui ?

— Les gars du FBI. Ce n'est pas un pulvérisateur d'insecticides.

L'hélicoptère de Taylor Martin dans lequel il était monté était petit. Cet engin, bien plus gros, avait des moteurs d'avion à réaction.

Et voilà la putain de cavalerie ! pensa Du Pré. C'est charmant. Ils vont peut-être avoir leur foutu Little Big Horn, eux aussi !

Ils attendirent.

— Je sais qui peut faire ça, dit Du Pré.

— Quoi ?

— Pas tuer ces gens. Te remplacer comme shérif.

— Je pense le savoir aussi, fit Benny.

— Bart ! dirent-ils à l'unisson.

— Parfait, dit Benny. Il est riche comme Crésus, il a cessé de boire depuis un bon bout de temps et il ne se laissera pas faire. D'accord, tout ça, on le sait. Mais est-ce qu'il va accepter ?

— Si je le lui demande, oui.

C'est mon ami. Il y a des années, c'était un ivrogne riche mais il est bien maintenant, les gens l'aiment et le respectent. Il est très puissant, et dispose d'un conseiller juridique, Charles Foote, très agressif. Oui, c'est lui qu'il nous faut.

Sa dame, la jolie Michelle, le flic, elle l'a laissé tomber. Elle aime trop Washington. Elle est folle. Il ferait mieux d'accepter, ça lui changera les idées. Elle déteste le Montana. Il est resté ici assez longtemps pour qu'aucun autre endroit ne soit assez bon pour lui. Elle a compris ça, aussi.

La vie peut être très triste.

L'hélicoptère tournoya autour de l'épave, couvrant de poussière Benny et Du Pré, qui se mirent à l'abri dans la voiture.

— Sales cons, dit Benny.

— Pour ça, tu peux compter sur eux, dit Du Pré.

Le gros engin se posa. Quatre hommes en costume sombre sautèrent dans les cactus. Ils s'accroupirent puis se précipitèrent vers Benny et Du Pré.

— J'ai une idée géniale, dit Du Pré.

— Quoi ?

— Verrouille les portières.

Benny haussa les épaules et appuya sur le bouton de fermeture automatique des portières.

— On attend qu'ils arrivent, dit Du Pré.

— D'accord.

— On leur fait un bras d'honneur.

Benny acquiesça d'un hochement de tête.

— Puis on rentre.

Et c'est ce qu'ils firent.

Chapitre 3

Benny fit tourner son verre de whisky et contempla les glaçons.

— Tu dois le faire, Bart, dit Du Pré. On t'a aidé, tu sais, et maintenant les gens d'ici ont besoin de toi.

— Bon sang ! s'exclama Bart. C'est comme me filer un bâton de dynamite en me disant de sucer le bout qu'est pas allumé.

Il s'exprime comme un vrai gars du Montana, songea Du Pré.

— On a besoin de toi, répéta Benny.

— Je ne comprends pas, dit Bart. Tu démissionnes, mais comment je deviens shérif ?

— Les commissaires du comté t'engagent, dit Benny. Ils peuvent provoquer des élections, bien sûr, ou attendre une pétition. Mais il y a urgence.

Bart regarda Du Pré un long moment. Celui-ci ne détourna pas les yeux.

— Bien, dit Bart, je crois que je comprends. Je suis un étranger.

— Certains considèrent comme étrangers tous ceux dont l'arrière-grand-père n'est pas né ici, dit Du Pré. Mais ils sont peu nombreux. Tu es très apprécié. Tu as arrêté de boire, tu aides tout le monde, tu travailles. Combien de gens as-tu tirés d'embarras ? Et tu ne me racontes pas tout. Mais les nouvelles m'arrivent vite, tu sais, c'est une petite ville.

— Et qu'est-ce que je fais des coupables ? Je les arrête et je les conduis au tribunal. Je ne ferai rien d'autre. Ces imbéciles méritaient une bonne raclée avant d'être renvoyés à leur mère, pas d'être assassinés.

— Non, dit Du Pré, on n'aurait pas dû les tuer. Mais tu connais nos concitoyens et de quoi ils sont capables quand on les pousse à bout.

Bart hocha la tête. Le vieux Booger Tom avait probablement tué le précédent shérif alors que ce dernier tirait sur lui. Il n'y avait eu aucune preuve et Booger Tom prenait juste un air amusé quand on lui en parlait. Booger Tom faisait de ravissants licous en crin de cheval ainsi que des cordes et des cravaches. Il avait appris cela à la prison de Deer Lodge où il avait purgé une peine pour avoir tué deux hommes.

Je me demande ce qui s'est passé, songea Du Pré. Tout ce que Booger Tom a jamais dit à ce sujet, c'est qu'ils méritaient d'être tués. Ce qui est probablement vrai.

— Je resterai comme adjoint, dit Benny. Mais il n'y a que toi dans le comté pour faire ce boulot.

Bart hocha la tête.

— Merci.

— Merci ? s'étonna Benny. Bon sang, ça va être tout simplement horrible ! Je ne t'en voudrais pas si tu pissais sur mes chaussures.

Bart hocha la tête.

— Je vais appeler Guerdon Smith, annonça Benny en se dirigeant vers la cuisine.

— Cela peut même devenir pire, prévint Du Pré. Je veux dire, ils viennent ici, coupent les barbelés, tuent des bêtes. Puis il y a cette stupide histoire de loups qu'ils veulent réintroduire dans les Wolf Mountains.

Je crois que je vais aller assister à la réunion prévue à Cooper dans deux jours. Les gens vivent ici depuis longtemps, tu sais, ils n'aiment pas qu'on vienne leur dire : « Allez-vous-en, on ne veut pas de vous, on a une meilleure idée pour cette région. »

— J'avais oublié cette histoire de loups. Ils sont déjà là, eux aussi ?

Du Pré secoua la tête.

— Oh, je ne sais pas ! Ils arriveront un jour ou l'autre, feront un discours, monteront dans les Wolf Mountains. J'espère qu'ils en descendront. Tu sais, mon grand-père a tué les derniers loups du Montana, en 1923, avec Don Stevens.

— Un chasseur du gouvernement ?

— De temps en temps, il dirigeait aussi le journal de Great Falls.

Benny revint avec une expression radieuse.

— J'ai appelé Smith parce que c'est le plus intelligent et il a dit que...

Ils attendirent.

Benny fit un grand sourire.

— Il a dit qu'il contacterait les autres et que l'affaire serait réglée aujourd'hui. En fait, il a même dit qu'il allait venir et te ferait prêter serment au bar.

Bart hocha la tête.

— J'espère que je suis assez mûr pour ce boulot. Je savais que ce genre de choses devait arriver, mais je n'avais jamais pensé que je serais shérif à ce moment-là. Franchement, j'ai peur.

— Bien, dit Du Pré. Si tu n'avais pas peur, tu serais débile.

— Je suppose que j'aurai besoin d'un uniforme.

— On commande les nôtres à Chicago. Il faut compter quelques jours pour qu'ils arrivent. Il n'y a personne de ta taille ici. Tu es très costaud.

— Foote va détester cette histoire, dit Bart. Je dois l'appeler. Allez au bar, déjeunez, je vous rejoins dans un moment.

Du Pré et Benny quittèrent la voie privée de Bart et tournèrent sur la route principale.

— Je n'aurais jamais cru qu'il accepterait, dit Benny.

— Bart est encore plus grand que tu ne le crois. Le problème, quand on a beaucoup d'argent, c'est qu'il est plus facile de le gaspiller que de s'en servir pour améliorer les choses autour de soi. Il n'a pas choisi cette voie.

— Il a des couilles, c'est sûr.

Au bar de Toussaint, quelques clients consommaient des bières en grignotant des chips et des bretzels que Susan réservait aux habitués. Benny fit le tour du comptoir et alla dans la cuisine. Quand il revint avec Susan, elle avait les larmes aux yeux. Elle se pencha par-dessus le comptoir et saisit la main de Du Pré.

— Merci, dit-elle. J'étais dans tous mes états. Je savais que cela devait arriver, aussi.

Du Pré sourit.

— Bart, ça va lui faire du bien.

La porte s'ouvrit. Booger Tom et Bart entrèrent. Bart avait l'air un peu hébété. Booger Tom avait la mine sombre.

— Je travaille pour un représentant de la loi ? dit-il. Toute ma vie j'ai été un bon type malhonnête, honorable. J'ai jamais volé de cheval ou de vache. Bon, peut-être dans un de ces ranchs qui appartiennent à des gens de l'Est, j'ai oublié. Je n'ai dévalisé que deux fois une banque. Enfin quatre, peut-être. Je n'ai jamais tué personne qui ne le méritait vraiment. Je me réveille ce matin, je rote, je pète, je prends mon café, et j'arrive en ville avec le foutu *shérif* ? J'ai salement besoin d'un verre.

— Tu n'étais jamais monté dans une voiture avec un shérif ? demanda Du Pré. Répète ça en me regardant droit dans les yeux.

— Des tas de fois. Mais c'était différent.

— Tu aurais dû l'entendre crier, dit Bart. On aurait cru que je venais de lui faire la peur de sa vie.

— Merde ! dit Booger Tom.

— Je te conseille de te tenir à carreau, l'avertit Bart. Tu sais comme j'adorerais t'arrêter.

Les choses sont en train de changer, pensa Du Pré. Comme pour mon peuple quand les bisons ont disparu ou quand il a fui les Anglais en 1886 et quitté le Canada et la colonie de la rivière Rouge pour s'installer ici.

Le téléphone sonna. Susan alla répondre et apporta l'appareil à Bart. Il porta le combiné à son oreille et écouta.

— Je sais, je sais, Charles, mais je dois le faire. Je ne peux en conscience vous demander de venir. Mais j'apprécierais vraiment beaucoup. Je vous offrirai un gros duvet et une tonne de caviar.

Foote se montra expéditif. Bart rendit le téléphone à Susan.

— Alors ? s'enquit Du Pré.

— Il dit qu'il devrait me faire interner, mais qu'il comprend très bien et arrivera tard ce soir et aimerait qu'on aille le chercher à Billings. Il déteste les petits avions, surtout de nuit.

— On peut aller le chercher avec Madelaine si tu veux, proposa Du Pré.

Bart acquiesça, puis secoua la tête.

— Benny, je suis shérif, maintenant, dès que Guerdon arrivera avec sa Bible. Donc j'aimerais... Que dirais-tu d'emmener Susan à Billings ? Vous pourriez avoir...

— Qui s'occupera du bar ? intervint Susan.

La porte s'ouvrit. Trois hommes en costume sombre entrèrent. Ils scrutèrent un moment la pénombre, aperçurent Benny Klein, et s'avancèrent vers lui.

— Agent spécial Hansen, dit l'un d'eux, un grand brun ricanant. Et voici l'agent spécial Miller et l'agent spécial Houghton.

Benny hocha la tête.

— C'est inhabituel de trouver un shérif au bar quand une affaire de cette importance se produit.

— Je ne suis pas le shérif, dit Benny.

— On nous a dit qu'on le trouverait ici, dit Hansen.

— Il est ici. Bart, ces... euh... ces personnes aimeraient te parler, je crois.

— Bart Fascelli, se présenta Bart sans quitter son tabouret ni leur tendre la main.

— On a besoin de plusieurs choses, dit l'agent Hansen, un bureau, des téléphones, des fax...

Bart hocha la tête.

— Je vous suggère de les louer, dit-il en se levant. Vous êtes dans mon comté. Ce sont mes concitoyens. Une seule connerie, bande de merdeux, et je vous fiche dehors à coups de pied dans le cul.

— Eh, une minute ! cria Hansen. Le gouverneur a demandé notre aide...

— Je ne travaille pas pour ce satané gouverneur, dit Bart, alors allez lui demander de vous louer des bureaux.

Guerdon Smith fit son apparition accompagné de deux commissaires du comté. Il s'avança vers Bart.

— Vous jurez ? dit-il.

— Ouais.

Bart prit l'insigne que Benny avait posé sur le comptoir. Il l'épingla sur sa veste. Il se tint debout dans ses vieilles bottes, son jean déchiré et son blouson de cuir taché.

— Vous n'avez jamais vu *Le train sifflera trois fois* ? dit-il avec un grand sourire à l'agent spécial Hansen.

Chapitre 4

Du Pré se tenait au fond de la salle de réunion de Cooper. Un groupe d'éleveurs très en colère et quelques jeunes yuppies portant des vêtements aux vilaines couleurs avec de stupides bisons dessinés dessus se faisaient face.

— Nous allons maintenant écouter un témoignage concernant la réintroduction du loup gris dans les Wolf Mountains.

— On tuera ces salauds jusqu'au dernier! cria un éleveur.

Le premier orateur s'avança vers l'estrade. Il s'agissait d'une jeune femme portant des chaussures de randonnée et un gilet aux multiples poches.

— Nous avons besoin de rétablir les prédateurs dans... commença-t-elle.

Elle s'arrêta. De la bouse de vache atterrit sur elle et les agents de Fish and Wildlife[1] assis derrière une longue table sur l'estrade. Elle se baissa et tourna le dos au public. Quelque chose siffla au fond de la salle. Du Pré vit une boule puante se dissoudre dans une épaisse fumée. Il se précipita vers la porte et sortit

1. Organisme gouvernemental de protection de la faune et de la flore. *(N.d.T.)*

avant que la foule ne réagisse. Ils le suivirent, bientôt asphyxiés par la terrible puanteur.

Du Pré éclata de rire. Il portait ses vêtements métis : les hauts mocassins, la gibecière de la rivière Rouge, le chapeau, le pantalon en peau de daim, la chemise large et la veste en peau de bison.

Il se roula une cigarette, l'alluma et regarda la foule éternuer, tousser et pousser des jurons. L'auditorium du lycée allait devoir être aéré un sacré bout de temps. Les agents de Fish and Wildlife sortirent les derniers, en toussant et jurant.

— Pourquoi vous n'allez pas arrêter les braconniers, fils de pute ? cria une propriétaire de ranch. On n'élève pas notre bétail pour nourrir vos fichus loups et pour que des salauds de Californiens puissent venir s'amuser dans le Montana. On l'aime comme il est, notre Montana, et ça fait une centaine d'années qu'on est là.

Du Pré éclata de rire.

Bon sang ! pensa-t-il. Ils ont cru qu'ils allaient entrer ici comme ça, et nous dire : « Hé ! on vous ramène les loups, vous êtes contents, hein ? » Ces loups, je parie qu'ils ne vivront pas très longtemps.

La jeune femme qui avait essayé de prendre la parole s'avança vers Du Pré en s'essuyant les yeux. Elle toussa un peu.

— Excusez-moi, dit-elle. Qui êtes-vous ?

— Gabriel Du Pré. On ne vous a pas laissé votre chance, là.

Elle secoua la tête.

— Ces éleveurs, ils ne nous laisseront jamais faire. Mais j'ai déjà reçu des bouses de vache.

Du Pré attendit.

— Êtes-vous indien, je veux dire indien d'Amérique ?

— En partie. Je suis un Métis, Français Cree Chippewa.

— Oh ! Que pensez-vous de tout ça ?
— Hein ?
— De réintroduire le loup. C'est un animal sacré, non ?
Du Pré éclata de rire.
— Tous les animaux sont sacrés, tous, qu'ils aient quatre, six ou huit pattes.
— Nous sommes arrivés hier, et nous avons participé à une cérémonie de purification avec un chaman amérindien.
Du Pré lui sourit.
— Avec Benjamin Medicine Eagle, je suppose ?
— Oui, dit-elle. Vous le connaissez ?
— Oh, oui ! Je le connais très bien.
Un salopard fini !
— C'était très émouvant, dit-elle. Nous avons prié pour le retour du loup.
Du Pré rit.
— Pourquoi riez-vous ?
— Il s'appelle Bucky Dassault, il a molesté des enfants, a fait de la taule à Deer Lodge, s'est fait passer pour un thérapeute, puis s'est installé comme chaman. Ce type est mauvais. Combien vous a-t-il extorqué ?
— Euh... Oh ! mon Dieu !
— Il ne vous a pas accompagnée ici ?
— Si. Mais il est parti soudain, il avait oublié un rendez-vous.
— Non, dit Du Pré. Je pense qu'il m'a vu.
— Oh ! dit-elle, les yeux rougis par la fumée.
— Il n'y a pas beaucoup de chamans, dit Du Pré, ce sont des êtres rares.
— Il nous a envoyé un prospectus.
Du Pré hocha la tête. Un prospectus, des coupons, et puis quoi encore ?
— Que pensez-vous de cette histoire de loups ? demanda-t-elle.

— Ce n'est pas une bonne chose de les ramener, vous avez entendu parler des meurtres là-bas près des Wolf Mountains...

— Les éleveurs de bétail...

— Vous savez, c'est une très mauvaise idée de couper des clôtures et de tuer des bêtes.

— C'étaient des amis à moi.

— Je suis désolé.

— Je suis venue ici pour eux. Nous n'abandonnerons pas. Mais vous ne m'avez pas réellement dit ce que vous *pensiez.*

— Hum, mon grand-père a chassé les deux derniers loups du Montana avec Don Stevens. On les appelait Old Snowdrift[1] et Lady Snowdrift. L'année précédente, ils avaient trouvé leurs petits et les avaient envoyés au Smithsonian[2]. Don avait gardé une femelle et l'avait dressée, elle a joué dans des films muets avec un chien appelé Strongheart. Mon grand-père a élevé un mâle, mais il est devenu méchant et il l'a tué. J'ai encore sa peau.

Elle le regardait avec horreur.

— Donc, je ne crois pas que vos loups vivront très longtemps. C'est une très mauvaise idée de pousser à bout les éleveurs. Ils réagissent violemment.

La jeune femme mit sa main dans sa poche et en sortit un magnétophone.

— Je vais donner ça au FBI, dit-elle. Salaud !

Du Pré lui rit au nez. Il marcha jusqu'à sa Rover, monta dedans et rentra chez lui.

Ils sont étranges, ces gens, songea-t-il. Ils débarquent un beau jour en disant : « Vous voyez, tout a changé, nous vous l'avions bien dit. » Je n'aime pas

1. *Snowdrift* : congère. *(N.d.T.)*

2. *The Smithsonian Institution* : institution fondée en 1846. Possède seize musées à Washington. *(N.d.T.)*

ça du tout. Il faut que j'évite que d'autres idiots se fassent encore tuer. Cela ne va pas être facile. Ils sont si bêtes. Ils veulent vraiment faire partir tout le monde du *Big Dry*[1] en leur disant juste : « Allez-vous-en ! Déterrez vos ancêtres, prenez vos familles et partez. Nous, on veut un parc ici. » C'est dingue.

On se retrouve avec le FBI, avec des gens qu'on n'a jamais vus. Beaucoup de changements. Je ferais peut-être mieux de partir au Canada. L'ouest du Montana est un endroit triste. Des gens étranges s'installent ici, et ils se ressemblent tous, en général.

Un coyote traversa la route en courant.

Cet animal sacré, c'est un sacré farceur. Parfois, il se piège tout seul, il se laisse attraper par sa propre blague, et il glapit.

Je vais aller voir Benetsee, ce vieux coyote farceur, voir ce qu'il dit. À trois heures du matin, je serai chez lui.

Il glissa sa main sous le siège et attrapa une bouteille de whisky d'une pinte et but une gorgée, la Rover filant sur la route rectiligne. Il s'était acheté un paquet de cigarettes à la station-service. Il fuma, but et conduisit.

Il dépassa un véhicule de la police des autoroutes qui maraudait dans l'ombre au croisement d'une route. Du Pré soupira, appuya sur l'interrupteur qui déclencha la sirène et le gyrophare. La voiture de patrouille ralentit et éteignit ses phares.

J'aimais mieux le Montana avant que tous ces foutus travailleurs sociaux ne s'emparent du corps législatif.

Je les emmerde.

La vessie de Du Pré se signala à son attention. Il

1. *Big Dry Country* : le Grand Pays Sec, autrement dit, le Montana. *(N.d.T.)*

ralentit, se gara sur le côté, pissa sur la route, remonta dans sa voiture et repartit. La neige commença à tomber, des flocons épais, cela ne durerait pas longtemps.

Il se gara devant la cabane de Benetsee quelques heures plus tard. Il dénicha une bouteille de mauvais vin à l'arrière de la Rover et se dirigea vers la maison. Il cogna à la porte. Les vieux chiens de Benetsee aboyèrent.

— Hé ! vieux rasoir, faut que je te parle ! cria Du Pré.

Il attendit. Quelqu'un le saisit par l'épaule. Du Pré pivota sur lui-même.

— Ha ! dit Benetsee. Tu m'apportes du bon vin, j'espère. Et du tabac ? On boit, on s'en fume une. Viens.

Il ouvrit la porte. Une forte odeur de vieux chiens, de vieil homme, de vêtements sales, de fumée de bois et de vin rance accueillit Du Pré. Il se roula une cigarette, l'alluma et en prépara une autre pour Benetsee. Ce dernier remplit de vin un grand bocal sale et le but d'une traite.

— Sacré bon vin, dit Benetsee.

— Tu es au courant, toutes ces mauvaises nouvelles.

— Les gens doivent apprendre à se battre, et ils font la guerre, dit Benetsee. Drôlement triste, tu sais, des gamins. Ils sont morts maintenant, beaucoup de tristesse. Des parents perdent leurs enfants, tu sais, ils ne s'en remettent jamais.

Du Pré hocha la tête.

— Tu as quelque chose à me dire ?

Benetsee but une longue gorgée. Il tira une taffe.

— Ces morts, ils jouaient, c'est tout.

Du Pré hocha la tête.

— Ils se disent : on ramène le bison, on oublie les gens. On ramène le loup, il mange le bison, on oublie les gens. On fait un parc pour amuser les imbéciles qui porteront des plumes, essaieront peut-être de danser ou de frotter des boules de cristal.

Du Pré but un coup de whisky.

— Il y a si longtemps, tu sais, que nous sommes ici. Avant les Blancs, nous chassions le peuple de la viande pour l'honorer. Nous tuions le peuple de fourrure pour l'honorer et nous maintenir au chaud. Tous les peuples ont été créés les uns pour les autres, tu sais, et c'est ainsi que nous vivons tous ensemble. Entre la terre et le ciel. On se garde forts les uns les autres.

Du Pré hocha la tête.

— Ces gens, ils pensent qu'à jouer, dit Benetsec.

— Oui, acquiesça Du Pré.

— Donc la terre les hait. Je n'ai jamais senti ça avant. La haine de la terre.

Du Pré hocha la tête.

— Il faut que j'aille dormir, dit-il.

Il roula jusque chez Madelaine.

Chapitre 5

— Du Pré, dit Madelaine, tu m'inquiètes.

— Ah !

— Tu es vraiment de mauvaise humeur. Ces gens t'ont bien énervé. Tu n'en tues aucun, d'accord ?

— D'accord.

Madelaine reposa sa tête sur l'oreiller. Ils étaient au lit. Le vent et la pluie glacée frappaient aux fenêtres. La buée recouvrait les vitres.

— Tu m'accompagnes à la messe ?

— Non, dit Du Pré, je dois aller voir ce type du FBI, Hansen, il veut me parler. Je lui ai dit que je serais là à dix heures.

— Je prierai pour ton âme. Je prierai pour le cul de ce Hansen.

Du Pré éclata de rire.

— Prie plutôt pour le tien, dit-il en l'embrassant.

Après, ils s'assirent dans la cuisine. La télévision faisait un raffut terrible dans le salon. Ses enfants, des ados, la regardaient par habitude.

— Tu me déposes à l'église, et tu viens me chercher ?

— Tu y seras trop tôt.

— Jour de confession.

Tout ce qu'elle a à confesser, c'est qu'elle pèche

avec moi, depuis six ans. L'Église n'aime pas ça. Mais le père Van den Heuvel, il lui donne juste quelques prières avec de jolis mots.

Du Pré la déposa devant la petite église en bois de cèdre. Il repartit, tourna et roula jusqu'au terrain de camping où le FBI s'était installé. Ils y avaient été obligés, personne n'ayant accepté de leur louer un local. Bart, quant à lui, leur avait interdit d'utiliser ses bureaux. La propriétaire du camping, Susan Klein, leur avait donné une place à l'écart de tous qu'elle leur louait à la journée. Elle venait chercher le loyer tous les matins, souriant, et menaçait de les virer s'ils l'énervaient trop.

Le FBI avait dû faire venir par camion de Miles City une caravane extralarge pour travailler. Le toit était couvert d'antennes et de paraboles. Du Pré se gara, avança d'un pas nonchalant vers la caravane et entra.

Hansen, assis à son bureau — légèrement plus grand que ceux de ses laquais —, leva les yeux d'un air renfrogné.

— Vous êtes en retard, dit-il.

— Je m'en fous, dit Du Pré d'un ton suave. Bon, alors, qu'est-ce que vous voulez ?

Hansen lui lança un regard furieux.

— Bien, dit Du Pré, vous avez quinze secondes pour dire « Bonjour », comme ça, je sais que je ne parle pas à un con. Et alors peut-être que je resterai et on parle.

— Bonjour, dit Hansen en serrant les dents. Prenez un siège. Je vous sers un café ?

— Non merci, je ne bois pas dans ce genre d'endroit.

Il se roula une cigarette et extirpa un briquet de son jean.

— On ne fume pas, dit Hansen.

— Dans ce cas, je m'en vais.

— Merde ! dit Hansen. Allez-y, fumez.

Du Pré hocha la tête et alluma sa cigarette. Trois autres agents s'interrompirent dans leur tâche et s'approchèrent, traînant une chaise derrière eux. Ils se placèrent devant Du Pré. Il les regarda avec un sourire radieux.

— Qui a fait ça ? demanda Hansen. Qui a tué ces gens ?

— Ah ! je ne sais pas, je suis sûr que je les connais, je connais tout le monde, vous savez, mais je ne sais pas qui.

— C'est petit, ici, dit Hansen, vous avez bien dû entendre quelque chose.

— Questions idiotes, dit Du Pré. C'est tout ce que vous avez ?

Hansen frappa la table de son crayon.

— Je pars, dit Du Pré en se levant.

Il sortit de la caravane, monta dans sa Rover, fit marche arrière, tourna, reprit la rue principale et se dirigea vers le bar de Toussaint.

Susan Klein frottait le comptoir avec une éponge. L'odeur de Javel tranchait un peu sur la puanteur du vieux tabac. Elle leva les yeux quand il entra et lui fit un petit signe de tête.

— Sale temps, dit-elle.

Du Pré prit une bière dans la glacière et posa un billet de un dollar sur le comptoir. Il ouvrit la cannette et but.

— Je suis allé parler à ces types du FBI. Ils sont plutôt bêtes.

— Ils vivent dans un monde différent, Du Pré. Le nôtre est réel, la terre, le ciel. Les gens savent où ils sont. Et ça fait partie d'eux. Eux, ils ont des tas de jolis gadgets, mais personne ne leur parlera jamais. Tu sais comment ça va se passer. On va régler ça entre nous.

Du Pré hocha la tête.

— Je n'aime pas ça.

Des journalistes de la télévision étaient venus, avaient posé des questions, n'avaient pas obtenu de réponses et étaient repartis bredouilles. L'agent Hansen n'avait aucune piste et Bart leur avait annoncé qu'il leur parlerait quand il aurait quelque chose à leur dire. Quand ils avaient appris que Bart était Bart Fascelli, un multimillionnaire travaillant comme shérif dans le Montana profond, ils avaient débarqué en masse chez lui pour repartir en masse sous les balles de Booger Tom qui visait leurs pieds en criant que les prochaines seraient pour les caméras.

— Je ne gaspillerais pas une cartouche pour *vous*, avait-il dit.

Des dizaines de millions de téléspectateurs l'avaient entendu dire cela sur le réseau international.

Des journalistes de la presse écrite allaient et venaient sans obtenir aucune information. L'une des victimes était la fille d'un membre du Congrès.

— Bart, il s'est débarrassé d'eux comme de la mauvaise herbe, commenta Du Pré.

— Bien, dit Susan. Bon sang, c'était l'homme qu'il nous fallait. Le pauvre Benny serait devenu fou.

Foote était arrivé. Bart l'avait rapidement nommé adjoint et mis au travail comme porte-parole. Les journalistes qui le travaillaient au corps avaient l'impression d'essayer d'ouvrir une noix avec une banane.

Le gouverneur avait envoyé plusieurs agents de l'État, qui étaient restés environ quatre heures. Bart avait téléphoné au gouverneur, et ils étaient repartis.

Du Pré but sa bière et regarda la télé. Le spectacle du journal télévisé. Aucune piste nouvelle pour les meurtres du Montana, disait le présentateur, avant de changer de sujet.

— S'ils s'imaginent qu'on tue les étrangers, cela les fera peut-être rester chez eux, dit Susan.

Du Pré haussa les épaules. Ce ne serait pas si mal.

Bart et son adjoint Foote entrèrent dans le bar, secouant la neige qui fondait sur leur uniforme. Celui de Foote était trop large pour lui : il l'avait emprunté à Benny Klein. Ils s'avancèrent vers Du Pré et Susan. Elle leva les yeux.

— Un café, dit Bart.

— Un cognac, dit Foote.

— Tu bois pendant le service, je te donne un blâme.

— Te gêne pas pour moi, dit Foote.

Il fit tourner la boisson dans son verre ballon et la huma. Il hocha la tête. C'était l'unique bouteille de cognac de cette marque dans Toussaint, et le seul verre de ce genre aussi, d'ailleurs.

— Les gars du FBI, ils m'ont fait venir pour me poser des questions stupides. Ils m'ont demandé qui a fait ça. Je leur ai dit que je suis sûr que je les connais, mais que je ne sais pas qui, raconta Du Pré.

— Ce n'était pas les Stemple ni les Ross, dit Bart, ils se trouvaient à Miles City au moment des meurtres. Bon sang ! Ils ont découvert leurs clôtures et leurs bêtes deux jours après.

— On a trouvé quelque chose dans la voiture ? demanda Du Pré.

— Non, dit Bart, peut-être que le FBI sera plus efficace, avec tous ses gadgets... Tous les deux tués d'une balle dans la tête avec une arme très puissante. Aucun projectile n'a été retrouvé puisqu'ils n'ont pas été abattus sur place. Aucun trou dans la Land Rover.

— Où est le chien ? demanda Du Pré. Ils avaient un épagneul springer.

— Oui, j'y ai pensé, dit Bart. Mais il y a beaucoup d'épagneuls springers dans le coin.

— Il y avait peut-être un carnet de vaccination dans la Land Rover ?

Bart secoua la tête.

— Les vétos ?

Les deux vétérinaires du comté s'occupaient en général de gros animaux.

— Aucun des deux n'a vu le chien.

— Alors, il est probablement mort lui aussi, dit Du Pré, ou bien il s'est enfui, et quelqu'un l'a trouvé, mourant de froid, de peur et de faim, et l'a emporté chez lui. Des chiens comme ça, ça vaut cher.

Bart hocha la tête. Il but son café. Ils contemplèrent le miroir au-dessus du comptoir.

— Si on trouve le chien, reprit Bart, qu'est-ce qu'il nous dira ?

— Les chiens nc parlent pas, d'habitude, dit Foote.

— C'est tout ce que nous avons pour le moment, dit Bart, à moins qu'un individu entre ici et dise : « C'est moi qui ai fait ça, je vais vous dire comment, prenez ma déposition. »

— Quelqu'un le fera sans doute, plusieurs même, qui sait. C'est une affaire plutôt spectaculaire. Ça attire les cinglés. C'est comme la politique.

— Cet uniforme, cela ne vous ressemble pas, dit Du Pré en s'adressant à Foote.

— Tu parles ! J'en ai commandé un autre.

— Un tailleur chic de Chicago ?

— Un tailleur chic de Londres. La maison travaillait déjà pour les contemporains de Lord Nelson.

Du Pré haussa les épaules.

— Faut que j'y aille.

Fiche le camp une minute, pensa Du Pré, réfléchir à ce chien.

Il sortit dans la tempête. Il entendit des enfants rire puis trois d'entre eux le dépassèrent en courant. Un chien les accompagnait en gambadant joyeusement autour d'eux, les couvrant d'eau et de boue. Un épagneul springer. Les enfants de Packy Jones, le maréchal-ferrant.

Du Pré monta dans sa voiture et démarra. La maison des Jones ne se trouvait qu'à cent mètres, mais le temps était épouvantable. Il roula lentement.

Chapitre 6

— Elle courait sur la route là-bas, dit Packy, couverte de boue et grelottante. Je me suis arrêté, j'ai ouvert la portière, elle a sauté dans la voiture comme si j'étais son maître.

— Où l'as-tu trouvée ? demanda Du Pré.

— Là-haut sur la route qui coupe le sentier forestier, derrière chez Tor Oleson.

Cinquante kilomètres plus loin. Les coyotes ont pu la poursuivre jusque-là pendant des heures. Ils ne l'ont pas tuée. Elle devait être en chaleur.

Les frères Oleson n'ont tué personne, ils n'y voient pas assez bien. Et ils n'ont sans doute rien entendu. Du Pré les avait écoutés jouer du violon. Le bruit était horrible.

— Elle n'avait pas de collier, reprit Packy, je me suis dit qu'un chasseur l'avait perdue. Si quelqu'un l'avait réclamée, je l'aurais rendue, bien sûr.

Les enfants arrivèrent avec la chienne heureuse et mouillée. Elle s'avança vers Du Pré d'un pas timide et suspicieux. Elle renifla le bas de son pantalon. Il se pencha vers elle et lui caressa la tête. Elle se roula sur le dos. Elle portait un tatouage sur le ventre, bleu clair sur sa peau rose. Un numéro de téléphone. Du Pré le nota.

La télévision de Packy hurlait dans un coin. La jeune femme assassinée devait être enterrée ce dimanche après-midi.

« Du nouveau dans l'affaire des meurtres du Montana, disait le présentateur d'une voix monotone. La police suspecte un tueur en série. »

Pour deux personnes retrouvées dans leur voiture, un tueur en série ? songea Du Pré. Deux jeunes idiots tués et jetés dans un fossé. Ces gars du FBI se prennent pas pour de la merde. Un tueur en série, ha !

— Bien, dit Du Pré. Packy, tu gardes le chien, je n'en parle à personne. Les gars du FBI sont capables de la passer au détecteur de mensonges, ça la rendra nerveuse, ils n'obtiendront rien d'elle, ils l'enfermeront dans une pièce, la frapperont avec des tuyaux ou un truc de ce genre. Ouais, tu la gardes et tu n'en parles à personne.

— J'en ai déjà parlé à Bart et à Susan Klein, dit Packy, au cas où quelqu'un rechercherait le chien. J'en ai eu deux écrasés, tu sais, c'est comme perdre un enfant.

— Oh !

Pourquoi ils m'ont pas parlé de ce foutu chien ? On va faire une blague à Du Pré.

— Merci, dit Du Pré. Je reviendrai. Une belle bête.

Du Pré retourna au bar. Bart était assis à la même place.

— Il a un joli chien, Packy, dit Bart en rigolant. Et, oui, c'est le bon chien. Le numéro de téléphone correspond à un service de recherche. Tu fais tatouer ton chien, quelqu'un le trouve, il appelle ce numéro. Elle appartenait au petit ami de la fille. J'avais peur que tu parles du chien au FBI, continua Bart. Les enfants de Packy adorent cette bête, et c'est réciproque. Le chien est heureux, et il ne sait pas reconnaître des photos d'identité judiciaire. S'ils avaient une piste, ils ne nous diraient rien. On les emmerde.

— Tu es prêt à jouer cet après-midi ? lui demanda Susan.

Du Pré avait oublié. Un autre repas public avec musique.

Ma musique. Je m'amuse, aujourd'hui. J'irai traquer mes voisins plus tard.

— Faut que j'aille chercher Madelaine, dit Du Pré. Elle va préparer de l'agneau au riz et au laurier.

— J'adore cette femme, fit Bart.

Du Pré alla chercher Madelaine à l'église, la déposa chez elle et continua vers les terrains d'alluvion. Il aperçut les arbres penchés autour de la cabane de Benetsee et une traînée de fumée s'élevant de la cheminée. Il roula sur l'allée défoncée et se gara. Il frappa à la porte. Les vieux chiens aboyèrent, mais le vieil homme n'apparut pas. Du Pré fit le tour de la maison pour voir s'il n'était pas dans sa hutte de sudation.

Le brasier rougeoyait encore et le rabat de la porte était baissé.

Du Pré entendit le vieil homme chanter. Il attendit. La neige et la pluie diminuaient. Une éclaircie semblait s'annoncer à l'ouest. Du Pré entendit une voiture se garer. Il fit le tour de la maison. Le FBI ! Du Pré retourna à la hutte de sudation, s'accroupit derrière un buisson et attendit.

— Tu parles d'un homme-médecine ! dit Hansen en riant bruyamment.

Il frappa à la porte.

— FBI ! hurla-t-il.

Les vieux chiens aboyèrent. Du Pré siffla.

— Il y a quelqu'un derrière, dit un des agents.

Les trois hommes firent le tour de la cabane. Ils regardèrent la hutte de sudation. Pas le sol. Du Pré se trouvait à cinq mètres d'eux et les traces menaient directement à sa cachette. Les rabats de la hutte s'ouvrirent et Benetsee se glissa dehors. Il se redressa et regarda les trois hommes dans leurs costumes et manteaux de ville.

— Je ne parle pas aux mormons, dit-il. Allez-vous-en.

— FBI ! dit Hansen. Ou vous nous répondez ou on vous arrête et on vous emmène.

— M'arrêter ? dit Benetsee. Parce que je me purifie ? C'est une drôle de loi, ça.

— Très bien, vieux crétin.

L'un des agents s'avança vers le vieil homme et... glissa sur ses semelles fines. Il dut s'arrêter pour reprendre son équilibre. Benetsee sourit.

— Vous ne trouverez jamais. Vous ne savez pas voir. Retournez chez vous.

— Ça suffit, dit Hansen, vous savez quelque chose, on vous emmène.

Mais il avait du mal à avancer. Benetsee haussa les épaules et recula de quelques pas. Un agent déboutonna son manteau. Du Pré sauta sur Hansen. Il lui colla son 9 mm sur la nuque.

— Sale fils de pute ! dit-il. Tu n'as pas le droit de faire ça à ce vieil homme. Bande de salauds ! Sortez lentement vos armes et jetez-les à terre. Vous avez cinq secondes. Au moindre geste, je vous expédie dans l'Idaho.

— Obéissez, dit Hansen à ses hommes.

Plop. Plop. Plop.

— Vous vous tirez, maintenant, poursuivit Du Pré. Je vous rapporterai vos armes. Vous êtes trop bêtes. Continuez comme ça, c'est le meilleur moyen de vous faire tuer. Pourquoi vous faites ça à un vieil homme ?

Du Pré lâcha Hansen.

— Salauds ! Dérangez encore une fois ce vieil homme, et vous le regretterez.

— C'est vous qui allez le regretter, Du Pré, dit Hansen.

— Qu'est-ce que vous comptez faire ? Monter un coup pour me piéger, comme vous en avez l'habitude ? Non seulement vous êtes cons, mais vicieux.

Du Pré les raccompagna jusqu'à leur voiture. Ils montèrent dedans et partirent. L'arrière du véhicule dérapa. Apparemment, le conducteur ne savait pas conduire sur la neige.

Ils vont me créer des problèmes, ceux-là, pensa Du Pré. Qu'est-ce que je pouvais faire ? Les laisser bousculer le vieux Benetsee ? Il n'avait rien fait.

Du Pré se pencha à l'intérieur de sa Rover et alluma la radio.

— C'est Du Pré, dit-il, faut que je parle à Bart.

— Vous voulez dire le shérif ? demanda son interlocutrice.

Bon Dieu ! je hais cette femme, pesta Du Pré.

— Ouais, dit-il.

Elle lui passa Bart.

— Trois gars du FBI étaient ici chez Benetsee, dit-il, ils l'ont un peu bousculé, ils voulaient l'arrêter.

— Les salauds !

— Alors, j'ai enfoncé une arme dans l'oreille de ce Hansen et je les ai fait détaler.

— Gabriel ! je t'en prie, pas ce genre de choses. S'il te plaît.

— Je les emmerde, dit Du Pré. Benetsee n'avait rien fait.

Du Pré retourna à la hutte. Les rabats étaient fermés de nouveau et la fumée s'échappait par les fentes. Du Pré haussa les épaules et retourna en ville.

À l'endroit où la route s'inclinait dans un tournant, il aperçut des traces de pneus dérapant vers le cours d'eau en contrebas. Du Pré se gara, sortit et s'avança jusqu'au bord du fossé.

La voiture du FBI s'était retournée au fond du ruisseau. Hansen rampait pour en sortir.

Du Pré alla appeler la police, retourna sur les lieux puis se laissa glisser sur la pente.

Un autre agent était parvenu à s'extraire du véhicule. Le troisième était accroché tête en bas dans la voiture, évanoui. Du Pré déboucla la ceinture de sécurité et tira le corps à l'extérieur. Le moteur tournait toujours, on sentait une forte odeur d'essence. Hansen et son collègue rampaient encore à quatre pattes quand la voiture prit feu. On entendit des sirènes au loin. Hansen jeta un regard haineux à Du Pré.

— Répondez à ma question, dit Du Pré. J'essaie de deviner.

Hansen le contempla fixement.

— Vous rouliez, un coyote a surgi sur la route ?

Hansen hocha la tête.

— C'est drôle, dit-il, le coyote a traversé et alors...

Du Pré attendit.

— On aurait dit que quelque chose nous poussait dans le ravin.

L'ambulance s'arrêta sur la route au-dessus.

Chapitre 7

— Un coyote, hein ? dit Foote. La vie est parfois étrange.

Du Pré approuva d'un hochement de tête. Ils étaient attablés au bar où ils mangeaient un cheeseburger et buvaient une bière. Le feu brûlait dans le poêle à bois protégé par un écran de verre.

Ils étaient les derniers. Susan Klein les avait laissés en leur demandant de claquer la porte derrière eux. Le dîner à la fortune du pot avait été un succès. Comme toujours. Et Du Pré avait joué à la perfection.

— Quelle merveilleuse musique ! dit Foote. C'est d'origine celtique ? Cela ressemblait à des airs que j'ai déjà entendus, irlandais et écossais.

— C'est bien ça, répondit Du Pré. Nous avons du sang indien, français et écossais. Un vrai ragoût.

— M'avez-vous déjà expliqué ce que sont les Métis ?

— Des *voyageurs*[1], français, écossais, irlandais, tous catholiques, arrivés avec les Soutanes Noires. Des coriaces, ces jésuites. Les *voyageurs** ont épousé des Indiennes et ont fait des petits Métis. Certains vivaient

1. Les termes en italique suivis d'un astérisque sont en français dans le texte.

sur des réserves, d'autres non, la plupart sont partis. L'Amérique s'est faite ainsi, en général. Les Indiens nous traitaient de Blancs, les Blancs d'Indiens. La paix régnait grâce à nous, on prenait les merdes de tout le monde.

Foote éclata de rire.

— Vous ne vous êtes pas montré très pacifique avec Hansen, dit-il. Bon Dieu ! vous jouez avec le feu.

— Agir comme ça avec un vieil homme !

— Tout le monde ici refuse de leur parler, dit Foote. Et ils sont tellement habitués à résoudre les problèmes. Un meurtre, vous savez, si vous ne l'élucidez pas rapidement, vos chances de trouver le coupable se réduisent. En plus, ils travaillent sous pression. Trois d'entre eux sont à l'hôpital et on va nous en envoyer trois autres. Je crains vraiment qu'ils se penchent sur votre cas.

Du Pré hocha la tête.

Collez une arme sur la nuque d'un gars du FBI, ils en font une affaire personnelle.

— J'espère qu'aucun d'eux ne se fera tuer.

— Oh, non, autrement, on les verrait débarquer par centaines ! J'ai pu empêcher l'invasion jusqu'à maintenant. Mais nos politiciens estiment que de stupides gosses de riches se découvrant une passion pour l'environnement ont plus de valeur que des éleveurs remontant à six générations dont toute la vie est liée à la terre. Les gens qui sont ici depuis un siècle ou plus sont très indépendants. Ils ne sont pas simplement contrariés quand des étrangers se mêlent de leurs affaires. Ils ne le tolèrent pas du tout. Et cela m'inquiète. Beaucoup.

— Moi aussi, ça m'inquiète, dit Du Pré. Vous savez, si un gars du FBI menace un éleveur de son flingue, la femme de l'éleveur l'abattra comme un écureuil. Ces types du FBI, ils ne savent pas comment se tenir. Il faut qu'ils partent, qu'ils nous laissent, Bart, Benny, moi et les autres, nous occuper de cette affaire. Ils ne font qu'aggraver les choses.

— On parle beaucoup de conspiration.

— Vous pensez que des fermiers se sont retrouvés et se sont dit : « Hé ! ces imbéciles arrivent, on les attend, on les flingue, mercredi prochain à dix heures du soir, ça vous va ? » Bah ! Non.

— Expliquez-vous, s'il vous plaît.

— Bien. Ces crétins débarquent ici, mais ils ne connaissent pas le coin, ils roulent sans croiser personne et ils se disent : « Tiens, c'est vraiment désert par ici. » Mais je lance un pari, Foote : tirez sur un cerf en dehors de la saison de chasse, et vous verrez combien de temps il faudra avant que le garde forestier vous tombe dessus. Non, je sais ce qui s'est passé. Ces petits jeunes de la ville, ils veulent un joli endroit pour s'amuser. Mais ils ont peur, aussi. Ils sont sur un sentier de terre, ils ne voient personne autour d'eux, ils roulent lentement, ils font des allées et venues. Ils fument peut-être un joint, boivent un coup, ça aide. Ils sont là dehors dans la nuit, ils roulent lentement, les phares allumés. À quelle distance voit-on des phares dans cette région ? Oh ! quatre-vingts kilomètres, je dirais. Donc on les a repérés, et on est venu voir ce que fichaient ces gens dehors. Alors, ces gamins stupides sortent de leur 4 × 4 de luxe, coupent les barbelés, tuent quelques bêtes. Et ceux qui les observent voient rouge. Furieux, ils attrapent un fusil et tirent sur les jeunes. Et les tuent.

Foote hocha la tête.

— Je vois. Je suppose que dans cette région en apparence déserte quelqu'un est toujours en train de vous regarder.

— Toujours, confirma Du Pré. Maintenant, ceux qui ont tué ces deux jeunes cons, ils avaient déjà une dent contre les écolos. Mais faut les comprendre, ces types débarquent en force pour dire : « Vous êtes des gens mauvais, c'est notre terre maintenant, foutez le camp. » Et ils s'attendent à quoi ? Qu'on leur serve des bières gratuites ? Merde !

— Ils ne boivent pas d'alcool. Ils préféreraient de l'eau minérale de marque et du fromage sans matière grasse. Bon Dieu ! tous les habitants ici possèdent une arme. Je reconnais les gens du coin au râtelier d'armes dans leur pick-up. Plein d'armes. Des armes qu'il est même illégal de posséder, je parie.

Du Pré pensa à la mitraillette dans son grenier. Celle que Catfoot, son père, avait rapportée de la guerre. Un MP-40, Schmeisser. En parfait état de marche. Un jour, Du Pré pourrait en avoir besoin.

— Je vais vous raconter une histoire, dit Du Pré. On est au début des années soixante, et un fonctionnaire fédéral de l'aviation survole le Montana. Soudain, un autre appareil surgit à ses côtés puis s'approche. Le pilote porte un chapeau de cow-boy et des lunettes noires. Il sourit. Il fait feu avec ses mitraillettes, des canons de 20 mm, pour que le type sache qu'elles fonctionnent, des balles traçantes, vous voyez. Il fait un looping au-dessus du fonctionnaire pour qu'il voie qu'il ne porte aucun numéro d'identification. L'avion est recouvert d'une peinture de camouflage. Le fonctionnaire est fou de rage, il envoie des centaines d'inspecteurs à sa recherche. Ils ne l'ont jamais retrouvé. Il est encore là quelque part dans une grange.

— Hum, quel genre d'avion était-ce ?

— Un vieux Lightning P-38, dit Du Pré. Très rapide pour un avion à hélice. J'ai lu ça un jour. Un type du coin, avec un chapeau de cow-boy, est fou de son avion, il le bichonne, le maintient en bon état, huilé et tout.

— Doux Jésus ! je vois ce que vous voulez dire.

Du Pré alla au bar chercher un autre whisky et la bouteille de cognac. Il reprit sa place et se roula une cigarette. Foote alluma l'un de ses longs cigares noirs et se pencha en avant pour donner du feu à Du Pré.

— Je comprends maintenant pourquoi vous vouliez que Bart prenne le travail de shérif.

Du Pré hocha la tête.

— Les temps changent, pas les gens, dit Foote. Ils ne fuiront pas, ne plieront pas, ne céderont pas d'un pouce.

— Non, dit Du Pré, ils ne bougeront pas. Vous savez, ce qu'il nous faudrait, je pense, c'est un gars du FBI originaire du coin, quelqu'un qui connaisse nos coutumes. Il pourrait diriger ses collègues, leur éviter de se faire tuer. Parce qu'ils vont travailler très dur, et ça ne pourra pas finir autrement, je le sais, sûr comme l'enfer, et quand ça se produira, ils en enverront d'autres qui se feront encore tuer et ainsi de suite.

— Je vais voir ce que je peux faire, dit Foote.

Il prit son verre de cognac et alla passer deux coups de fil dans un coin.

Ah ! pensa Du Pré, j'ai pour ami un type qui peut téléphoner à Washington à trois heures du matin et être sûr qu'on lui répondra.

Foote revint s'asseoir, son cigare dans une main, son verre dans l'autre.

— C'est fait, dit-il. Espérons qu'ils ne feront pas tout foirer.

Du Pré se roula une autre cigarette, l'alluma et regarda la fumée s'élever en volutes bleues.

— Les temps changent, dit-il, beaucoup. Le vieux Benetsee, il écoute la terre, vous savez, il dit qu'elle lui parle comme jamais auparavant.

— Il a vraiment une incroyable force morale, dit Foote. Je n'arrive pas à comprendre comment ces types ont pu le traiter de cette manière. Moi, je *m'inclinerais* devant lui. Jamais connu ça avant. Donc un coyote a traversé la route devant leur voiture et ils ont senti une force invisible les pousser par-dessus bord... C'est curieux.

Du Pré hocha la tête. Son pouvoir va loin, très loin, songea-t-il. Il se souvint de la rivière de la Baleine.

— Ouais, dit-il. J'ai senti sa présence tout au long de mon voyage vers l'est, vers le Canada, vous savez, dans cette affaire avec Lucky, il y a quelques années [1].

Quand j'ai dû tuer un homme, Benetsee l'a su à l'avance.

— C'est possible, dit Foote, mais je dois vous prévenir que le FBI peut très bien envoyer un type de l'Ouest qui en est parti parce qu'il détestait cette région, et qui sera on ne peut plus heureux d'aggraver les choses.

— Merde !

— Mais que vouliez-vous dire par « les temps changent » ?

— La dernière fois que les choses ont autant changé, c'était en 1886, quand les Métis se sont soulevés au Canada. Ils se sont battus contre les Anglais. Ce pauvre fou de Louis Riel, il parlait avec Jésus, et Jésus lui a dit : « Pends deux Anglais. » Alors, Louis Riel n'a pas laissé son petit général, Gabriel Dumont, vaincre les Anglais. Les Métis ont perdu, les prêtres ont trahi le pauvre Louis Riel, et les Anglais l'ont pendu. Certains Métis se sont installés ici, d'autres dans le Dakota du Nord, puis le bison a disparu, et il ne leur est rien resté, peut-être un chariot de la rivière Rouge, une faux, une hache, deux chevaux. Neuf enfants sans doute. Ils sont restés ici. Les Indiens les détestaient et les traitaient de Blancs. Les Blancs

1. Cf. *La Maison du coyote*, 10/18, n° 3460.

les détestaient et les traitaient d'Indiens. Mais nous avons survécu.

Foote hocha la tête. Ils fumèrent en silence.

— Maintenant, ces nouveaux venus arrivent en disant : « Vous avez fait trop de mal, partez, on veut s'amuser sur votre terre, réintroduire les loups, les bisons. » Mais ils n'y connaissent rien, ces gens.

Foote hocha la tête.

— Les gars d'ici ne comprennent pas. Ils sont un peu troublés. Puis, quand ils finissent par comprendre, ils se mettent en colère.

Du Pré exhala la fumée vers le plafond.

— Et alors ? demanda Foote.

— Alors ils disent : « C'est un bon jour pour mourir. »

— J'ai déjà entendu cette réplique dans un tas de films.

— Ouais, dit Du Pré, c'est du Hollywood pur jus. Mais attendez, je viens juste d'y penser, ce que je dis est valable aussi pour vous.

Foote attendit la suite.

— Vous vivez dans cette région un certain temps, vous marchez dessus, vous l'écoutez parler, vous écoutez tous ceux qui la peuplent — les rochers, les arbres, les quatre pattes, les six pattes, le peuple ailé —, vous devenez indien. Cela arrivera. Vous ne le savez pas, vous êtes peut-être un éleveur, vous *haïssez* les Indiens. Mais cela vous prend malgré vous.

— Je vois, dit Foote.

— On doit arrêter ça, conclut Du Pré. Mais moi, je ne sais pas comment faire, c'est sûr.

Chapitre 8

Du Pré et Raymond, le mari de sa fille Jacqueline, étaient assis sur une barrière en train de fumer. Ils venaient de pointer un double chargement de veaux destinés à l'Est. On distinguait à peine le bruit des camions Diesel chargés du transport. Par cette chaude journée de novembre, la lumière était si dorée et l'air si pur que tout paraissait plus proche. Du Pré contemplait les Wolf Mountains.

— Eh bien, dit-il, si ces trous du cul veulent ramener les loups ici, je suppose que j'irai les tuer comme mon grand-père l'a fait avant moi.

— Je t'aiderai, dit Raymond.

— Non, je vais te dire un truc, si tu fais un jour ce genre de choses, tu le fais seul, et tu n'en parles pas.

— Mais tu viens d'en parler.

— Ouais, eh bien, maintenant je ne peux plus le faire. Quelqu'un d'autre s'en chargera à ma place, je parie.

Un faisan fila comme un éclair entre les herbes hautes du ruisseau de l'autre côté de la route. Un autre suivit.

— Quelqu'un en bas doit être en train de les chasser, dit Du Pré. Je me demande qui.

— Qu'est-ce que tu as trouvé sur ce chien que Packy a récupéré ?

— Oh ! il appartient au petit ami de la femme assassinée. C'est tout. C'était juste un service de recherche, vous trouvez un chien perdu, appelez le 800.

L'épagneul springer apparut soudain et s'élança dans les herbes. Du Pré tourna les yeux vers l'est et vit Packy avancer en tenant haut son fusil de chasse contre la poitrine. Un faisan s'envola devant lui, il tira d'un geste calme, boum ! un nuage de plumes.

Packy leur fit un signe de la main et disparut plus bas derrière une colline. Du Pré entendit une voiture approcher à toute vitesse.

Il conduit comme s'il était d'ici, pensa-t-il.

Une voiture métallisée du gouvernement apparut au sommet d'une colline et disparut de nouveau. Elle revint, vrombissant toujours, puis ralentit à quelque trois cents mètres et s'arrêta. Une femme en sortit d'un mouvement souple. Des mèches blanches parsemaient ses cheveux gris. Elle portait un jean, des bottes et une veste de cuir usé. Elle se pencha par la vitre ouverte, prit un chapeau taché et le mit. Elle s'avança vers Du Pré et Raymond, mâchant lentement.

Elle leur fit un signe de tête. Des yeux bleu clair, des rides autour de la bouche et des yeux. La quarantaine. Le dos droit. Une cavalière.

— Gabriel et Raymond, fit-elle avec un profond accent du Montana, on m'a dit que je vous trouverais ici. Je suis du FBI, chargée de m'occuper de ce bordel. Je m'appelle Corey Banning.

Gabriel et Raymond ôtèrent leur chapeau et lui serrèrent la main.

— Bien, dit-elle avec un grand sourire. Maintenant, j'ai un service à vous demander, j'espère que cela ne vous embêtera pas trop. Raymond, je dois parler avec

Mr. Du Pré, alors si vous pouviez rentrer en ville avec ma voiture, je la récupérerai plus tard.

— Je dois partir, de toute façon, dit Raymond. Vous retrouverez votre véhicule chez moi. Gabriel vous emmènera. Ravi d'avoir fait votre connaissance.

Il monta dans la voiture et démarra. Du Pré alla chercher une bouteille de whisky à moitié pleine et revint. Il la lui tendit.

— Merci, dit-elle.

Elle but une gorgée. Du Pré en prit une bonne lampée.

— Waouh ! s'exclama Corey Banning. Bien, le meurtre n'étant pas, comme vous le savez, un crime fédéral, je suis ici pour trouver qui a violé les droits civils des victimes, ce qui a dû se produire, je suppose, puisqu'ils sont morts. Je ne partirai pas tant que je ne saurai pas qui, pourquoi, où, quand, etc. Malheureusement, les agents du FBI manquent de la plus élémentaire courtoisie, mais je viens de dire très clairement aux trois types qui m'accompagnent et qui me détestent déjà qu'ils doivent s'adresser poliment aux gens ou quelqu'un leur fera sauter la cervelle.

— Bien. Maintenant je me sens un peu mieux. Je pensais qu'on allait peut-être avoir une guerre, vous voyez.

— Ouais, je sais, c'était mal parti. Vous et moi, on sait ce qui s'est passé. Ces petits imbéciles ont cru que personne ne les voyait et, bien sûr, il y avait quelqu'un, il a perdu son sang-froid et les a tués. C'est interdit par la loi, et de toute façon ce n'est pas bien.

— Ouais, acquiesça Du Pré.

— Donc, je vais retrouver ces types, dit Corey Banning, tous sans exception, ils seront jugés et envoyés en prison. Vous pouvez parier jusqu'à votre dernier cent là-dessus. Et si vous ou Bart — un type chouette, je l'aime bien — ou Benny Klein m'emmerdez, si vous retenez des informations ou enfreignez la loi, vous aurez droit au même traitement. Cela me paraît juste de vous prévenir. J'ai un boulot à faire et il se trouve que j'aime mon boulot.

Du Pré éclata de rire.

— Donc, je veux que vous me racontiez aujourd'hui tout ce que vous savez. Tout. Bien, on s'assied ici, si cela ne vous ennuie pas, on fume un peu, on boit de temps en temps, avec le sourire, jusqu'à ce que j'aie une réponse à toutes mes questions. J'aime qu'on réponde à mes questions, je ne bouge pas tant que je n'ai pas obtenu ce que je veux. Une vraie chieuse. Pas très rapide. Parfois, trois ou quatre jours plus tard, je me dis : « Tiens, je n'ai pas aimé cette réponse », et je reviens voir si ça a changé un peu. Ou peut-être je me dis : « Tiens, là, je l'ai mal posée cette question. »

— D'accord. Je suis très content que vous soyez là, vous savez pourquoi ? Benny a démissionné. Il ne voulait pas arrêter l'un de ses amis et voisins. Bart, il a péniblement dégluti et il a accepté.

— Très étrange, dit Banning. Un millionnaire, un ancien alcoolique désormais abstinent qui s'installe dans un bled paumé, et soudain il représente la loi ! C'est un type bien ?

— Oui. Je pense que ce sera un type très triste avant que ce soit fini, mais c'est un type bien.

— Des familles tristes viennent d'enterrer leurs enfants, Du Pré, rétorqua l'agent Banning. Ces gosses étaient trop bêtes pour comprendre dans quel pétrin ils se fourraient, mais ils ne méritaient pas de mourir. Et même si cela avait été le cas, on ne se comporte plus de cette manière.

Du Pré haussa les épaules.

— C'est comme pour ce gars que vous avez tué dans l'État de New York, reprit l'agent Banning, vous

vous souvenez, votre vieil ami Lucky ? Un sale type, je vous l'accorde. Vous avez agi comme il le fallait, et je peux le dire parce que nous n'avons jamais eu aucune preuve, et vous n'allez pas vous en vanter et dire : « Pendez-moi. » Mais je sais que vous l'avez fait, et évidemment vous savez que c'est illégal, et plus du tout à la mode. Même ici.

Du Pré se contenta de la regarder.

Ah ! oui, c'est quelque chose, cette femme, songea-t-il.

— Bien, poursuivit Banning, les Ross et les Stemple sont venus vous voir pour vous dire que leurs clôtures avaient été coupécs et leurs bêtes tuées, vous jouiez du violon au bar — j'adore cette musique, je viendrai la prochaine fois, comptez sur moi —, ils ont de bons alibis, donc ce n'est pas eux. Bien. Vous n'êtes pas un flic à proprement parler, je soupçonne que vous êtes trop intelligent pour en être un, ce que j'admire, mais quand on retournera en ville, vous irez voir ce cher Bart qui vous attend au bar avec un insigne parce que je le lui ai demandé gentiment, en battant les cils de mes jolis yeux bleus et en remuant mon cul sous son nez. Non, en fait, je lui ai dit que ce serait plus facile, et il a été d'accord.

— Combien de temps avez-vous mis pour le convaincre, demanda Du Pré, juste pour savoir ?

— Oh ! environ deux minutes, je crois. Vous savez, je me mets à hurler, j'écume, je mords. Je lui ai proposé un marché : il vous colle un insigne, j'interdis aux trois minets qu'on m'a collés sur le dos de sortir de leur caravane ; ils peuvent rester assis à se toucher le zizi ou répondre au téléphone, je m'en fiche. Ils sont parfaitement inutiles, mais le bureau principal veut toujours faire dans le social. On ne va pas laisser ces pauvres petits dans la rue. Je me débarrasserai d'eux dès que possible, mais vous le savez, si je les laisse sortir, ils se feront tuer, et je me le reprocherais. Ce n'est pas vrai, je m'en ficherais royalement, mais c'est interdit par la loi, et ça, je ne m'en fiche pas, et je devrais mener d'autres enquêtes, et mes supérieurs s'énerveraient et penseraient que je fais ça pour pouvoir rester ici. Vous savez comment fonctionnent leurs petites cervelles : au ralenti ! Ils sont si bêtes, tout ce que j'ai à faire, c'est leur donner un os à ronger une fois par semaine.

Du Pré hurla de rire.

— Je sais, je suis une comique. Écoutez, j'ai besoin de votre aide, vraiment. Ça vous est déjà arrivé de vouloir quelque chose au point que vous pouviez presque la sentir ? De vider votre compte pour l'avoir ? Vous voyez ce que je veux dire ? Eh bien, c'est pareil, je vous veux comme adjoint, Du Pré, jusqu'à ce que l'affaire soit bouclée. C'est comme ça et pas autrement.

— D'accord, dit Du Pré, mais on laisse Benny en dehors. C'est un type trop gentil pour ce genre de boulot.

— Je sais, j'en ai déjà parlé avec sa femme, et on s'est mises d'accord. Je ne veux pas plus de pertes qu'il n'en faut, il ferait tout foirer, et je devrais l'arrêter.

Du Pré hocha la tête.

— Encore un petit coup, s'il vous plaît, demanda l'agent spécial Banning. Bon sang ! je prête mon véhicule de fonction, je bois pendant le service, je manque de respect envers mes supérieurs. Je devrais faire un rapport sur moi, mais je n'en ai pas envie.

Elle but une bonne gorgée de whisky.

— Voici ma première question, dit-elle, et aussi ma dernière jusqu'à ce que j'en trouve une autre, ce qui peut prendre un certain temps.

Du Pré attendit.

— À quelle distance sommes-nous de chez cet homme-médecine ? J'ai posé un sac avec des offrandes près de votre Rover, j'aimerais beaucoup faire sa connaissance et lui présenter mes respects.

Du Pré la regarda.

— Je vous y emmène. Il s'appelle Benetsee.

— Ben-et-see, répéta lentement l'agent Banning, Mr. Benetsee.

— Non, dit Du Pré, Benetsee tout court.

— Très bien, je ne lui donnerai pas du « monsieur ».

Chapitre 9

Mais Benetsee n'était pas là. La hutte de sudation était froide et vide, la cheminée ne fumait pas. Les chiens se tenaient sur le seuil de la cabane. Il y avait une pile d'os rongés et de viande un peu plus loin. Ils pouvaient boire au ruisseau, manger les restes et dormir au chaud sous le porche. L'agent Banning se gratta l'oreille.

— Je pense qu'il nous observe, dit-elle, soit derrière ces rochers là-haut, soit derrière les saules de l'autre côté du ruisseau. Ça vous ennuie si on attend un peu ? En fait, on va attendre un peu. Il faut que je lui parle. Oh ! et puis non, je vais vous dire ce qu'on va faire. Je parie qu'il y a un billot là-bas ; je vais y aller, déposer la bouteille de vin, le tabac et la viande dessus, et puis revenir. Nous, on s'assoit sur le porche, on se boit un peu de whisky, je vous tape deux clopes et on attend.

— Je dois retrouver ma Madelaine dans une heure, dit Du Pré, je ne peux pas rester.

— Non, je lui ai déjà parlé. Vous voyez, elle était au bar quand je discutais avec Susan Klein, et je lui ai dit : « Écoutez, je dois le faire avec votre Du Pré, désolée. » Elle a dit que c'était d'accord et que je vous botte le cul si c'était nécessaire.

Ouais, ça ressemble à ma Madelaine, ça, pensa Du Pré, tout à fait elle. Elle doit trouver ça très drôle.

— Donc on attend son retour. On attendra toute la nuit, toute la journée de demain et toute la semaine, et on sera encore là quand cette putain de neige fondra s'il le faut, mais je dois parler avec Benetsee et je ne vois pas comment le faire sans vous.

Elle fit le tour de la maison, posa le vin, le tabac, la viande et un petit couteau sur le billot. Elle tira une natte d'herbe douce de sa veste, l'alluma et la posa sur une pierre par terre.

— Oncle, cria-t-elle, il faut que je vous parle ! Vous pouvez m'aider, s'il vous plaît !

— Bien, dit Du Pré.

— J'ai entendu dire que c'est une personne très sacrée, et je ne ferai pas la maligne. Ma mère avait un cancer du foie, et à la clinique Mayo on lui avait dit de rentrer chez elle mourir en paix. Je l'ai emmenée voir une personne comme ce Benetsee ; aujourd'hui elle a soixante-seize ans, et elle en est à son troisième mari, les deux autres sont morts.

— Oh ! dit Du Pré.

— Mon père était pilote d'essai, vous savez ce que c'est. Je l'ai perdu quand j'avais trois ans. Le suivant était un avocat alcoolique, vous savez comment ça finit.

— Oui, dit Du Pré.

Il attendit quelques instants puis reprit :

— Et le troisième ?

— Un type vraiment bien. Un saxophoniste aveugle. Un homme merveilleux. Aveugle et noir. Ils vivent à Paris.

Du Pré éclata de rire.

— C'est vrai, dit Banning, un type super. Elle est géniale. Elle m'envoie de la lingerie fine. Elle me dit de me marier.

— Et... ?

— Je l'ai écoutée, mais ça n'a pas marché.

— Que s'est-il passé ?

— J'ai tiré sur ce fils de pute parce qu'il pissait par la fenêtre de la chambre. Ça m'a tracassée, alors je suis entrée au FBI pour ne plus recommencer ce genre de choses.

Il y a une histoire vraie derrière tout ça, songea Du Pré. Si je la rumine assez longtemps, je devinerai peut-être.

— Maintenant, pour ces types qui ont tué les gamins, ils ont dû agir sans préméditation. Je ne pense pas qu'ils y aient pensé avant de voir ces petits cons couper les barbelés et tirer sur les bêtes, mais vous savez qu'il faut qu'on les arrête, parce que autrement ça va devenir un sport, vous voyez, du genre : on tire sur tout ce qui marche bizarrement, mange du tofu ou brandit un drapeau avec des bébés phoques dessinés dessus ! Vous le savez aussi bien que moi, l'Ouest profond va mourir, notre merveilleux gouvernement est en train de le tuer. Ils aiment bien faire ça avec les cultures minoritaires, ils l'ont fait avec les Indiens et maintenant c'est notre tour, mais c'est ainsi que l'histoire avance. Le mot « bœuf » est devenu un mot grossier aujourd'hui et on vit en démocratie, et on a une toute petite voix. Ah ! au fait, quand ils vont lâcher ces satanés loups dans le coin, ils tiendront deux heures, je le sais, et je m'en fiche. Mais je ne veux pas en entendre parler. C'est des conneries des branleurs de Fish and Wildlife. Ils sont venus me chercher à Jackson Hole où je travaillais sur une affaire de meurtres liés au trafic de drogue pour me parachuter ici. Bon sang ! cet endroit est incroyable. Un bon endroit pour un accident nucléaire, voilà ce que je pense. On peut au moins se dire qu'on l'a eu quand c'était bon.

— Ouais, mais je ne pense pas que nous le perdrons, pourtant. C'est juste un mauvais moment à passer.

— Je l'espère. Mais je n'en suis pas sûre. Enfin, nous l'avons eu quand c'était bon. Et, en réalité, j'ai pitié des pauvres petits salauds qui viennent ici pour tout sauver, ramener le mammouth laineux et tout ça. Comme s'ils n'avaient pas déjà tout détruit. Toute l'eau potable des Rocheuses est infestée de giardia[1]. Merci, les randonneurs.

Du Pré éclata de rire.

Combien de morts faudra-t-il avant que cette histoire soit terminée ? se demanda-t-il tristement. Cette idée lui vint soudain. Il regarda ses pieds.

Banning lui tendit la bouteille.

— On doit le faire, dit-elle. C'est déjà assez vilain comme ça, Gabriel, et ça peut empirer, vous le savez.

— Ouais. Je ne vais pas être content de jouer le gentil, cette fois, si j'en suis un.

— C'est sûr. Je donne cinq minutes à ce vieux schnock pour nous rejoindre. J'espère que je ne lui ai pas laissé trop de vin.

— Impossible. Avec lui, plus il y en a, mieux c'est. C'est un sacré bonhomme. J'ai parfois envie de lui briser le cou, mais alors je me dis : il ne connaît pas toujours les réponses, juste les énigmes.

— Au cas où vous vous poseriez la question, je veux juste lui demander son aide ; il acceptera ou pas, je prendrai ce qu'il me donnera et ce sera très bien de toute façon.

— Je le savais. J'ai dit que je vous aiderais. Vous avez raison, ces meurtres, ce n'était pas juste. Je regrette que ça se soit produit. Je regrette beaucoup de choses dans ma vie. Je regrette que cela ne se soit pas passé dans une autre ville, que je n'aie pas une jambe

1. Protozoaires responsables d'infections diarrhéiques. *(N.d.T.)*

cassée. Je regrette beaucoup, mais je vais vous aider. Je vais me retrouver en face d'un homme qui a été sur les bancs de l'école avec moi, avec qui je suis allé chasser, avec qui j'ai bu, qui m'a peut-être sauvé la vie. Et ce pays a failli me la prendre plusieurs fois. Je n'aime pas ça.

— Merci. Je ne savais pas si vous pouviez voler assez haut pour comprendre tout ça. Je vous en suis sincèrement reconnaissante.

— J'ai toujours vécu ici, un peu de prison, l'armée, mais c'est tout. Mon père était contrôleur de bétail, et, à sa mort, je lui ai succédé. J'ai une fille ici qui a beaucoup d'enfants, l'autre finit son doctorat à Yale. C'est Bart qui paye ses études. Mais moi, j'ai toujours vécu ici, je ne connais pas grand-chose d'autre. Et maintenant je dois soupçonner mes amis, en enfermer certains, leur passer les menottes, les envoyer dans de mauvaises prisons, supporter que leurs familles me haïssent à jamais. Je n'aime pas ça.

Banning hocha la tête.

— J'ai dit que je vous aiderais, et je le ferai à moins que Benetsee me dise que je ne peux pas. Je suis désolé, je vous ai donné ma parole, mais j'avais oublié ça. S'il dit non, je m'en vais.

— Il ne dira pas non. Ce qui est dur maintenant sera pire si vous ne m'aidez pas, et il le sait. C'est une mauvaise passe et on doit s'en occuper. Votre Madelaine m'a dit quelque chose à votre sujet, Du Pré, elle vous connaît bien. Elle a dit que vous affronteriez les flammes de l'enfer avec un seau d'eau. Cela fait trente ans que je n'avais pas entendu ça.

Les vieux chiens remuèrent soudain. Ils se levèrent et aboyèrent d'un ton plaintif.

— Benetsee, dit Du Pré, nous avons besoin de toi, mon ami.

Le vieil homme apparut derrière eux sur le porche.

— Un bon vin, ça. Maintenant, une bonne cigarette. Tu me la fais épaisse, hein ?

Du Pré s'exécuta. Il la tendit au vieil homme et lui passa son briquet. Benetsee tira une profonde bouffée. Il s'agenouilla et tendit la cigarette à Banning. Elle la prit et inspira profondément.

— Tu as un bon esprit, dit Benetsee, l'esprit du faucon. Très rapide. Parfois un peu trop sûr de lui, ça lui apporte des ennuis, il s'écrase contre les choses.

— Oui, oncle, dit Banning.

Benetsee descendit les marches. Il s'accroupit devant elle et la regarda longuement. Il termina sa cigarette.

— Tu as intérêt à être ma fille : je pourrai t'aider davantage.

Elle hocha la tête.

— Un grand honneur, dit-elle.

— C'est sérieux. Tu vas en avoir besoin. Maintenant, Femme Faucon, prépare-toi, du travail t'attend.

Banning leva la tête brusquement. Elle rendit son regard à Benetsee.

— Les coyotes ont chanté tôt ce matin, annonça-t-il, et ils m'ont dit des choses tristes.

Oh, non, songea Du Pré, pitié, ça suffit.

Benetsee se redressa et tira sur la manche de Banning jusqu'à ce qu'elle se lève et le suive.

— Des gens, la nuit dernière, ils ont laissé des loups là-haut. Ils les ont amenés en cachette, il y a trois jours, puis les ont lâchés la nuit dernière. Huit loups. Et quatre personnes là-haut avec eux.

— Oh ! mon Dieu ! s'exclama Banning.

— Il ne reste plus que deux loups. Ils ont eu de la chance, ils ont bien couru.

— Et les gens avec eux ? demanda Du Pré.

— Les coyotes ont dit deux loups.

L'agent Banning regarda les Wolf Mountains

étincelantes de neige. Une mince ligne grise s'étendait vers l'est au-dessus des pics comme le trait d'un crayon sur une feuille de papier.

— Il va neiger là-haut, ça va être l'enfer, dit Banning.

Merde ! pensa Du Pré. Merde !

Six.

Chapitre 10

— Tu sais, toi, qui aurait pu grimper là-haut, tuer quatre personnes, six loups, et revenir tranquillement sans laisser une putain de trace ? demanda Bart. Ce salaud a même été chercher les balles dans leurs têtes. Il leur a ouvert le crâne avec une hachette et a fouillé dedans jusqu'à ce qu'il trouve ses balles, puis il est reparti en chantant gaiement. Probablement un calibre 22. Il est consciencieux, il rentre chez lui, fait fondre son arme et nous baise ! Et bien profond !

Du Pré lança une fléchette. La photo du gouverneur épinglée sur la cible était parsemée de trous.

— Ah, dit Du Pré, j'en connais quarante, mais là, c'est différent. Cette fois, le type *chassait* ces cons de Fish and Wildlife. Peut-être plus, Bart, ils n'étaient même pas d'ici.

Bart hocha la tête. Il neigeait ferme dehors.

— Il va être facile à trouver, dit Corey Banning, celui qui a fait ça a agi de sang-froid. Ça veut dire qu'il aime ça, qu'il recommencera. Ces tueurs, ils sont cinglés.

Du Pré soupira.

— Voilà ce qu'on va faire aujourd'hui : on va au bar, on boit un peu, je joue du violon, il y aura beaucoup de monde, le temps est bien vilain, juste neigeux, pas trop froid, ils n'ont pas grand-chose à faire à part nourrir les bêtes, et ça prend deux heures. Peut-être que quelqu'un dira quelque chose.

— J'ai de la paperasse à finir, dit Banning, je vous retrouve plus tard. Je vais aller surveiller mes petits aides. Quel ramassis de crétins ! Je me demande ce que leurs mères leur ont fait après leur avoir coupé les couilles.

Bart éclata de rire.

Elle sortit en poussant un juron.

— Quelle femme ! s'exclama Bart.

Du Pré haussa les épaules.

— Il va nous falloir de la chance sur ce coup, dit-il, personne n'a rien vu, rien entendu, rien de rien. Pas de camions, pas de voitures. Ils sont aveugles, sourds. Ces gens morts dans la montagne, il ne faudra pas longtemps pour trouver qui a fait le coup. Mais on n'y arrivera peut-être jamais pour les deux premiers.

— Le type qui a tué ces quatre personnes, répondit Bart, a pu descendre les autres aussi. Si, comme le dit Corey, on l'attrape d'abord, il peut craquer. C'est notre seule chance.

Il nous faut juste une putain de brèche, avait dit Corey, même minuscule, et on s'y engouffre. On peut aussi aller demander à Benetsee ce qu'il a vu dernièrement. Mais faut trouver la brèche, maintenant.

Ils roulèrent jusqu'au bar de Toussaint. L'endroit était bondé et enfumé. Susan préparait les boissons et Madelaine s'activait dans la cuisine.

Du Pré regarda l'ardoise. Elle indiquait des côtes premières. Donc on était vendredi soir.

Il salua de la main l'accordéoniste venu de Cooper et le guitariste. Leurs instruments étaient posés sur la petite estrade. Du Pré alla chercher son violon dans la Rover. Il ouvrit l'étui et posa l'instrument sur une enceinte oubliée par un groupe country pour le réchauffer et éviter qu'il se désaccorde.

Susan servit un soda à Bart et un double whisky à Du Pré, puis continua à s'affairer.

L'air était chaud, humide et sentait le renfermé. Du Pré enleva sa veste et dénoua le foulard qu'il portait au cou. Il lança son chapeau et sa veste sur la scène et s'assit sur un tabouret pour boire son whisky.

Je connais tout le monde ici, tous ces visages me sont familiers, songea-t-il. Le coupable est l'un d'entre vous. Si je fais une liste, écris les noms, les élimine un par un, il se passera quelque chose, un déclic, et je saurai avant de savoir. Je le trouverai, il faut juste que je le flaire.

Comme un coyote. Le coyote cherche toujours ce qui ne va pas. Un piège ici, un cercle qui ressemble à l'œil d'un truc à manger. Je piste comme ça, moi aussi. Je cherche ce qui n'est pas à sa place.

Packy s'avança en titubant vers Du Pré. Les yeux vitreux, il paraissait complètement saoul. Il méritait de l'être, il avait déferré des chevaux quinze heures par jour pendant six semaines.

— Ils ont eu ces fils de pute ce matin, dit-il.

— Hein ? fit Du Pré.

— Ces putains de loups. Ils s'approchaient de la pâture des Stemple, et il les a eus. Deux coups.

Bien, pensa Du Pré. Maintenant, s'ils ne recommencent pas, peut-être qu'on n'aura plus de mort. Qui est trappeur ? Le marché de la fourrure est tellement bas, plus personne ne fait ce boulot.

Du Pré envoyait ses peaux chez Sears et Roebuck, et en obtenait un bon prix, il y avait trente ans de cela.

Je l'ai fait jusqu'à ce que le lynx devienne une espèce en voie de disparition. Ça pouvait rapporter trois cent cinquante dollars, une peau de lynx.

Bill Stemple. Packy, jusqu'à ce qu'il soit trop bousillé. Un cheval de trait lui avait donné un coup de sabot puis écrasé la jambe. Il se débrouille plutôt bien, pourtant. Et ces deux frères, les St. Francis. Quarante ans. Célibataires. Leurs parents sont morts. Marcus et George St. Francis.

Pas Bill Stemple, il ne ferait jamais ça, il a tiré sur les loups, d'accord. Mais, bon sang ! tout le monde ici le ferait. Il leur cracherait à la figure, à ces crétins qui veulent des loups. Packy est un gars trop gentil et il peut pas monter jusque là-haut.

Les St. Francis sont tous deux trappeurs, ils sont d'ici, ils connaissent la région, je les connais, du genre silencieux. Un peu cinglés, pourtant. Je ne sais pas pourquoi, j'ai toujours pensé ça d'eux.

Du Pré les regarda. Ils étaient appuyés contre le mur de l'autre côté de la salle. Ils portaient de vieilles salopettes marron sous leurs manteaux, des casquettes de fermier, des bottes de cuir aux semelles de caoutchouc. De grands types costauds. Ils jouaient dans l'équipe de basket au lycée.

À moins que ce ne soit quelqu'un de l'autre côté de la montagne, au nord.

Du Pré se fraya un chemin vers les frères St. Francis. Ils le regardèrent avec curiosité.

Je ne crois pas que je leur aie parlé depuis vingt ans, pensa Du Pré. Mais je me souviens de quelque chose. Quoi ?

Bart et Banning leur avaient déjà parlé et n'en avaient rien tiré.

Soudain Du Pré se souvint. Tous deux avaient eu des ennuis quand ils étaient gamins. C'étaient de faux jumeaux. Ils avaient incendié des voitures, une maison, puis avaient été envoyés dans une maison de correction à Pine Hills.

Et merde ! pensa Du Pré. J'en ai marre de jouer selon les règles.

Il s'arrêta en face d'eux. Ils lui sourirent, secouèrent la tête.

— Bart et Banning n'ont pas pensé à quelque chose, dit Du Pré, mais moi, oui. Vous avez tué ces types là-haut dans la montagne. Vous avez laissé des témoins.

Les frères le regardèrent d'un air inexpressif.

— Les loups auraient dû arriver chez vous, mais ils ne l'ont pas fait. Ils vous ont sentis, et ils sont allés chez les Stemple.

— Tu es fou, dit George.

— Peut-être. Mais j'ai aussi raison, tu sais. Je reviendrai.

Il les laissa. Les frères St. Francis quittèrent aussitôt le bar.

— Hé ! Bart, dit Du Pré, se penchant à l'oreille de Bart. Les frères St. Francis, ils ont sûrement tué les gens là-haut dans les Wolf Mountains.

— Je les ai interrogés, Banning les a interrogés, dit Bart, ils ont tous les deux des alibis. Tu sais ce que c'est, la vie de ranch. Une vie plutôt solitaire. La moitié des habitants ici ne pourraient pas présenter un seul témoin pour prouver qu'ils étaient tel jour à tel endroit précis.

— Ces loups qui sont descendus chez les Stemple, dit Du Pré, ils auraient dû aller chez les St. Francis, c'était plus près, et ils ont des moutons. Ils ont flairé les types qui ont tué les loups là-haut, Bart, alors ils ont pris une autre direction. Ça n'a pas de sens, sinon. Il neigeait dur, et les loups sont comme tout le monde, tu sais, ils n'agissent pas sans raison.

Bart hocha la tête.

— Je ne crois pas que je puisse obtenir un mandat d'arrêt avec ça.

Corey Banning entra. Elle traversa le bar sous le regard des curieux. Elle les ignora.

Bart et Du Pré attendirent.

Quand elle arriva à leur hauteur, Du Pré lui dit ce qu'il pensait. Elle l'écouta en hochant la tête.

— Ils tuent des animaux ? Les font brûler, les torturent ? Est-ce que c'étaient des brutes, est-ce qu'ils battaient des enfants plus petits qu'eux et riaient quand ils le faisaient ?

Du Pré se frotta les yeux. Quelque chose, il y avait bien longtemps, mais quoi ?

Un chien. Il y avait un chien dans l'histoire.

Bien longtemps de cela. Allez, allez. *Clic !*

Du Pré, qui passait en voiture devant l'école primaire, avait remarqué un groupe d'enfants réunis autour d'un chien écrasé par une voiture. Tous les enfants pleuraient, sauf les frères St. Francis. Ils riaient.

C'était eux, les coupables ?

Peut-être.

Chapitre 11

Bart donna un coup de pied dans sa table officielle dans son bureau officiel.

— J'y crois pas, putain ! L'alibi en béton ! C'est pas possible !

Les frères St. Francis se trouvaient en prison quand les crimes avaient été commis. Ils avaient tabassé une prostituée à Billings. Puis ils avaient été relâchés sous caution. Ils avaient passé une bonne partie de leur vie sous caution. La prostituée ne porterait sans doute pas plainte.

— Combien de fois c'est arrivé ? demanda Du Pré.

— Ils ont quarante-deux ans, dit Bart. Je suppose que c'est un de leurs petits hobbies depuis un bon bout de temps.

— Mais on n'en a jamais entendu parler.

Bart haussa les épaules.

Il neigeait, une neige du Montana, profonde et calme. Profonde et interminable. Des motoneiges gémissaient de façon désagréable dans les rues.

Je hais ces fichus engins, pensa Du Pré. Avant, fallait connaître la région pour s'y déplacer, maintenant n'importe quel con peut monter sur l'un de ces trucs et poursuivre un cerf à mort, juste pour le plaisir.

Une saloperie, comme tout le reste, les voitures tout-terrain, les motos de cross, les petits 4 × 4.

Moi, je les utilise seulement quand je peux pas faire autrement. Je déteste ça.

— On ne réfléchit pas comme il faut, dit Du Pré. On cherche des meurtriers, on les trouve, point final. On se contente de dire que c'est quelqu'un qu'on n'aime pas.

— Oui, dit Bart, parce que des gens que nous n'aimons pas ont été tués, selon toute probabilité, par des gens que nous aimons. J'adore ce boulot, putain ! Je reçois six appels longue distance par jour d'hystériques qui me crient d'attraper les tueurs. Les tueurs de *loups*, remarque bien. Je veux être le seul shérif au monde sur liste rouge.

Du Pré éclata de rire.

— Tu sais, je crois que je vais aller voir Benetsee, je n'ai pas vu ce vieux rasoir depuis deux semaines. Je lui apporterai un peu de nourriture, du vin, du tabac. Tous les hivers, je me dis qu'il va disparaître, et qu'on le retrouvera au printemps, à la fonte des neiges.

Bart lança une fléchette.

— Il disparaîtra, Gabriel, dit-il. Les coyotes le mangeront et puis feront un jour des petits coyotes. L'immortalité, en quelque sorte.

Le pick-up de Corey Banning, un diesel à quatre roues motrices, se gara. Ils entendirent la portière claquer. Elle entra en trombe, secouant la neige de ses hautes bottes, et lança son chapeau de cow-boy sur le portemanteau. Il atterrit droit sur une patère.

— Vous n'avez encore jamais raté, dit Bart.

— Je ne rate jamais, répondit Corey. C'est dommage pour les frères St. Francis. Il va falloir attendre qu'ils tuent une pauvre prostituée, je suppose.

— Quoi de neuf ? demanda Bart.

Corey haussa les épaules.

— Je n'arrive à rien. Ce qui ne m'étonne pas. Le meurtre de quatre agents de Fish and Wildlife constitue un délit fédéral, et donc je suis là pour toujours. Je pourrais prendre ma retraite ici. Je mourrai peut-être ici. Mais je ne partirai pas tant que je ne les aurai pas coincés.

— Vous ne mourrez pas avant de les avoir coincés, rectifia Bart, mais on ne les trouvera peut-être jamais. Vous vous souvenez de ce type, un gangster, tué dans le Missouri par les citoyens de la ville ? Les autorités n'ont jamais rien découvert pour celui-là.

— Ils ne m'avaient pas envoyée sur l'affaire, rétorqua Corey. Faut pas être très intelligent pour entrer au FBI, si vous êtes un mec. Pour être président non plus, d'ailleurs. J'ai été dans le Nord et l'Est. Rien. J'ai parlé à tous ceux qui, selon le shérif, auraient pu faire le coup. Vous savez ce qu'ils font ? Ils haussent les épaules. Je leur demande où ils étaient ce jour-là, ils haussent les épaules. Je leur demande s'ils ne savent pas quelque chose qui pourrait m'aider, ils haussent les épaules. C'est sûr qu'ils ne sont pas près de donner qui que ce soit. Je croyais que j'en trouverais au moins un, un type appâté par le fric ou une femme jalouse ou un foutu mouchard, mais ils ne se sont pas dérangés pour venir me parler.

— N'y comptez pas, dit Bart. Ces gens-là pensent que Washington devrait être détruite par une bombe nucléaire et que tout ce qui nous vient de là est à bannir. Gabriel disait, juste avant que vous ne débarquiez, que c'est sans doute des gens qu'on connaît et qu'on aime bien, et qu'on ne les attrapera probablement jamais. Nous n'avons aucun indice. Pas une balle, pas une empreinte, rien. Vos gars ont trouvé quelque chose ?

Corey Banning secoua la tête.

— Tout ce que les tueurs ont à faire, c'est se tenir

tranquilles, dit Bart. C'est tout. Ils n'ont même pas besoin de se montrer prudents. Même s'ils étaient deux et que l'un avouait et dénonçait l'autre, on n'obtiendrait pas une condamnation.

— Je ne regarde pas ça de la bonne façon, dit Corey. C'est comme traquer un animal. Si vous ne regardez pas le sol comme il faut, vous perdez sa trace.

— Là-haut, sous trois mètres de neige, intervint Du Pré, vous ne trouverez rien. Quand vous savez pister un animal, vous savez aussi comment ne pas laisser de traces. Je vais aller chez Benetsee maintenant, voir ce qu'il en pense. Il dit que la terre haïssait les gens qui ont été tués, qu'il n'avait jamais vu la terre aussi haineuse.

— J'aurais pensé, dit Corey, que la terre haïrait plutôt les mineurs, les gens qui fouillent dans ses entrailles.

Du Pré secoua la tête.

Ce vieil homme sait quelque chose. Ou peut-être pas encore. Il est perdu dans ses rêves, songea-t-il. Nous le sommes tous. Pourquoi tant de haine, de toute façon ? La terre sera là bien après qu'on aura tous disparu. Je ne crois pas que nous durerons longtemps.

— Bon, dit-il, je vais aller voir le vieux rasoir maintenant. Pourtant, j'ai ce drôle de sentiment que même s'il sait quelque chose, il ne nous le dira pas.

Dehors, les voitures avançaient péniblement dans la neige profonde. Les chasse-neige avaient labouré la route et recommenceraient sans doute bientôt. Le comté était si peu peuplé que ces engins étaient rares. Presque tout le monde possédait un haut camion à quatre roues motrices. Au nord de Toussaint et de Cooper, seules les Wolf Mountains protégeaient contre les vents qui soufflaient du pôle Nord.

Le téléphone sonna. Bart, les pieds sur son bureau

et une tasse de café dans la main, répondit. La standardiste chargée des appels radio travaillait chez elle, à dix kilomètres de là. Bart écouta attentivement. Il posa brusquement ses bottes par terre. Du Pré attendit.

— Écoute, Susan, je ne te reproche rien, mais j'aimerais que tu ne tires pas. J'arrive tout de suite.

— Quoi ? s'écria Corey Banning.

— Vous n'allez pas me croire ! dit Bart. Une centaine de gars des plaines se sont rassemblés dans le petit parc en face du bar. Ils sont allés dire à Susan qu'ils comptaient faire une cérémonie à la mémoire des martyrs tombés pour les loups. Et qu'ils voulaient la faire dans son saloon puisqu'il neigeait dehors.

Ben voyons ! pensa Du Pré. J'imagine Susan entendant ça. J'imagine aussi ce qu'elle leur a répondu. Ils ne se sont pas tirés assez vite à son goût, sa main se baisse et remonte avec le fusil de chasse. Oh ! j'espère que Benny ne tardera pas.

— On ferait mieux d'aller voir ce qui se passe, dit Bart. Mais je ne comprends vraiment pas pourquoi ils font ça maintenant. Les victimes sont mortes depuis un certain temps, et les loups aussi.

— À mon avis, personne n'y aurait pensé si on ne leur avait pas soufflé l'idée, dit Du Pré. Je crois qu'il y a un tas de charlatans parmi eux, probablement ce trou du cul de Bucky Dassault qui se fait passer pour Benjamin Medicine Eagle. Mais ce qui m'inquiète, c'est que dans trois heures environ la neige va s'arrêter, il fera froid, et un grand vent du nord-ouest soufflera, un vent puissant très froid. Et puis, peut-être encore un peu de neige.

Bart regarda Du Pré.

— Je pense qu'on ferait mieux d'aménager rapidement le lycée et d'envoyer chercher la Croix-Rouge, conclut-il.

— Vous prédisez drôlement bien le temps, dit

Corey. C'est exactement ce que la météo a prévu. Une sacrée tempête de neige nous arrive du nord : l'Alberta Clipper.

Du Pré hocha la tête.

— On en a eu une il y a sept ans, et elle était vraiment méchante.

— Bon sang ! s'écria Bart. Il va falloir fermer cette foutue autoroute. Je les appelle. Les trois, je vais demander à la police de l'autoroute de fermer les trois.

— Je ferais mieux d'aller là-bas voir ce qui se passe, dit Du Pré. Cette Susan, s'ils l'énervent un peu trop, elle finira par tirer, tu sais.

— Je vous suis, dit Corey.

Bart reposa le combiné d'un geste violent.

— Et merde ! cria-t-il. Les salauds !

— Ah ? dit Du Pré.

— Ils ont vu des kilomètres de voitures se diriger par ici, et ils ont laissé faire. Ils auraient pu m'appeler. Aucun véhicule ayant quitté Miles City ce matin n'arrivera ici.

— Bon Dieu ! jura Corey.

— Je ne sais pas, dit Du Pré, normalement les éleveurs participent aux secours, mais étant donné la situation, ils vont peut-être refuser.

— Ils nous aideront, affirma Corey Banning.

— Je l'espère, dit Bart.

— Ils sont des nôtres, dit Corey, bien sûr qu'ils le feront. Ils leur porteront secours, leur offriront le gîte et le couvert, et tout ça sans leur adresser la parole, je parie.

Du Pré hocha la tête et ils se dirigèrent vers la sortie.

Chapitre 12

Il faisait encore assez chaud dchors, mais l'air semblait pur et coupant comme le cristal. Les flocons de neige tombaient toujours, mais plus petits.

Du Pré dut se garer à l'extérieur de la ville. Des voitures arrêtées encombraient la route, et, en traversant péniblement la ville, il vit ces stupides breaks à quatre roues motrices garés n'importe où, dans les cours des maisons, sur l'aire de récréation près de la petite école élémentaire.

La foule formait un cercle autour d'un feu de joie en face du bar. Ils brûlaient les tables de pique-nique que les lycéens de Cooper avaient construites pour les touristes. Un homme portant une coiffe à plumes haranguait la foule, juché à l'arrière d'un pick-up. Du Pré n'entendit pas ce qu'il disait. C'était inutile. Il avait reconnu Benjamin Medicine Eagle, alias Bucky Dassault, désormais prophète du New Age !

Un charlatan, un arnaqueur. Mais l'Église catholique a commencé comme ça. Ils le font tous. Jésus y compris. Mais une fois mort, on ne pouvait pas le questionner.

Je crois que je vais lui faire peur une bonne fois pour toutes, à ce Bucky. Je ne pense pas que Bart m'en voudra.

Du Pré essaya d'entrer dans le bar. La porte était fermée. Il frappa de toutes ses forces en criant. Au bout de deux minutes, Benny lui ouvrit.

Il avait un œil gonflé et à demi fermé. Du Pré se glissa par l'entrebâillement. Benny tira le verrou.

Susan leva la tête de derrière le bar. Elle cracha un petit jet d'eau rosé.

— Seigneur ! Mais qu'est-ce qui s'est passé ? demanda Du Pré.

— Une petite bagarre, dit Benny. Mais on a réussi à les sortir. J'ai attrapé ça, et Susan a reçu un coup sur la bouche. Un type lui a lancé une cannette de bière qu'il avait apportée.

— Seigneur !

Quelqu'un martela la porte. Du Pré alla ouvrir. Corey entra. Il referma derrière elle.

— C'est un vrai bordel, et ça va très vite, dit-elle. Il faut qu'on mette à l'abri dans le lycée tous ces idiots avant que l'Alberta Clipper n'arrive. Il souffle à cent trente kilomètres à l'heure avec beaucoup de neige. Au fait, c'est qui ce débile dehors qui joue au grand manitou ?

— Personne, dit Du Pré. Écoutez, Corey, je vais sans doute avoir besoin de votre aide. Vous venez avec moi. Quand je vous le demande, vous fermez les yeux, disons une minute, et quand je vous dis que tout va bien, vous pouvez les ouvrir et je vous laisse leur parler. On pourra s'occuper d'eux au lycée de Cooper, mais pas ici, on n'a pas assez de place.

— Vous ne pensez tout de même pas assommer l'idiot à plumes qui se pavane là-bas, n'est-ce pas ?

— Oh, non, ce serait une agression ! C'est illégal. Je ne ferais jamais ça.

— Je jugerai de ce que je regarderai ou pas, dit Corey Banning. Faisons quelque chose dans les règles, pour une fois.

Ils ressortirent. La neige s'était amoncelée dans la rue et sur le petit parc. Du Pré s'avança vers Bucky Dassault qui lui tournait le dos et le tira par les pieds. Bucky tomba violemment sur les genoux. Du Pré l'attrapa par le cou et le tourna vers lui.

— Tu la fermes, maintenant, dit Du Pré, ou je te laisse à moitié mort, tu m'entends !

Bucky ouvrit la bouche. Du Pré le frappa, le fit tomber par terre et le bourra de coups de pied.

— Contentez-vous de le faire taire et n'en profitez pas trop, dit Corey. On a du boulot, vous savez.

Du Pré hocha la tête et donna un coup de crosse sur le crâne de Bucky avec son 9 mm. La foule contemplait la scène en silence. Corey grimpa sur le pick-up et mit ses mains en porte-voix autour de sa bouche.

— Je suis l'agent spécial Corey Banning du FBI. Vous courez un grand danger. Une terrible tempête nous arrive. Vous devez reprendre la route immédiatement et vous diriger vers le lycée de Cooper. Il n'y a pas assez de place pour vous tous là-bas, et vous n'avez pas fait bonne impression aux gens d'ici. Alors, partez maintenant. Vous risquez de mourir. Arrêtez-vous à Cooper. Si vous essayez d'aller jusqu'à Billings, vous mourrez. Partez vite. Nous n'avons pas beaucoup de temps. Aidez-vous les uns les autres. Faites demi-tour et filez. Commencez avec les voitures qui se trouvent à l'arrière.

La foule la contempla en silence.

Des moutons, songea Du Pré, j'ai vu des bêtes aller à l'abattoir avec la même expression.

— Nous sommes venus honorer nos amis tués parce qu'ils défendaient les loups ! cria un grand hippie sale et débraillé.

— Je ne suis pas ici pour discuter, dit Corey Banning. Vous avez épuisé votre capital de sympathie ici. Partez, sinon vous mourrez gelés. On n'a pas assez de place ici. Si des femmes avec des enfants tombent en rade, on les accueillera en priorité. On n'a pas le temps. Partez.

La foule commença à se disperser. Les gens retournèrent à leurs voitures et bientôt les plus éloignées prirent la route vers Cooper.

Un homme et une femme attendirent de pouvoir rejoindre Corey, qui se tenait toujours sur le pick-up. Bucky Dassault était allongé sur la neige, le visage contre terre. Il gémissait un peu.

Bon sang ! pensa Du Pré. J'aurais pu le tuer. Ce mec est un danger public.

— Agent Banning, dit la femme, je suis journaliste au *Star* de Minneapolis. Et voici Bobbie Larkin, de Seattle. Votre enquête sur les meurtres n'a-t-elle vraiment rien donné ? Vous n'avez aucune piste, rien ? Pourquoi le FBI est-il coincé ? Espérez-vous un nouveau développement sur cette affaire ? Six personnes ont été tuées, aucune déclaration n'a été faite ni par vous ni par le bureau régional. Pourquoi ?

Corey Banning les regarda calmement sans dire un mot.

— Pourquoi l'adjoint du shérif a-t-il agressé cet homme ? enchaîna Bobbie Larkin.

— Si vous le connaissiez, vous lui rouleriez dessus avec votre voiture. On a une tempête terrible qui approche, ces gens pourraient mourir, vous savez. Mais ce salaud, là, il s'en fiche.

Corey Banning descendit du pick-up et se dirigea vers le bar.

— Pas de commentaires ? cria la journaliste dans son dos.

— Vous feriez mieux d'aller à Cooper, dit Du Pré. On ne plaisante pas, dans trois heures il fera moins trente. Alors la tempête soufflera et ça ne remontera pas. Elle arrive de l'Arctique, pas du Pacifique, cette tempête. Vous n'y verrez rien à dix mètres, et si vous sortez de votre voiture et que vous essayez d'aller quelque part à pied, on vous retrouvera morts environ cinquante mètres plus loin.

Il remit Bucky sur ses pieds d'un geste sec.

— Eh ! Fumier, si quelqu'un meurt à cause de tes conneries, je te tuerai, personnellement, et on te retrouvera tout ce qu'il y a de mort, je te le jure. Qu'est-ce que tu as fait ? Une vidéo, hein, et tu l'as vendue à ces idiots ? J'ai vu tes annonces.

— Je... dit Bucky.

Du Pré le fit taire d'un coup de poing, le jeta face contre le camion et lui passa les menottes. Puis il le souleva par les cheveux et le poussa vers le bar.

— Ce sont des brutalités policières ! cria le type de Seattle.

Du Pré lâcha Bucky, qui resta debout.

— Écoute, du con, je pense que des tas de gens vont mourir parce que ce trou du cul a monté cette histoire de cérémonie. Il s'est mis tous les dons dans la poche, je parie. Il les a entraînés ici. Il s'en fout, que des gens meurent. Il n'y pense même pas. Tout ce qui l'intéresse, c'est se faire du fric et baiser un tas de jolies filles. Moi, je vais être dehors pendant trois ou quatre jours, et avec d'autres, on va essayer de sauver tous ces idiots, tu piges ! Et s'ils meurent, ce sera à cause de ce con. Il fout la merde, et je dois nettoyer derrière lui. Je ne mens pas. Je ne plaisante pas. Cette tempête va bientôt arriver. S'il y a encore des gens sur l'autoroute, ils ne sauront pas comment rester en vie, ils mourront. Vous voulez parier avec moi sur le nombre de morts, hein ? Moi, je vous dis : beaucoup. On fera notre possible, mais avec les congères, on n'y voit rien, il y a peut-être une voiture là, peut-être pas. Et les gens ici, vous croyez qu'ils vont risquer leur vie pour sauver des inconnus qu'ils n'aiment pas, comme ils n'aimaient pas ceux qui ont été tués ? Pourquoi le feraient-ils ?

Les journalistes se regardèrent.

— Donc, je vais arrêter ce salaud maintenant, et je vais le foutre en taule. Et quand on comptera les morts, vous me direz si j'ai eu tort.

Du Pré poussa Bucky Dassault vers l'entrée du bar et lui cogna le visage sur la porte.

Benny déverrouilla.

— Il a l'air amoché, dit-il.

Du Pré poussa Bucky à l'intérieur. Il le fit s'asseoir sur une chaise. Il sortit son 9 mm et posa le canon entre ses yeux.

— Je sais que des gens vont mourir, dit-il. Je crois que je vais te tuer maintenant, cela nous fera gagner du temps. Je sais que des gens vont mourir. Si des amis à moi meurent à cause de toi, je te tue. Je te le jure.

Le téléphone sonna. Susan Klein répondit. Elle écouta puis fit un signe de la main à Du Pré. Il s'approcha et prit le combiné.

— C'est moi, fit-il.

— Booger Tom vient de m'appeler, dit Bart, et il a annoncé que huit personnes étaient parties ce matin avec des raquettes de neige ; elles se dirigeaient vers les Wolf.

— Tu as des luges pour les motoneiges dans ta ferme ? lui demanda Du Pré.

— Quatre.

— Bien. Je vais appeler Raymond, peut-être Booger Tom et un de tes cow-boys.

— Seigneur ! s'écria Bart.

Du Pré retourna voir Bucky.

— Huit personnes sont en danger de mort à cause de toi, dit-il d'une voix douce, tu as intérêt à prier pour que je les retrouve.

Il salua Benny, Susan et Corey d'un hochement de tête et quitta le bar.

Chapitre 13

— Non, dit Booger Tom. Je lui ai dit des *motoneiges*, quatre. Ils avaient une luge chargée de raquettes, ils vont en avoir besoin, à mon avis, leurs engins s'enfonceront dans la neige, au-dessus de six cents mètres.

— Bien, dit Du Pré, on ferait mieux de ne pas trop tarder. On peut encore les rattraper. Quand ça deviendra impossible, on fera demi-tour, voilà tout. On ne pourra pas les sortir, alors.

C'est notre seul espoir, pensa Du Pré, on est meilleurs qu'eux sur ces motoneiges. S'ils sont coincés, on les retrouvera rapidement. Mais la neige diminue. S'ils essayent de grimper, le bruit de leurs moteurs risque de déclencher une avalanche, c'est sûr. Si on en entend une, on fait demi-tour. Impossible de voler en hélicoptère dans ce canyon étroit sans risquer de faire tomber toute cette neige. C'est comme s'ils étaient entrés dans une maison en flammes sur le point de s'écrouler. Mais je dois aller voir. Des plaques d'immatriculation de l'Oregon. Manquait plus que ça.

— Bien, dit Du Pré à Booger Tom, Raymond et Benny Klein. On va monter, et quand on ne pourra pas continuer, on fera demi-tour. Nous n'avons pas beaucoup de temps pour les retrouver, vous savez, à la minute où la neige s'arrête de tomber, le soleil sort, le vent se lève, il faut faire demi-tour et revenir. La neige commence à descendre. On va le plus loin possible, quand ça devient mauvais, je continue seul, aussi loin que je peux, je vous appelle si j'ai besoin. Quand je dois faire demi-tour, c'est fini.

— Du Pré, dit Raymond, je ne te laisserai pas faire ça.

— Raymond, mes filles sont adultes, tu as épousé l'une d'elles, tu lui as fait dix enfants, toi. Je ne crois pas qu'on ait le temps de discuter.

Du Pré fit démarrer sa motoneige. Les autres le suivirent. Ils traversèrent le grand pré de Bart, coupèrent sur trois kilomètres, et prirent un sentier transversal qui menait à la piste des services forestiers montant vers les Wolf dans les terres drainées de la Cooper Creek.

Ils virent quelques rares signes de passage. Là où les arbres masquaient le sentier, Du Pré aperçut d'imperceptibles lignes sur la surface de la neige, trop droites pour être tombées du ciel.

Du Pré avança sur le sentier, regardant l'horizon, là où la pente raide se rétrécissait. La neige était lourde, prête à glisser. Il déboucha sur une prairie et vit les motoneiges tout au bout. Deux s'étaient encastrées. Elles devaient se suivre de trop près, les skis de la première avaient dû s'enfoncer et se coincer sur quelque chose.

Le haut de la fichue porte barbelée, pensa Du Pré, salement profonde, cette neige.

Il ralentit, et son engin commença à s'enfoncer. Il s'arrêta près des véhicules.

Une piste plus clairement tracée se dirigeait vers le canyon. Du Pré cligna des yeux. Quelqu'un était tombé à deux endroits différents.

Ces raquettes, se dit-il, elles n'ont pas d'accélérateur, faut savoir ce qu'on fait quand on les porte. Mais ils doivent en avoir des longues ; avec des petites, ils s'enfonceraient.

Du Pré vérifia les raquettes attachées à sa luge. Un mètre quatre-vingts de long avec l'avant relevé, des Trapper Alaska. Il fit signe à ses trois compagnons derrière lui, accéléra et se dirigea vers la porte. Il s'arrêta, descendit sur les skis de devant, se pencha jusqu'à ce qu'il trouve le barbelé, et le coupa avec les pinces qu'il avait dans sa parka.

La température descend, le soleil est là-haut, la lumière augmente, je n'ai pas beaucoup de temps. *Ils* n'ont pas beaucoup de temps.

Des enfants gâtés, que je vais essayer de sauver. S'ils ne me laissent pas faire, qu'ils aillent au diable. Je m'en vais s'ils disent un mot de travers... Non, je reste. Ce sont des imbéciles, c'est tout.

Du Pré souleva le barbelé et l'écarta. Il remonta sur son véhicule et avança péniblement jusqu'à ce que la chenille passe sur le barbelé suivant, ce qui le fit sauter en l'air.

Il rétablit l'équilibre. L'arrière dérapa dans la neige légère. C'est comme patiner sur une mince couche de glace. Tu passes dessus vite, ça va. Lentement, elle casse.

Il y avait un haut bosquet de sapins à l'entrée même du ravin étroit. Les canyons du côté nord des Wolf avaient une forme en U, mais les glaciers n'étaient pas descendus du côté sud. Il fonça vers la minuscule plaine galonnée où serpentait une rivière. Elle courait haute et rapide au printemps pendant deux semaines, puis se tarissait en un mince filet d'eau tout le reste de l'année.

Du Pré vit quelque chose bouger plus haut. Une silhouette debout dans la neige lui faisait signe. Il s'approcha puis ralentit. L'avant de la motoneige s'enfonça à cause du poids du moteur.

Du Pré descendit sur la luge et chaussa les raquettes. Il se déplaçait en un mouvement de piston, soulevant haut la jambe avant de la reposer. Il parvint jusqu'au fou couvert de neige qui agitait ses mains.

— Aidez-moi, je vous en prie, dit une voix de femme.

Elle avait une écharpe autour de la tête. Du givre s'était formé à l'emplacement des narines et de la bouche. L'air froid descendait dans le canyon. Un air froid bleuté.

— Taisez-vous, murmura Du Pré. Je vais vous aider, mais il y a de la neige au-dessus qui ne demande qu'à glisser. Vous avez des raquettes ?

Elle en sortit une paire de sous la neige. Elle se tenait dessus.

— Bien, chuchota Du Pré. Je vais chercher la luge, vous tirer d'ici, puis vous enfilerez ça et on rentrera. Faut se dépêcher, le soleil sort, la neige ramollit.

Elle hocha la tête.

Du Pré revint avec la luge, elle grimpa dessus tant bien que mal, et il la tira vers la piste tracée par la motoneige.

Il gratta la neige des bottes de la femme et lui attacha ses raquettes.

— Faut qu'on se tire d'ici très vite, dit-il entre ses dents, pas de bruit.

Elle hocha la tête.

Du Pré secoua la neige qui le recouvrait et commença à descendre le sentier.

D'habitude, je les laisse partir devant, mais il faut que je tire celle-là derrière moi. On a cinq kilomètres à faire, et la neige peut tomber à n'importe quel moment. Une autre avalanche, un jet au-dessus de nos têtes, une chouette qui pète. Ça passe ou ça casse. Ça passera pas, à mon avis. Je ne nous donne pas beaucoup de chances d'y arriver.

Les oreilles de Du Pré bourdonnèrent. Quelque chose lui parlait. La neige : « Je vais te tuer maintenant, Du Pré, ils te retrouveront au printemps, le visage couleur lie-de-vin. »

Si j'en sors vivant, je tue ce salaud de Bucky Dassault. Avec une pelle. Je veux l'entendre résonner sur son crâne.

Dur d'avancer, même sur la piste tassée par la motoneige.

Trop lourd pour tourner, et si je ralentis une seule fois, c'est fini. La neige, elle ne tombe pas pour ça, peut-être pas pour nous. Je l'ai beaucoup bousculée, cette neige.

Il y eut un terriblc boum derrière eux.

Les sept autres doivent être morts là-dessous, c'est sûr, pensa Du Pré.

Il tourna la tête, elle marchait à trois mètres derrière lui, balançant les bras, gardant le rythme.

Elle a le souffle court, je ferais mieux de ralentir, je ne peux pas la porter.

Il s'arrêta.

— On se repose une minute, dit-il, dès que vous êtes prête, on repart. Je vous surveillerai, je ne vous abandonnerai pas.

Elle sanglotait, haletant. Elle hocha la tête.

— On y va, dit Du Pré.

Encore dix minutes, on est à mi-chemin, le pire endroit se trouve juste avant qu'on sorte.

Je vous salue Marie, et tu brûles de l'herbe douce, Benetsee. J'ai besoin de tout le monde, maintenant.

Ses oreilles bourdonnèrent encore.

Un bruit que je ne peux pas entendre. Quoi ?

Du Pré leva les yeux. Il n'y avait aucun arbre au-dessus de lui. Les avalanches les avaient arasés. De jeunes plants survivaient à la neige, et quand ils devenaient assez grands, ils étaient décapités. Rien que de l'herbe, ici. Et des pierres. Des pentes de soixante-dix degrés.

Prenez une base glissante plus de la neige fondue, ça gèle.

Ça coule comme du sable sur un miroir penché. Ça tombe dur, le vide aspire nos poumons par la bouche, on dirait que l'on vomit de la mousse rose avec des bouts rouges dedans.

Du Pré vit un grand duc voler devant lui.

Très mauvais signe en plein jour, ça ; quelqu'un meurt, maintenant. Ça a toujours été comme ça pour moi, quelqu'un meurt, je vois une chouette en plein soleil.

Encore dix minutes. Du Pré s'arrêta. Elle était à dix mètres derrière lui et avançait péniblement, épuisée.

Elle parvint non sans mal jusqu'à sa hauteur. Du Pré lui tendit la main. Elle la saisit.

— Il ne nous reste plus qu'un kilomètre, peut-être moins, dit-il, mais il faut qu'on se dépêche, plus le soleil monte, plus la neige veut glisser.

Elle ouvrit la bouche et gémit.

— D'accord, on marche plus lentement.

Ils repartirent.

Mes oreilles bourdonnent encore plus, comme si j'avais un poteau électrique à côté de moi.

— Au secours ! cria-t-elle soudain derrière lui.

Du Pré se retourna. Elle était tombée, ses jambes formaient un angle bizarre. Elle agitait les bras frénétiquement. Elle criait et criait.

Du Pré entendit le « boum » au-dessus, les corniches se cassant et tombant sur la neige empilée dessous.

Un flot bruyant, comme un train en marche.

Il se mit sur les raquettes de la femme afin de pouvoir la retrouver s'il survivait à la neige qui déferlait sur eux.

Le vent qui précédait la neige le frappa de plein fouet. Il se mit en boule.

La neige cogna fort.

Du Pré se couvrit le visage de ses mains, sentit le cuir mouillé de ses moufles.

Woump.

Écrasés dans le noir.

Chapitre 14

Du Pré se frotta les yeux. Il retira ses moufles et enleva la neige qui recouvrait ses orbites. Des gouttes d'eau coulèrent sur ses joues. Il cligna des yeux. Il vit une faible lueur. Il tâta ses raquettes. Elles étaient toujours là.

Le problème maintenant, c'est que je ne sais pas où est le haut. Si j'arrive jamais à le savoir. Je suis peut-être tête en bas.

Je ne sais pas à quelle hauteur est la lumière, vingt centimètres ? Non, la lumière est trop faible. Très faible.

Pas de lumière du tout.

Du Pré fouilla dans la poche de son manteau et chercha son briquet. Pas là. Il essaya l'autre poche. Une boîte d'allumettes. Il passa plusieurs minutes à essayer de les allumer, mais son souffle faisait fondre la neige, il n'arrivait pas à les gratter avec ses moufles, et elles se mouillaient.

Bon. J'ai de la salive.

Du Pré cracha un peu de salive. Il la chercha du doigt. Elle était sur sa joue. La joue gauche se trouvait inclinée vers le bas. Il se tortilla dans cette direction. Essaya encore. Chercha une goutte. Pas là. Il cracha encore, doucement. La salive atterrit sur sa paume.

Merci, mon Dieu, qui que vous soyez, je sais où est le bas, maintenant.

Du Pré commença à grimper. Il creusa et entassa la neige, créant une cavité. Il tira ses raquettes à l'endroit où, pensait-il, elles seraient plus ou moins parallèles au sol.

Un autre crachat, ma paume.

Tout droit. Eh bien, si je ne suis pas à dix mètres là-dessous, je peux vivre.

Mais une méchante tempête arrive. J'espère que ces fichus idiots sont rentrés chez eux.

Ils ne le feront pas. Mes amis, ils mourront avec moi ici.

Il cria.

Elle ne répondit pas.

Il retira sa raquette gauche et piocha.

Rien.

Eh bien, voici ce que le grand duc signifiait, je suppose.

Et tout ça pour rien, je suppose.

Du Pré creusa, tira ses raquettes, et creusa encore.

Il ne pouvait plus avancer. Il était arrivé aussi haut qu'il le pouvait. Il enleva sa parka et la posa de côté, puis se plaça dessus avec sa raquette droite. Il souleva la gauche et piocha vers le haut. La longue Trapper lui donnait un mètre quatre-vingts de portée.

La lumière. Tout ce que j'ai à faire, c'est de l'atteindre.

Il plongea la main dans le mur de neige à côté de lui.

Un arbre. Un petit peuplier de Virginie. Grimper sur l'arbre jusqu'au paradis.

Comme quand j'étais petit, là-bas, le gros épicéa derrière la maison, je me suis couvert de résine, sur mes cheveux, ma mère est devenue folle. Tes vêtements ! tes mains !

Du Pré se démena jusqu'à ce qu'il puisse placer ses raquettes de chaque côté de l'arbre.

Pas très grand, cet arbre. Une souche.

Il se débattit pour accrocher sa raquette gauche dessus puis se souleva doucement et secoua la neige de sa raquette droite.

J'en aurai besoin, si je sors. J'espère que toute la neige est tombée. Pas seulement sur un côté du canyon.

Ses mains glissèrent sur le sommet de l'arbre, là où l'avalanche avait cassé la cime.

Du Pré poussa la neige dans le trou derrière lui.

Il pouvait voir en haut. Le flanc de la montagne était nu.

Il lutta un long moment pour se percher sur le sommet cassé de l'arbre, et alors lentement il se leva.

Il entendit une motoneige. Il agita la main. Le véhicule tourna vers lui. Le conducteur le vit. Raymond.

Du Pré se hissa à l'arrière du véhicule. Il dénoua ses raquettes, les retira et les jeta sur la luge de Raymond.

— Où sont les autres ?

— Là-haut dans le canyon. Quand la neige a glissé, ç'a été plus facile, ils sont montés une dernière fois te chercher. Tu as trouvé quelqu'un ?

— J'ai trouvé une femme, mais elle a été emportée par la neige.

Du Pré entendit les autres véhicules hurler en descendant vers eux.

Booger Tom et Benny s'arrêtèrent et coupèrent les gaz. La neige était plus compacte qu'elle ne l'avait été avant l'avalanche.

— On rentre ! dit Du Pré.

Ces hiboux, ça ne ment pas. Si on reste ici, avec le Clipper, on y sera jusqu'au printemps.

Personne ne l'avait entendu. Il indiqua d'un geste le canyon, ses compagnons hochèrent la tête, et ils démarrèrent. Du Pré se jeta sur la luge et Raymond démarra, roulant un peu plus vite que les autres. Le fond de la luge empêchait la chenille de s'enfoncer trop profondément.

Ils franchirent la porte de clôture et prirent le sentier jusqu'à la plaine de piémont. Les nuages noirs au loin dans le nord-ouest approchaient rapidement. Noir argenté, neige et froid. Le soleil brillait, dur. Il paraissait chaud, même par moins vingt.

Ils aperçurent enfin la maison de Bart. De la fumée s'élevait de la cheminée, rapide et droite à cause de l'air froid, si froid, et immobile. Ils pénétrèrent dans l'enceinte, rangèrent les motoneiges dans la grange et se dirigèrent vers la maison.

Du Pré se sentit soudain glacé. Il était trempé jusqu'aux os, avec la neige qui s'était infiltrée sous ses vêtements. Il se mit à trembler.

Hypothermie.

Il entra dans la maison, se déshabilla, laissant tomber ses vêtements par terre tout en se dirigeant vers la chambre principale et le bain à remous. La baignoire était remplie d'eau brûlante. Il entra dedans et mit les jets en marche. Il s'appuya contre l'un d'eux, l'eau chaude massait durement son dos. Il coinça ses pieds contre la paroi opposée. Il tremblait encore, de petites taches noires vacillaient devant ses yeux.

Booger Tom entra avec une théière fumante. Il remplit un grand verre qu'il tendit à Du Pré.

Un grog, avec du whisky et du citron.

Du Pré goûta. Pas trop chaud. Il avala tout d'un trait et rendit le verre.

Il s'adossa.

— Je te remercie, mon ami, dit-il.

— De rien. Content que tu te sois déterré. Tu vois, j'ai dit : « Je partirai pas tant que je l'aurai pas retrouvé », et puis Benny a dit qu'il partirait pas sans moi, et Raymond a dit qu'il partait, il devait penser aux enfants. Il avait raison, et on a trouvé ça bien. Et puis il n'a plus voulu.

Du Pré hocha la tête.

Tous mes petits-enfants, il doit prendre soin d'eux. Si on mourait tous les deux, ce serait dur pour Jacqueline.

— Benny et Raymond sont rentrés chez eux ?

— Ouais, dit Booger Tom. Bois avant que ça refroidisse.

Du Pré lui obéit. Le whisky chaud lui brûla les entrailles.

Aux cours de secourisme, ils disent dc ne pas faire ça. Je les emmerde. On a un type particulier d'hypothermie dans nos montagnes.

— Tu as téléphoné à ma Madelaine ?

— Bien sûr, dit Booger Tom. Qu'une femme aussi belle tienne à un bon à rien de salaud comme toi, ça me tue, mais c'est comme ça.

On entendit la porte d'entrée s'ouvrir.

— Du Pré ! cria Madelaine.

— Par ici ! répondit Booger Tom.

Ses bottes résonnèrent sur le plancher.

Elle entra dans la salle de bains remplie de vapeur.

— Ah ! dit-elle. Comment te sens-tu ?

— Un peu mieux, dit Du Pré, un début d'hypothermie.

Madelaine hocha la tête.

— Combien sont montés ?

— Huit, dit Booger Tom. Des petits cons.

— Du Pré, sermonna Madelaine, tu ne montes pas là-haut quand tu sais que les gens sont morts.

— J'en ai retrouvé une, dit Du Pré, je la ramenais, je lui ai dit de se taire. Elle est tombée, elle a crié. Une avalanche.

— Si tu étais mort, je te détesterais. Ces imbéciles !

Du Pré hocha la tête.

Je devais y aller. Je ne discute plus, maintenant.

Mais plus jamais. Quand ils n'ont aucune chance.

L'Alberta Clipper frappa soudain contre les murs. La maison trembla. Le vent hurla.

Madelaine se mit à prier. Pour les âmes perdues.

Du Pré n'eut pas besoin de le lui demander.

Chapitre 15

— Du Pré, dit Madelaine, on n'aura bientôt plus rien à manger ici, tu sais. J'espère qu'ils vont finir par ouvrir cette fichue route.

— Elle est ouverte, dit Du Pré, Bart vient de l'apprendre. Le chasse-neige est passé. Ils peuvent repartir, maintenant.

Les pèlerins étaient restés coincés toute la semaine dans le gymnase du lycée de Cooper. Les habitants avaient fait tout leur possible pour les nourrir et leur procurer un peu de confort. On avait installé une grande cuisine dans un coin, et on avait roulé les tapis de sol. L'endroit empestait.

— Ce salaud de Bucky Dassault, si je le retrouve...

— Ce n'est pas lui, dit Madelaine. Tu n'es pas allé au gymnase. Ce sont des types de Jackson Hole qui sont venus ici et ont envoyé tous ces prospectus. Je ne comprends pas, il y a plein de loups en Alaska, au Canada.

Du Pré secoua la tête.

Qui sont ces gens ? Pour une raison que j'ignore, les politiciens disent « D'accord », et voilà où ça nous mène. Quatorze morts. Ils se sont plus ou moins tués eux-mêmes. C'est comme si un jour je rentrais chez moi et que je trouvais un gars des plaines les pieds sur ma table, buvant mon whisky, disant que je bats mon chien, que j'affame mes chevaux.

Du Pré avait les yeux cernés et prêts à se fermer. Tous manquaient de sommeil à force de parcourir les routes à la recherche de véhicules ensevelis.

Un gamin de six ans avait décidé que son appendice avait besoin de s'infecter, Benny l'avait opéré pendant qu'un médecin à Billings lui indiquait au téléphone ce qu'il devait faire. Cela avait drôlement bien marché.

— Je vais aller voir mes chevaux, dit Du Pré. Je suis content d'avoir vendu toutes mes vaches, j'en aurais à peu près une vingtaine de tonnes à enterrer en mars, sinon.

Et Benetsee... Tout ira bien pour lui.

Le téléphone sonna. Madelaine décrocha et fit signe à Du Pré.

— Bart, dit-elle.

Elle était furieuse contre lui pour une raison qu'il ignorait.

— Yo ! dit Du Pré.

— Ils repartent, annonça Bart, et vite. Tu penses, tous les gens ici ont envie de les voir foutre le camp. Deux des conducteurs de chasse-neige se sont fait un malin plaisir de passer très près des voitures garées sur la route, assez pour les bousiller sans les abîmer totalement. Mais je n'appelais pas pour ça, poursuivit-il. J'ai arrêté les cinq responsables et je les ai foutus en taule. Un type que je connais à Billings m'a appelé pour me dire que les journalistes et les gens de la télé attendaient que la voie soit libre pour débarquer chez nous. Je lui ai dit de leur dire que nous étions totalement débordés et que nous ne pouvions ni les nourrir ni les loger. Alors, certains, flairant l'article à sensation, ont loué des hélicoptères pour faire l'aller et retour. Ils vont être sur ton dos à cause de ces cons ensevelis là-haut à la Cooper Creek.

— Foote est avec toi ?

— Il arrive dans deux heures environ.

— Bon, je les lui enverrai. Je ne veux pas leur parler. Ces gens-là sont vraiment casse-pieds.

— C'est bien ce que je pensais, dit Bart. Ce que je veux, c'est que tu viennes rapidement ici et que tu me donnes un coup de main avec ces petits crétins. Ils sont assis dans leur cellule en train de chanter *We Shall Overcome,* et les casiers réservés aux prisonniers sont bourrés de matériel de randonnée chic.

— Bien. Je veux aller voir Benetsee, et mes chevaux.

— Booger Tom s'est déjà occupé de tes chevaux, mais je ne sais rien de Benetsee.

— Comment est la tempête à l'est ?

— Terrible, dit Bart, la pire de toute l'histoire. Finalement, elle est partie vers la mer après avoir flanqué sa raclée au Sud. Le plus marrant, c'est qu'ils ne savent pas d'où elle est venue. Aucun signal, aucun bip sur les satellites espions. Elle a surgi de l'Arctique et ne s'est plus arrêtée.

— Ouais, dit Du Pré. Bon, je vais aller voir le vieux, et puis je viendrai voir tes prisonniers. C'est vraiment des gens bizarres, là-bas, dans les plaines. Ils croient que c'est désert ici et qu'on a des leçons à recevoir d'eux. Combien de gens sont restés sous la neige, hein, Bart ? Combien de disparus ? Les appels arriveront quand ?

— Ils arrivent déjà. Les familles. À te briser le cœur. « Mon fils n'est pas rentré, mon fils écologiste. » Tu parles. Ils crient : « Sauvez la Terre ! Vive l'âge de pierre et la viande crue ! », mais ils n'ont pas la moindre idée de ce que c'est de vivre de la chasse, avec une massue pour seule arme !

— Écoute, une fois arrivés à Miles City, à Billings, ils appelleront chez eux.

— Pas tous, dit Bart doucement avant de raccrocher.

— Tiens, dit Madelaine, en lui tendant un gros paquet enveloppé dans une couverture. Il y a un repas chaud là-dedans, et une bouteille de son vin préféré est posée près de la porte.

Du Pré enfila son manteau, mit ses bottes, sortit et fit démarrer la Rover. Il rentra fumer une cigarette pendant que la voiture chauffait. Les enfants de Madelaine regardaient la télévision. Le plus âgé était dans l'armée et le suivant partirait dans la marine nationale en juin prochain.

Le temps passe de plus en plus vite, songea Du Pré. Je me demande à quelle vitesse il va pour le vieux Benetsee. De plus en plus vite jusqu'à votre mort ? Si vite que vous êtes déjà dans le noir avant même de le savoir ?

Madelaine se pencha pour l'embrasser.

— Je te rapporte quelque chose ? demanda Du Pré.

— On a besoin de provisions, mais il faudra du temps avant qu'on puisse en acheter, dit-elle.

— Il en reste chez moi.

— Non, tu n'as rien. Tu n'as même pas une conserve de maïs. Je suis allée voir pendant que tu fouillais les congères.

Du Pré hocha la tête.

— Je reviendrai peut-être avec Benetsee pour quelques jours.

— Benetsee est toujours le bienvenu, dit Madelaine, tu le sais. Je suis un peu inquiète, un vieil homme comme ça, tout seul chez lui.

— Je suis passé devant sa cabane hier, de la fumée sortait de la cheminée, dit Du Pré.

Madelaine l'embrassa de nouveau. Du Pré sortit, monta dans sa Rover et démarra. Il faisait très froid et la neige offrait une bonne traction.

Le chasse-neige avait dégagé la route mais le vent avait déjà rabattu la neige à certains endroits. Du Pré monta à quatre-vingts et fonça entre les congères.

J'espère qu'il n'y a pas de voiture dans l'une de celles-là, pensa Du Pré, les chasse-neige nettoient la route, bien, mais j'espère que l'essence de quelqu'un n'a pas gelé dans le réservoir, et que la voiture n'est pas restée coincée ici après le passage des chasse-neige.

Combien de centaines de personnes la tempête a-t-elle tuées ? Elle frappe encore en Alberta, dans le Saskatchewan, à l'est d'ici. La neige tombe là où elle n'est jamais tombée auparavant.

Du Pré aperçut les arbres qui enserraient la cabane de Benetsee. La fumée s'élevait en colonne vers le ciel d'un blanc bleuté.

Il se gara au bord de la route dans un endroit dégagé. Il avança, ses pas crissant sur la neige, vers le sentier entre les arbres. Il s'arrêta, stupéfait.

Le sentier était net. Le sol autour de la petite cabane aussi. On aurait dit qu'une tornade avait soulevé la neige puis était repartie. Une tornade très gentille.

Du Pré monta sur le porche. Benetsee ouvrit la porte et lui sourit.

— Tu es vivant, dit Du Pré.

Benetsee hocha la tête.

— Bien, dit Du Pré, je t'apporte les trucs que Madelaine m'a donnés pour toi.

Les vieux chiens du vieil homme se tenaient de chaque côté de Benetsee. Du Pré s'assit près du poêle pendant que le vieil homme buvait du vin et fumait. Il mangea avec appétit tout ce que Madelaine lui avait préparé.

Comme un coyote, songea Du Pré, il mange beaucoup, et après il n'a plus besoin de manger pendant longtemps.

— Tu m'as inquiété, en allant chercher ces idiots,

dit Benetsee. Ils croyaient qu'ils pouvaient faire quelque chose de très intelligent, mais la montagne les a mangés. Hi.

— Ouais, fallait que j'essaye, dit Du Pré. C'est mon boulot, maintenant.

Benetsee hocha la tête.

Du Pré voulut lui demander pour la neige et le vent autour de sa cabane, mais il se retint. Le vieil homme ne ferait que se moquer de lui avec une de ces fichues énigmes. « Oh ! je danse, lui dirait-il. Je sais, danser. »

— Qu'est-ce que tu vas faire si les journalistes viennent te poser des questions ? demanda Du Pré. Te transformer en corbeau, t'envoler ?

— Oh ! ils ne me dérangeront pas, dit Benetsee, je disparais.

Du Pré avait vu le vieil homme disparaître de nombreuses fois. Dans des pièces fermées, avec des gens dedans, pas de sortie proche, pouf ! il était parti.

— Je dois aller parler aux connards qui ont monté ce coup, dit Du Pré. Ils ont tué un tas de gens. Ce salaud de Bucky Dassault a quelque chose à voir là-dedans, je crois.

Benetsee hocha la tête et but un autre grand verre de vin.

— Il n'est pas assez malin, juste méchant et salement dangereux. Je vais parler à ces idiots, en prison.

Du Pré hocha la tête.

Benetsee rota.

— Un dernier verre, dit-il, et on y va.

Chapitre 16

— Ah ! dit l'adjoint Foote, je viens de lcur passer un de ces savons, à ces trous du cul ! Seigneur ! quel langage ! ce doit être l'armoise. Et maintenant je suppose que Benetsee va faire de même.

— Hi ! dit Benetsee.

— Je les relâcherai quand le vieil homme en aura fini avec eux, intervint Bart. Tu te rends compte ! Tu ne peux pas arrêter des gens juste parce que tu les suspectes d'être de foutus trous du cul. Heureusement pour le Congrès, hein ?

Booger Tom était assis dans le fauteuil de Bart, un café à la main. Une forte odeur de whisky se dégageait de sa tasse.

Du Pré et Benetsee suivirent Bart vers les cellules. Elles étaient vieilles, sommaires et froides. Les cinq détenus, deux hommes, trois femmes, tremblaient dans leur combinaison orange.

Benetsee prit une chaise, l'approcha de la cellule et s'assit. Il leva la main. Du Pré lui roula une cigarette, l'alluma, et la coinça entre les doigts jaunis du vieil homme.

Benetsee fuma tout en regardant fixement les prisonniers, qui commencèrent à s'agiter et à se déplacer comme un groupe de chevaux quand le cow-boy vient en chercher un.

Benetsee les contemplait sans ciller.

Ils ne purent soutenir son regard.

— Pourquoi êtes-vous venus ? demanda-t-il soudain.

Pas de réponse.

— Demande un sac rouge à Bart, dit Benetsee en s'adressant à Du Pré. Pas très grand, un peu plat, de cette taille, tu vois.

Il montra ce qu'il voulait avec ses mains.

Du Pré haussa les épaules et sortit.

Bart écouta sa demande, ouvrit le casier, fouilla et trouva un sac rouge de nylon tout en longueur, très mince. Du Pré l'apporta à Benetsee.

Celui-ci le posa sur ses genoux. Il ouvrit la fermeture Éclair. Les prisonniers remuèrent, mal à l'aise. Benetsee sortit une aile d'aigle, un aigle d'Amérique. Il la souleva, observa les plumes.

— Je la garde, dit-il. Elle ne vous causera que des soucis. Vous croyez que vous pouvez faire de la magie. Ha ! vous, vous faites peut-être du café, des œufs à la coque.

Du Pré éclata de rire.

— Vous êtes venus ici avec de mauvais cœurs, poursuivit Benetsee, et beaucoup de gens sont morts à cause de vous, d'une façon ou d'une autre. Très stupide. Vous ne les avez pas tués de vos propres mains, vous les avez tués avec vos paroles stupides.

Les gens dans la cellule se regardèrent.

— Vous rentrez chez vous, je crois, dit Benetsee. Vous ne revenez pas. Jamais. Cet endroit vous dévorera si vous le faites.

Le vieil homme se leva. Il regarda calmement les prisonniers. Il mit l'aile de l'aigle sous son bras et retourna dans le bureau du shérif.

— Des imbéciles, dit-il à Bart.

Bart approuva d'un hochement de tête.

— Je vais à Toussaint maintenant, dit Du Pré en enfilant son manteau.

Ils quittèrent Cooper et prirent la route blanche. Il restait encore quelques voitures sur les bas-côtés, les moteurs gelés. Du Pré se gara en face du bar de Toussaint, et ils y entrèrent.

Susan, très affairée, servait quelques déjeuners. Du Pré et Benetsee s'assirent sur des tabourets au comptoir et attendirent.

— Vous voulez manger ? demanda Susan en revenant. J'ai des burgers à la viande d'orignal. C'est tout ce qui nous reste. Totalement illégal, mais quand on a faim...

— Bien sûr, dit Du Pré.

Susan lui servit un whisky d'une couleur jaune pâle, un produit local. Elle donna un grand verre de vin à Benetsee.

— Vous pouvez boire tout le fichu vin que vous voulez, dit Susan, mais il va falloir que vous mangiez. C'est gratuit.

Benetsee sourit, découvrant ses vieux chicots marron.

Bill Stemple se leva de sa table et vint voir Du Pré. Il se curait les dents. Il fouilla dans sa poche, en sortit une cigarette et l'alluma.

— Tu parles d'une merde ! dit-il. On a encore perdu des bêtes, la gueule gelée, pendant que mes gars et moi on était sur la route à chercher ces petits cons. On en a retrouvé six. J'ai dû les prendre chez moi et les nourrir.

— Ouais, dit Du Pré, c'était calme ici pendant longtemps, et maintenant on a tout ce bordel. Mais peut-être que ça apprendra quelque chose à quelqu'un, je ne sais pas.

Stemple haussa les épaules.

— Cette foutue bonne femme du FBI, Banning, bon sang ! elle est sur le dos de tout le monde, à poser et reposer les mêmes questions. C'est son boulot, je comprends, elle doit le faire, mais, Seigneur ! personne va sortir du rang en disant : « C'est moi qui l'ai fait. » On sait rien. On n'était même pas ici.

Du Pré haussa les épaules.

— On va bientôt devoir se taper les journalistes, dit-il. Ils vont contempler les dégâts et poser des questions du genre : « Qui a enseveli ces gens ? »

— Je serai trop occupé pour leur parler, répliqua Stemple.

— On a tous du boulot, dit Du Pré. Alors n'ouvre à personne et surtout ne tire sur personne. Je n'ai pas envie de t'arrêter.

Corey Banning, le visage emmitouflé dans une écharpe rouge foncé et vêtue d'un manteau en peau de mouton, se faufila par la porte et la referma d'un coup sec. Elle défit son écharpe. Elle semblait énervée.

— Bon Dieu ! quand c'est pas une chose, c'est l'autre.

Elle marcha d'un pas lourd jusqu'au comptoir. Susan lui servit un double cognac.

— Ils m'envoient de nouveaux agents, dit-elle. Ça va être horrible, on va les retrouver gelés, ils finiront handicapés à vie ! Ils sont tous originaires de Floride, je le sens. Seigneur !

Elle vida son verre.

— On a un tas de journalistes qui arrivent, dit Du Pré.

— Ha ! Ce type, Foote, si intelligent, il va leur faire un communiqué de presse d'une page entière qui ne dira rien du tout avec beaucoup d'élégance. Moi, je me contenterai d'un : « Pas de commentaires. » On va les affamer.

— Ouais, dit Du Pré. Eh bien, encore une mauvaise tempête comme celle-là, et la neige ne fondra pas avant juin, peut-être qu'on retrouvera des gens dehors gelés.

— Le fond des canyons des Wolf sera à vingt-cinq mètres sous la neige, dit-elle. Ça ne fondra peut-être même pas avant l'été suivant.

Banning retira son manteau. Elle portait de simples vêtements de ranch et tout l'attirail du flic accroché à la ceinture : un 9 mm, des menottes, un pulvérisateur de poivre.

Elle s'avança vers Benetsee, passa les bras autour de lui et le serra contre elle. Ellc posa sa tête sur son dos.

— Vous savez, dit-elle doucement. Vous ne voulez pas me dire, vous ne le ferez pas, et je ne peux pas vous y obliger. Mais vous savez tout, n'est-ce pas ? Et comme vous ne voulez rien en particulier, on ne peut pas vous acheter. D'ailleurs, vous êtes trop vieux pour vous soucier de quoi que ce soit, excepté prier.

Benetsee se pencha en arrière et lui caressa les cheveux. Il tapota le tabouret à côté de lui.

— Tu viens t'asseoir ici, ma fille, dit-il, je te dirai ce que je sais pouvoir te dire.

Elle monta sur le tabouret, posa un coude sur le comptoir et pressa son oreille près de ses vieilles lèvres.

Benetsee murmura.

Elle hocha la tête.

Elle l'écouta longuement.

Les autres clients du bar payèrent leur consommation et partirent. Du Pré alla jouer sur un bandit manchot et perdit de l'argent. Machine débile, foutue électronique.

Il avait toute une poche remplie de monnaie et il y passa du temps.

Quand il se retourna, Benetsee était parti et Corey Banning lui tournait le dos, regardant au loin.

Du Pré commanda un autre whisky et s'assit à côté de l'agent du FBI.

— Ce vieux Benetsee, il voit juste les énigmes, la plupart du temps, dit-il. À votre place, je ne serais pas fâché contre lui.

— Même une putain d'énigme m'aiderait, dit Banning.

— Parfois, vous vous retrouvez avec un truc, on dirait que vous pouvez le dénouer, mais vous n'y arrivez pas. Vous savez, mon père, Catfoot, a tué le frère de Bart, et il nous a fallu longtemps pour le comprendre, bien des années plus tard. On aurait pu passer à côté s'il n'y avait pas eu ce coyote que Benetsee m'a envoyé.

Banning hocha la tête.

— Quatorze morts, cela fait beaucoup, dit-elle, et celui qui les a tués est très malin, et il n'agit pas seul.

Du Pré hocha la tête.

— Je sais, dit-il, c'est mal, ils n'auraient jamais dû faire ça.

— Je sens beaucoup de pression dans cette affaire, je peux être virée, vous savez.

Du Pré hocha la tête.

— Ouais, alors ils enverront quelqu'un qui fabriquera des pièces à conviction et accusera n'importe qui. Coupable ou pas, ils s'en foutent.

— Ouais, ce genre de conneries peut arriver.

Elle but son cognac.

— Je me fiche des huit suicides sous l'avalanche, dit Corey Banning. J'ai assez à faire avec le reste.

Chapitre 17

Les équipes de télévision arrivèrent dans de gros camping-cars avec des paraboles sur les toits. Les journalistes de la presse écrite vinrent dans des voitures de location et cherchèrent des chambres dans les motels.

Finalement, quelqu'un leur loua une vieille maison délabrée dans une ruelle de Cooper. De l'eau coulait du toit quand la neige fondait. Le grenier était plein de crottes et de nids de ratons-laveurs qui aimaient bien l'endroit.

Ils collèrent leurs caméras sous le nez de Du Pré et lui posèrent des questions sur l'avalanche. Du Pré haussa les épaules et passa son chemin.

Il s'apprêtait à monter dans sa Rover garée devant le bar de Toussaint quand une grosse femme à l'allure vicieuse lui offrit plusieurs liasses de cent dollars contre l'exclusivité de son histoire pour un de ces magazines bon marché vendus aux caisses des supermarchés.

Du Pré haussa les épaules, monta dans sa voiture et démarra avec plusieurs journalistes à ses trousses. Il prit les petites routes encombrées de congères et ses poursuivants se retrouvèrent coincés.

Du Pré s'arrêta sur la plaine de piémont et contempla la terre blanche et morne en dessous marquée d'une maison là, d'une ferme ici, d'une ou deux saillies rocheuses, le reste blanc sur blanc.

Le soleil très haut à l'est avait des parhélies de chaque côté.

C'est très mauvais signe quand trois soleils courent dans le ciel. Mon peuple, il y a longtemps, il faisait plus froid alors, dit-on, empilait les bonnes couvertures en peau de bison dans ses cabanes, le petit bois d'aulne, et tout le monde vivait sous les couvertures jusqu'à ce que le froid passe, en se nourrissant de pemmican, de viande, de graisse et de baies.

Il faut être patient dans cette région, c'est sûr. Il faut être comme l'eau : quand il fait froid, vous dormez jusqu'à ce que le soleil revienne, alors vous pouvez vous déplacer. C'est bon pour les animaux aussi. Ils vivent sous la neige, là où il fait chaud.

Les grandes chouettes blanches descendent chasser les animaux sous la neige par des températures comme ça. Les chouettes s'assoient, elles ont l'ouïe si fine qu'elles entendent les souris sous la neige, puis elles plongent dans la congère et attrapent leur proie.

Mais vous devez laisser ce pays vous dire ce qu'il faut faire. Si vous essayez de le lui dire, il vous tue vite fait bien fait. Oui.

Ces gens assassinés, ils croyaient que les éleveurs ne font pas partie de ce pays. Ils ont dit : « Vous devez partir. Emportez vos ancêtres avec vous, déterrez-les et emmenez-les plus loin, nous, on veut s'amuser ici. » C'est plus violent que de couper un barbelé ou même tirer sur une vache, je crois. Ça, c'est juste des trucs de gamins.

Mais les éleveurs ne sont pas si bêtes, même s'ils ne peuvent pas dire pourquoi cela les met tellement en colère qu'ils finissent par tuer.

Dans ce pays, des gens ont toujours débarqué pour

dire à ceux qui vivaient ici : « Partez, allez mourir de faim ailleurs, cette terre est à nous maintenant, nous la voulons, nous avons raison et vous avez tort. »

Le vent se leva, un blizzard. Du Pré démarra et fonça, profitant de ce que la route était à peu près visible. Il changea de chemin afin de ne pas avoir à aider des journalistes coincés dans les congères.

Plusieurs voitures étaient garées devant le bar de Toussaint. Le bahut de Benny, les habituels vieux pick-up des éleveurs.

Du Pré s'avança vers l'entrée. Il posa la main sur la poignée et, baissant les yeux, aperçut par terre une caméra déglinglée à moitié enfoncée dans la neige.

Il lui fallut deux minutes pour s'habituer à la pénombre du bar. La lumière dehors était éblouissante.

Je me souviens de cette fois où j'ai attrapé une ophtalmie des neiges. Trois jours sans rien voir, et un mois à sentir des grains de sable dans les yeux.

Madelaine le rejoignit. Il la reconnut au bruit de ses pas. Petite, elle s'était cassé une cheville, cela avait rendu son pied gauche un peu fragile, elle le posait à peine.

— Hé ! Du Pré, tu ne te souviens pas de moi, hein ?

— Je ne vous vois pas, dit Du Pré. Vous habitez ici ?

— Tu vas avoir des ennuis si tu ne trouves pas quelque chose de drôle à dire, et vite. C'est comme ça que les hommes s'en tirent, en général : vous nous faites rire, alors on ne vous arrache pas les burnes pour vous les enfoncer dans la gorge.

— Une époque intéressante, dit Susan derrière le comptoir. C'est une vieille malédiction chinoise : puisses-tu vivre une époque intéressante ! Ces foutus journalistes sont partout. Ils bloquaient l'entrée jusqu'à ce que le vieux Jim débarque.

Le vieux Jim avait soixante-dix ans et travaillait

toujours à dresser des chevaux. Il était assis dans un coin devant un grand verre de whisky, son « sourire » de la journée, comme il disait.

— Ces putains de malpolis m'ont collé un micro sous le nez ! Ils voulaient pas me laisser passer ! s'exclama le vieux Jim. Alors j'ai pris deux têtes et j'ai joué des castagnettes. Bon Dieu ! c'était pourtant calme par ici, avant.

Du Pré éclata de rire.

Un journaliste sortit des toilettes, vit Du Pré et s'approcha.

— Sortez ! aboya Susan. Si vous avez une question à poser à Gabriel, allez faire ça ailleurs. J'en ai plus qu'assez de vous voir embêter mes clients !

L'homme se dirigea vers la porte, les épaules basses.

— Ils vont bientôt partir, dit Susan, ignorant le journaliste. Rien à se mettre sous la dent, je suppose, avant que la neige ne fonde assez pour qu'on retrouve ces pauvres idiots là-haut à Cooper Canyon. Tu as failli en sortir un, pas vrai ?

Le journaliste s'était arrêté.

— Merde ! dit Susan.

Du Pré haussa les épaules. Il tapa sur le comptoir et Susan lui servit un whisky.

Le vieux Jim, Susan, Du Pré et Madelaine regardèrent en silence l'étranger jusqu'à ce qu'il abandonne la partie et disparaisse.

— Une bonne chose que ce ne soit pas arrivé en été, dit le vieux Jim. Ces salauds vont se les geler, ça les fera décamper.

Mais ils reviendront, pensa Du Pré. Ils reviendront.

— Raymond et Jacqueline nous attendent pour dîner, dit Madelaine. Mes enfants aiment bien se faire à manger, et quand je ne suis pas là, ils peuvent téléphoner tant qu'ils veulent.

Du Pré s'assit et réfléchit pendant que Madelaine et Susan bavardaient. Il but son whisky. Le vieux Jim se joignit à eux. Benny arriva, puis Bart, Booger Tom, Packy avec sa femme, et d'autres habitués.

L'adjoint du shérif et avocat, Foote, entra à son tour.

— Les journalistes ont fini par lâcher, dit-il. Ils ne sont pas très tenaces.

Du Pré grogna.

Bart empila du bois dans la grande cheminée au fond de la salle. Il alluma le feu, recula et le tisonna jusqu'à ce qu'il prenne. La nuit tombait vite. Les jours les plus courts de l'année approchaient. Noël. Une nouvelle année.

Du Pré alla chercher son violon dans la Rover, le laissa se réchauffer, puis l'accorda et joua quelques morceaux lents, des complaintes, les chants des *voyageurs** parlant des nuits sans sommeil quand ils avaient le mal du pays et que leurs femmes, leurs familles et tout ce qui ne se trouvait pas dans les interminables forêts vert-noir du Nord leur manquaient.

Les ballots de fourrure.

Ils les transportaient pour le compte de la Compagnie de la baie d'Hudson. Ils allaient chercher des fourrures dans tout le Canada, les troquaient contre des fusils, du rhum, des couvertures, des perles, des haches, des couteaux et des bouilloires de cuivre. Les prêtres ramenaient les âmes au paradis.

Si tout cela était réel.

Mais la Compagnie de la baie d'Hudson l'était. HBC[1]. Ici avant le Christ.

Ces voyages duraient toute une année, parfois deux. Pendant ce temps, les femmes élevaient les enfants et fabriquaient les canots. Robustes, solides, résistants, pour que leurs hommes ne se noient pas.

1. Jeu de mots sur l'abréviation de *Hudson Bay Company* : HBC ou *Here Before Christ. (N.d.T.)*

Du Pré se revit enterré vivant dans le noir, se raccrochant à la lumière, se hissant à travers la neige vers le ciel qui brillait sous l'ourlet de la tempête venue du nord, là où est vraiment l'enfer, le froid.

Des forêts sombres, la glace, les faux soleils. Les grandes terres qui attendent, affamées.

Du Pré joua avec son cœur, sorti de la glace, des ombres.

Huit personnes sous l'avalanche, leurs visages gelés deviennent rouge foncé, de longs cristaux s'écoulent de leurs yeux. Certains sont peut-être encore vivants, oui, ça se pourrait. Rien à faire.

Combien de *voyageurs** ont fini dans le ventre des loups, des coyotes, des blaireaux, des putois, des pies et des corbeaux ?

Joue pour eux.

Joue pour tout ce qui meurt dans le froid.

Je pourrirai sous la terre, mais la musique vivra toujours, c'est la respiration de Dieu.

Du Pré laissa mourir la dernière note.

Il se pencha pour prendre son verre de whisky. Il but. Il regarda ses amis et son amante. Tous le contemplaient en silence. Corey Banning était arrivée entre-temps. Des larmes coulaient sur ses joues.

— Il est l'heure d'aller dîner, dit Madelaine. Viens, maintenant.

Du Pré hocha la tête, finit son verre et rangea son violon.

Chapitre 18

Juste après le nouvel an, une masse d'air arctique s'abattit sur l'avant des Rocheuses. Énorme et très froide, elle s'étendait du Montana au Minnesota. Certaines nuits, la température descendit à moins cinquante. Des canalisations d'eau éclatèrent. La fumée s'élevait des cheminées en longues colonnes jaune pâle.

Du Pré sortit de sa maison par un matin scintillant, leva les yeux vers le ciel blanc et secoua la tête. Il jeta un coup d'œil sur les bâtiments annexes et aperçut un mince filet de vapeur provenant d'une fissure dans le mur de la grange.

Il retourna chez lui, prit un fusil de chasse, mit plusieurs cartouches de chevrotine dans le magasin et en chargea une.

Un ours dans ma putain de grange.

Il avança tout doucement. Il trouva d'où provenait le filet de vapeur. L'ours avait rampé sous des ballots de paille, cassé la ficelle, puis éparpillé la paille pour se faire un lit et se couvrir.

Du Pré se tenait à quelques mètres de l'animal. Il l'entendit ronfler gentiment.

Il haussa les épaules.

Comme j'aimerais pouvoir dormir, moi aussi,

jusqu'à ce que ça se réchauffe ! Quand il fera plus chaud, tu partiras. Pas maintenant.

Il avait branché sa Rover à une prise de courant électrique, donc le moteur était chaud, mais quand il mit le contact, les courroies crissèrent avec un son aigu pendant un quart d'heure avant de tourner en souplesse. Quand il démarra, les pneus s'arrachèrent à la neige à grand bruit.

Il avait laissé de petits filets d'eau couler des robinets.

Si les canalisations gèlent, je vais m'amuser, songea-t-il alors qu'il roulait lentement sur la route enneigée. Les pneus n'avaient pas encore repris leur forme ronde quand il arriva à Toussaint.

Benny Klein avait installé à l'entrée du bar une sorte de sas bricolé à partir de bouts de plastique et de lattes pour briser les rafales d'air arctique qui s'engouffraient chaque fois qu'on ouvrait la porte. Du Pré poussa la portière et la remit en place. Elle était en lambeaux, les lanières se cassant avec le froid. Il ouvrit rapidement la porte et la referma d'un coup sec. Un carreau sur l'une des fenêtres de devant éclata.

— Un peu de respect pour le bien d'autrui, Gabriel, dit Susan Klein.

Elle sortit de derrière le bar avec un rouleau d'adhésif. Plusieurs autres vitres en étaient déjà couvertes.

— C'était quand la dernière fois qu'on a eu ça ? demanda Du Pré. En 89 ? Ouais, pendant trois semaines, il a fait moins cinquante toutes les nuits. Le vieux Thompson est mort gelé. Il était sorti voir son bétail, avait glissé et s'était cassé la hanche.

— Ouais, dit Susan. Benny était passé chez lui l'après-midi, mais il était déjà mort. Benny en est encore chagriné, il se dit qu'il aurait dû y aller le matin, mais le vieux Thompson n'aimait pas être couvé, tu te souviens ? La veille, il avait presque fichu Benny à la porte.

— Tu as vu Bart ?

— Il a téléphoné tout à l'heure, il te cherchait. Il a dit qu'il viendrait déjeuner. Je lui ai dit qu'on aurait de la salade de vers de glace.

— Personne ne fait grand-chose pour le moment, dit Du Pré.

Il pensa aux agents du FBI dans leur caravane. Toutes les canalisations avaient gelé, de l'eau était tombée sur les plombs, tout avait sauté. Le froid avait aussi décollé le revêtement en aluminium de la structure ; le prochain coup de vent emporterait la couverture du toit.

Ça pouvait pas arriver à des types plus sympas, pensa amèrement Du Pré. Mais j'aime bien Corey Banning, et elle est drôlement tendue ces jours-ci, comme un faucon qui plane sans repérer aucune proie. Rien à *faire.*

Susan Klein fit glisser une bouteille de whisky et un verre sur le comptoir.

— La machine à glace a gelé, dit-elle. Si tu veux des glaçons, tu n'as qu'à trimbaler tes guiboles dehors, tu y trouveras tout ce qu'il te faut.

Du Pré éclata de rire.

— Si le satellite télé tombe en panne, dit Susan, le taux de criminalité ici ressemblera à celui de Miami dès le premier soir. Ça nous donnera une petite idée de ce que c'était ici il y a cent ans, quand les gens devenaient cinglés.

Du Pré se servit un whisky. Il se roula une cigarette, l'alluma et regarda la fumée s'élever vers le plafond.

Oh ! oui, cet hiver-là, peut-être en 1910, quand Black Jack Pershing[1] est venu, a encerclé les Métis,

1. John Joseph Pershing (1860-1948) : fameux général américain. Commandant du corps expéditionnaire en France en 1917. *(N.d.T.)*

les a poussés dans des wagons à bestiaux par moins quarante, et a envoyé deux mille d'entre nous, du Dakota du Nord, à Pembina. Il nous a foutus dehors.

Ne nous prenez pas, nous sommes des citoyens, prenez les pauvres Métis de Great Falls, Helena, Lewiston, ils ne savent pas dans quel pays ils se trouvent. Combien de morts cette fois ? Quatre cents, je crois, selon mon grand-père. Ils ont gelé dans les wagons, ils sont morts de faim dans le Dakota du Nord sous les trois soleils dans le ciel.

Et les autres. Tous ces gogos des petites fermes des plaines, on les a retrouvés au printemps gelés autour du poêle. Des familles entières mortes de faim. Les survivants sont devenus fous et hurlaient au printemps parce que tous ceux qui les connaissaient étaient morts. Les coyotes avaient mangé les morts dans les maisons. Ici, dans le Montana, dans le Dakota, dans le Nebraska, on dit que vingt mille pauvres fermiers et leurs familles sont morts cet hiver-là.

Fichu hiver, quand c'est comme ça, l'épouvante me gèle le cœur.

Mon sang se souvient du goût des mocassins bouillis, la pire chose que mon peuple ait jamais mangée.

J'ai pas de chansons là-dessus. Sauf si l'on compte les chants funèbres à l'église. Trop froid, les violons cassent.

La porte s'ouvrit brusquement. Bart et Corey entrèrent, le visage rougi par le court trajet entre leur voiture et le bar. Bart referma derrière lui, et ils tapèrent des pieds pour secouer la neige de leurs bottes fourrées.

Il faisait très chaud dans le bar. Benny avait installé un second poêle à bois près de la porte, et les deux ronflaient bruyamment. Mais quand on approchait des murs, le froid était saisissant. Les coins des fenêtres étaient couverts de givre.

Corey Banning et Bart ôtèrent leurs parkas et leurs vestes. Ils rejoignirent Du Pré.

— Quoi de neuf ? demanda Corey.

— Hum ! J'ai un ours dans ma grange. Il dort. Je n'ai pas eu le courage de le mettre dehors.

— Quel genre d'ours ? s'enquit Bart.

— Du genre endormi. Il est sous la paille, mais il ne doit pas être très gros, ses empreintes sont celles d'une bête de deux ans.

— J'adore ce temps, dit Corey Banning. Mes supérieurs sont assis sur leurs gros culs à Washington, bien au chaud, et se demandent pourquoi je n'ai pas mis sous les verrous tous ces vilains criminels. Deux crétins du bureau de Butte sont allés épingler un gars avec un mandat d'arrêt, la voiture est tombée en panne, ils ont marché pendant je ne sais combien de temps. Résultat : ils sont tous les deux à l'hôpital, l'un a perdu quatre orteils, et l'autre quelques doigts. En plus, quand ils ont commencé à avoir froid, ils se sont mis à courir comme des dingues. Quels cons ! Le givre est entré dans leurs poumons, ils ont chopé une pneumonie nécrotique.

— Cette chère vieille Corey, dit Bart, toujours heureuse d'apprendre que ses collègues ont failli mourir. Cela lui fait du bien. Elle a tellement de sympathie pour eux.

— Des nuls, dit Corey. Tous autant qu'ils sont.

— Tu vas à la fête ? demanda Bart.

Du Pré hocha la tête.

— Quelle fête ? fit Corey.

— Tous les ans, les Martin donnent une grande fête en janvier. Ça remonte le moral de tout le monde. Ils font ça dans un immense manège qu'ils utilisent pour entraîner les chevaux. Ils installent une piste de danse, préparent un barbecue et font venir de bons musiciens. Tout le monde est invité, sauf ceux qui sont en prison, expliqua Du Pré. Vous devriez venir, danser un peu, cela vous rendra plus aimable, peut-être.

Corey le regarda un moment sans rien dire.

— Je viendrai, dit-elle.

— Tu as vu le vieux Benetsee dernièrement? demanda Bart.

Du Pré haussa les épaules. Il était passé chez lui, mais le vieil homme était absent ainsi que ses chiens. Ou bien les chiens étaient morts de froid, et le vieil homme se trouvait quelque part sous la neige.

— Il est sans doute parti au Club Med dans une île des Caraïbes, dit Du Pré, et il a oublié d'envoyer une carte postale. Non, j'ai vérifié chez lui, il n'était pas là. Tu le connais, il va, il vient, personne ne sait rien.

— Depuis combien de temps connaissez-vous les Martin? demanda Corey.

— Depuis toujours, dit Du Pré. Ils ont un ranch aussi grand que le Rhode Island, je crois, c'est ce que j'ai lu quelque part. J'y vais quand ils chargent leurs bêtes, j'ai jamais eu aucun problème.

— Jamais aucun problème, répéta Corey. J'ai vérifié auprès de Booger Tom, il a travaillé un peu dans leur ranch, il les aime bien. C'est rare, avec Booger Tom.

Du Pré haussa les épaules. Il connaissait peu les Martin. D'ailleurs, personne ne les connaissait vraiment bien. Ils restaient entre eux, maintenant simplement de bonnes relations de voisinage. Ils envoyaient leurs enfants étudier dans des écoles privées de la côte Est.

— Il y a Taylor, dit Corey, un héros de la guerre, pilote d'hélicoptère, cow-boy de rodéo, et vétérinaire aussi. Il a assez à faire sur le ranch, il n'a pas de cabinet de consultation. Et puis, son frère cadet, Clark, sorti de West Point, il a fait le Vietnam un peu plus tard. Et il y avait un troisième frère.

— Hall, dit Du Pré. Il est mort très jeune, dans un accident d'avion. Il s'est retrouvé coincé dans un canyon. Il n'avait que dix-neuf ans, je crois.

— J'aime beaucoup danser, dit Corey Banning.

Du Pré hocha la tête et but son whisky.

Chapitre 19

Les bottes résonnaient lourdement sur le plancher de bois. L'orchestre de *Western swing* arrivé par avion du Nouveau-Mexique était superbe. Tous les artistes étaient habillés de vêtements de western taillés sur mesure, très luxueux et richement brodés.

— Putain, je parie que leurs bottes sont fourrées en écureuil, dit Booger Tom.

Du Pré éclata de rire. Les trois cents personnes qui se pressaient sur la piste, mises en gaieté par l'alcool et la musique légère, dansaient un rapide *two-step.*

— Un bon groupe, dit Du Pré.

Booger Tom répondit par un grognement.

Bart, sanglé dans son uniforme, se tenait près de l'un des énormes poêles à bois. Corey Banning était à ses côtés, vêtue d'une veste de cuir assez longue pour cacher son arme.

Clark Martin, grand, les cheveux blond-châtain, apprenait à danser à l'une de ses petites filles. L'enfant se tenait sur ses bottes et riait, sautant alors que Clark avançait et reculait en mesure.

Les longues tables à tréteaux poussées contre un mur du manège étaient couvertes de nourriture. Une fausse façade de saloon avait été montée dans un coin du bâtiment. De la sève suintait du bois humide, dégageant une forte odeur de pin. Cinq serveurs officiaient au bar.

— Ils ont bien fait les choses, dit Du Pré.

Il se tourna et vit Booger Tom se glisser parmi les grappes de danseurs, en direction du bar.

Cette vieille bique aime bien biberonner, pensa Du Pré, surtout quand c'est gratuit.

Quelques rares personnes trop vieilles ou trop saoules pour danser, s'étaient installées autour des tables dressées à côté de l'estrade. La vieille Mrs. Martin était assise avec son fils Taylor près d'elle. Elle portait un chemisier de soie violette, une veste brodée de perles et un collier d'émeraudes et de diamants. Ses mains à la peau translucide étaient couvertes de bagues scintillantes. Les cheveux blancs, mince et droite, elle accueillait d'un léger sourire ceux qui s'arrêtaient et échangeaient quelques mots avec elle.

Son mari est mort il y a cinq ans, songea Du Pré. On dirait la reine d'un petit pays. Un pays luxueux, plein de traditions.

Taylor riait beaucoup. Il se leva, prit des verres et se dirigea vers le bar. Sa mère regarda les danseurs sur la piste. Elle suivait le rythme de la musique, ses ongles rouges tambourinant sur une tasse blanche.

— Et voilà la reine des abeilles, dit Corey Banning.

Du Pré se tourna. Elle se tenait à ses côtés.

— Où est Madelaine ? demanda Corey.

— Un de ses enfants a une otite.

— Elle pense plutôt que les gens riches sont stupides, dit Corey, et je suis de son avis, mais j'ai une mission. Je n'avais jamais vu la reine des abeilles ; je n'avais pas de raison assez bonne pour lui demander une audience. Même si je lui suis présentée, je n'obtiendrai sans doute rien d'elle, peut-être un petit verre de sherry, accompagné de petits fours, une vague proposition de m'aider. Seigneur! Cette vieille a l'air terriblement vigoureuse! Vous la connaissez?

Du Pré secoua la tête. Moi, je ne suis que le sympathique contrôleur de bétail qui vient signer pour trois millions de dollars de cargaison quand ils embarquent leurs bêtes. Vous voulez acheter un millier de yearlings, vous leur demandez s'ils en ont, ils hochent la tête, s'arrêtent, puis disent : « Vous les voulez comment? De quelle couleur? »

Taylor Martin retourna à sa table, posa les verres, regarda du côté de Du Pré et Corey Banning et leur fit signe d'approcher d'un geste amical.

— Le prince nous convie, dit Corey. Attention, pas de doigt dans le nez ni de pets devant la Présence. Venez, Du Pré, et n'oubliez pas de faire votre révérence avec moi.

Ils se frayèrent un chemin parmi la foule. Mrs. Martin se leva pour les accueillir. Quand Du Pré lui serra la main, sa forte poigne de femme habituée aux chevaux le surprit.

— J'espère que vous avez assez à manger et à boire? dit-elle d'une voix au doux accent du Sud, qui dénotait une excellente éducation.

— Nous sommes repus, répondit Corey. Que faites-vous de cet endroit entre deux fêtes? Vous y entraînez des troupes de la cavalerie?

— Juste les chevaux. Ces longs hivers sont durs à supporter. Au moins, ici on peut travailler. Ça m'aide à surmonter l'épreuve du froid.

— Morgan et ses chevaux! C'est devenu une blague familiale, dit Taylor. Si mon père n'avait pas embauché de cuisinières, ses enfants seraient morts de faim.

— Je vous ai portés, dit Mrs. Martin, et ce n'était pas une mince contribution. Les couches, les biberons et les repas quotidiens, ai-je dit, seront le lot de quelqu'un d'autre. N'importe qui.

Corey éclata de rire. Du Pré sourit.

Elle se moque d'elle-même, songea-t-il. Cette Mrs. Martin, c'est quelqu'un.

— Vous vouliez me parler, ma chère ? dit Mrs. Martin à Corey. Taylor, tu peux nous faire porter du cognac dans la serre ?

Elle prit la veste de daim posée sur sa chaise et la plaça sur ses épaules. Puis elle entraîna Corey vers une porte au fond du manège.

— On ferait mieux de les laisser, dit Taylor Martin. Venez, je vais leur faire porter le cognac, et on pourra prendre un verre.

Au bar, Taylor s'adressa à l'un des serveurs. L'homme hocha la tête, prit une bouteille sous le comptoir, la posa sur un plateau à côté de deux verres ballons qu'il remplit à moitié d'eau bouillante.

— Corey se sent un peu frustrée, dit Du Pré. C'est gentil de la part de votre mère de lui parler.

— Très drôle, se moqua Taylor. Toutes les deux vont se piquer avec des broches sans qu'aucune ne se plaigne. Banning a peu de pistes. Aucune ne conduit ici, mais elle se demande tout simplement ce qui se passe dans notre petit royaume.

Du Pré haussa les épaules.

Si c'est vous, pensa-t-il, vous vous en sortirez et vous recommencerez, de toute façon. Tout ce que j'ai à faire, c'est attendre.

Taylor lui tendit un verre. Du Pré jeta un coup d'œil sur la main déformée de son hôte. Une cicatrice courait sur le dos ; il lui manquait un doigt ainsi que deux phalanges à l'auriculaire.

— Un coup de mortier, dit Taylor en levant sa main. Je n'oublierai jamais ce jour. Vous avez fait le Vietnam, Du Pré ?

Du Pré secoua la tête.

— L'Allemagne, dit-il. J'ai bu un tas de bières.

Martin hocha la tête. Il leva les yeux et serra la mâchoire. Du Pré se tourna. Des hommes menaçaient de se battre, dans un coin de la piste.

Martin posa son verre et s'avança vers eux d'un pas glissant. Du Pré le suivit. Les hommes criaient maintenant. Deux d'entre eux s'affrontaient alors que les autres reculaient.

— Pas ici, dit Taylor Martin d'un ton sec.

De jeunes cow-boys prêts à se livrer à leur sport favori du samedi soir.

Du Pré ne les connaissait pas. Sans doute les employés d'un ranch voisin.

Les deux hommes ignorèrent Taylor. L'un d'eux s'apprêta à balancer son poing.

Martin s'interposa, le coupant dans son élan. Il tendit son bras d'un geste négligent, et, de sa main abîmée, saisit le poignet du garçon, le tordit et, comme si de rien n'était, lui décocha un coup de botte dans le genou. Le type s'écroula à terre avec un glapissement.

— Pas de ça ici, dit Taylor Martin, et dehors non plus. Il fait trop froid. Maintenant, venez, on va tous aller prendre un verre.

Il se pencha, attrapa le cow-boy à terre par l'épaule et le remit sur pied sans effort. Le cow-boy le regarda bêtement.

— Arrête tout de suite ou je te brise le cou, menaça Martin.

— O.K., O.K., je suis désolé, dit le garçon, les deux mains sur le genou. On s'amusait. Vous savez ce que c'est.

Martin conduisit les cow-boys vers le bar. Il leur raconta une ou deux histoires drôles, leur fit servir à boire, puis posa une main sur l'épaule de Du Pré et l'entraîna plus loin.

— La jeunesse est très jeune, dit-il. Il suffit que l'un commence pour que tous suivent. Ces imbéciles heureux adorent se battre à poings nus juste pour le plaisir.

Du Pré hocha la tête. Il avait participé à bon nombre de bagarres de ce genre lui-même.

Les musiciens firent une pause, le violon et la guitare finissant en éclat sur la voix suave du chanteur. Les danseurs s'éparpillèrent en bavardant, puis se dirigèrent en masse vers le bar.

— Taylor ! cria une voix.

Clark Martin se dirigeait vers eux avec un sourire.

— Je t'ai vu arrêter la bagarre, dit-il. Un de ces types travaille pour nous, tu sais.

Taylor fit un hochement de tête.

— Bien, dit-il, tant qu'il respecte mon interdiction, il travaille encore pour nous. Je ne peux pas reprocher à un homme de vouloir s'amuser un samedi soir, surtout avec un hiver aussi long et dur.

— Où est Morgan ? demanda Clark.

— Elle a emmené la dame du FBI dans la serre, dit Taylor.

— Elle enquête sur les orchidées ? dit Clark en riant.

— L'endroit est bourré de fleurs exotiques, expliqua Taylor. Allons boire un verre.

Du Pré ne put qu'approuver.

Chapitre 20

Un blizzard de mars cinglait violemment les terres. D'énormes flocons filaient à l'horizontale, poussés par des vents qui hurlaient. Il faisait assez chaud, mais impossible d'y voir à quinze mètres.

Corey Banning et Du Pré se trouvaient au bar. Corey se roulait une cigarette d'un mouvement précis. Elle lécha le papier, glissa la clope entre ses lèvres, l'alluma puis tapota le comptoir en bois avec son briquet.

— Des fléchettes, dit-elle, voilà ce qu'il manque, un joli jeu de fléchettes.

— C'est pas la bonne saison, dit Susan Klein. Un peu plus tard, la plupart des clients prennent un touriste, le collent contre le mur et pratiquent le lancer de couteaux sur lui. Vous voyez ces taches sur le sol ? Ça rend le touriste vraiment nerveux.

L'hiver avait été dur, alternant neige et froid. Des daims et des élans affamés mouraient dans les champs. Les éleveurs leur sortaient du foin, mais toutes les pousses de saule avaient été broutées, et les animaux ne pouvaient pas digérer l'herbe. Ils allaient mourir de faim le ventre plein.

— Vous avez parlé avec Morgan Martin à la fête,

dit Du Pré, mais vous ne m'avez jamais raconté ce qu'elle avait dit.

— C'est Morgan Taliaferro Martin, pour les gens comme vous et moi, dit Corey Banning. Oh ! la reine des abeilles et moi-même avons admiré les orchidées et elle, dans toute sa majesté, s'est enquise fort gracieusement de ce que je cherchais exactement, putain ! J'ai répondu que j'étais chargée d'enquêter sur les meurtres, et que je voulais savoir si elle avait des employés dont elle ne pensait pas que du bien. Elle m'a dit qu'elle n'engageait jamais personne dont elle ne pensait pas du bien. Nous avons bu un très bon cognac. Le cœur de cette garce est dur comme la pierre. Pas étonnant que son charmant fils soit un tel héros. Quand on a eu une mère pareille, on n'a plus jamais peur de personne.

Du Pré éclata de rire.

— Vous ne l'aimez pas, dit-il.

— En fait, je l'apprécie beaucoup. J'adore les femmes fortes. Mais je dois trouver les salauds qui ont tué avec tant d'efficacité. Ce comté est un endroit fréquentable, je le sais, mais, avec mon mauvais esprit, je ne peux m'empêcher de me demander qui ici est assez compétent pour mettre ça au point, et assez coriace pour que rien ne filtre. Donc mon esprit retourne inévitablement vers la reine des abeilles et ses charmants fils. J'aurais préféré une simple paire de péquenauds psychopathes qui auraient bu un coup de trop et se seraient vantés après. J'adore les types comme ça. J'en raffole. Malheureusement, il n'y en a aucun par ici d'assez intelligent.

— Ils n'étaient peut-être même pas d'ici.

— Ce genre de foutaises ne me réconforte pas, répliqua Corey. Ce que j'aimerais vraiment, c'est parler avec Benetsee. J'ai ratissé de long en large le monde réel auquel on m'a condamnée. J'ai besoin du vieil homme pour me dire ce qu'il voit dans son monde à lui. Mais il n'est pas là.

— Je m'inquiète un peu à son sujet, intervint Susan Klein.

— Oh ! dit Corey Banning. Il va très bien, j'en suis certaine. Il veut que je m'agite, me tourne et me retourne la nuit en me tracassant à son sujet. Il fait ça pour m'énerver, je le sais.

Du Pré éclata de rire. Essayer de coincer Benetsee, c'était comme vouloir épingler de l'eau.

— Il est peut-être chez lui, dit Du Pré. Il a juste décidé de ne pas laisser de traces dans la neige.

Corey regarda Du Pré d'un air dur.

— Je vais aller y faire un tour. Sans vouloir vous vexer, j'aimerais que vous restiez ici. En fait, je m'en fous, si cela vous vexe.

— Si vous le voyez, dites-lui quc Madelaine veut qu'il vienne manger. Il fait ça souvent. Il ne veut pas inquiéter Madelaine.

Corey enfila sa veste de cuir et ses gants puis les quitta avec un petit signe de tête.

— Comment se débrouille Bart ? demanda Susan.

— Ah ! il s'en sort bien. Il aurait dû être flic ou prêtre, tu sais, il adore aider les gens.

— Jeter les gens en prison quand ils ont fait des conneries afin de pouvoir leur parler. Je crois que je comprends.

— Il n'y a pas beaucoup de délits ici, dit Du Pré, des gamins qui volent, de temps en temps, rien de plus. Mais avec ces meurtres, c'est vraiment différent.

— C'est sûr. Dis, cela ne t'ennuierait pas de donner quelques coups de pelle pour dégager la porte ? Avec cette fichue neige, elle est à peine visible.

Du Pré se leva, se dirigea vers la porte, prit la pelle à grain posée contre le mur et sortit. La neige s'écrasait sur le plastique, et les lanières transparentes se soulevaient sous le vent.

Du Pré pelleta la neige qui s'était amoncelée au cours de la dernière heure sous le sas en plastique. Elle tombait sans discontinuer, les traces de pneus du gros pick-up de Corey étaient déjà à moitié recouvertes.

Du Pré aperçut des lumières de phares dans le tourbillon blanc. La Rover de Bart, couverte d'une épaisse couche de neige, roula lentement vers lui. Du Pré s'avança jusqu'à la vitre du conducteur.

— Et un bon après-midi de printemps à toi aussi, dit Bart en baissant sa vitre. J'ai croisé l'agent Banning sur la route. Je roulais à dix à l'heure, elle faisait du soixante-dix. Tu divises par deux la différence, je suppose qu'elle ne roulait pas si vite. Quoi de neuf au centre social ?

— Juste Susan Klein et moi, dit Du Pré. On attend tous que ça fonde.

— Tous, sauf le bétail, les veaux commencent à arriver. Ils aiment ce temps : comme ça, ils naissent et meurent le même jour.

Du Pré hocha la tête. Il se souvint de tous les veaux qu'il avait tirés, il y en avait très peu qui n'étaient pas arrivés avec le blizzard.

— Entre, je te paye un soda, un café, ce que tu veux.

Bart fit demi-tour, se gara, sortit de son véhicule et avança vers Du Pré qui continuait de pelleter.

— La neige aura tout remis d'ici à dix minutes, remarqua Bart. Mais c'est l'intention qui compte.

Du Pré poussa un soupir. Il jeta une dernière pelletée puis ils se faufilèrent entre les lanières trempées et entrèrent dans le bar.

Susan Klein les servit et ils restèrent assis à boire en silence. Une voiture gronda dehors. Des portières claquèrent.

Benetsee et Corey Banning entrèrent. Le vieil homme était trempé. Ses vêtements en lambeaux dégoulinaient d'eau. Il souriait.

— Elle roulait tellement vite, j'ai dû sauter dans le fossé, dit le vieil homme. Si elle conduit comme ça, elle foncera dans l'arrière d'un chasse-neige et se tuera.

— Donnez du vin à ce vieux salaud, dit Corey. Je veux lui délier la langue.

Benetsee but trois très grands verres de vin pétillant. Il rota et sourit. Susan Klein prépara un cheeseburger et des frites, et les plaça devant lui. Il avala d'une bouchée le burger, puis picora les frites. Susan remplit son verre, il le vida d'un trait.

— Qu'est-ce que vous voyez ? demanda Corey.

— Deux jolies dames, deux hommes, beaucoup de neige, dit Benetsee. Tu veux que je te dise qui a tué les gens là-haut dans la montagne, qui a tué les gens ici, les six. Eh bien, je peux te dire qu'ils sont tous bien aimés des coyotes.

Du Pré leva les yeux, écoutant à moitié.

— Pourquoi ? demanda Corey.

— Les coyotes ne me disent pas pourquoi ils les aiment. Et tu dois partir, maintenant. Si tu restes ici, tu te fais tuer.

— Moi ?

— Oui, dit Benetsee, mais je ne sais rien de plus. Tu en fais trop une affaire personnelle. Tu n'as plus assez de distance.

Corey haussa les épaules. Du Pré sentit se hérisser ses cheveux sur sa nuque.

Si Benetsee dit qu'elle mourra si elle reste, elle mourra. Si c'est bien ce que les coyotes voulaient dire.

— D'autres gens, un autre temps, dit Benetsee. Il y a des histoires, comme ça, il vaut mieux partir avant la fin. Tu restes, tu meurs, tu ne connais pas la fin de l'histoire de toute façon.

— Madelaine veut que tu viennes dîner, intervint Du Pré avant que Corey puisse répondre.

— Ouais, dit Benetsee, il faut que je lui parle, de toute façon. Tu nous rejoins plus tard.

Le vieil homme se leva et se dirigea en vacillant vers la porte.

— Qu'est-ce que vous comptez faire ? demanda Bart en regardant Corey d'un air dur.

— Rester, dit Corey Banning, jusqu'à ce que j'aie terminé et bouclé cette affaire. C'est mon boulot. Et le danger en fait partie.

— Alors je vais voir ce que je peux faire pour qu'on vous retire l'affaire.

— Écoutez-moi bien, fils de pute, dit Corey. Vous réussirez peut-être à ce qu'on me retire l'affaire, vous avez le bras long. Mais je démissionnerai et je me ferai détective privé. Alors, allez vous faire foutre, Fascelli, vous me faites chier.

Elle sortit.

— Merde ! elle en serait bien capable, dit Bart.

— Ouais, dit Du Pré. J'aimerais vraiment que ce fichu hiver nous lâche.

Chapitre 21

— Quel foutu hiver ! dit Du Pré.

Il se trouvait, avec Bart et Booger Tom, les pieds dans la boue sur une aire dégagée surplombant la vallée. Le chinook était arrivé, chaud et gonflé de pluie. La neige fondait, les rivières mugissaient. Encombrées de glace, elles sortaient de leur lit et tous les champs étaient inondés. Le bétail était trempé, le poil plaqué sur le corps. Les chevaux hennissaient nerveusement et se tenaient sur les terres les plus hautes.

— Si ça commence à geler, dit Du Pré, on va avoir de sérieux problèmes.

— J'ai pas vu un truc pareil depuis 1949, commenta Booger Tom.

Du Pré regarda la route en contrebas. Le pick-up de Bill Stemple montait tant bien que mal vers eux.

— Hé ! Bart, dit Du Pré, il a dû se passer quelque chose... Stemple ne viendrait pas ici s'il n'y avait pas une urgence. Il a trop de travail en ce moment.

Bart alla à sa voiture et alluma sa radio en secouant la tête. Il parla avec son interlocuteur un moment.

— On redescend, dit-il en revenant vers eux. Ils ont trouvé des bouts de tissu dans la Cooper Creek. Des trucs appartenant aux types tués par l'avalanche.

Stemple a essayé de me joindre, mais j'avais éteint ma radio. La standardiste ne pouvait pas me contacter.

Ils reprirent la route en direction de Bill Stemple qui coupa son moteur et attendit. Bart se gara et baissa sa vitre.

— Salut ! dit Bill Stemple. On a trouvé des fragments de tissu dans la neige dans le canyon là-haut. Je comprends pas. Les vêtements ont été déchiquetés. L'avalanche n'a pas pu faire ça.

Bart fit un hochement de tête.

— C'est bizarre, dit-il.

Il regarda Du Pré.

— Combien de tissu ? demanda ce dernier en criant par-dessus Booger Tom qui était assis entre Bart et lui sur la banquette avant.

— À peu près un demi-boisseau, dit Stemple.

— On y va tout de suite, décida Bart.

Ils descendirent la colline. Stemple fit demi-tour et les suivit de loin. La route était trop boueuse et glissante.

— Qu'est-ce que vous en pensez ? demanda Bart alors qu'ils se dirigeaient vers la ferme de Stemple.

Du Pré et Booger Tom secouèrent la tête.

Arrivés au ranch, ils prirent deux motoneiges, Bart monta sur l'une avec Booger Tom, Du Pré et Bill Stemple sur l'autre. Ils filèrent vers la bouche du canyon. Du Pré leva les yeux sur la neige profonde qui fondait si vite. Le cours d'eau mugissait, vaseux, bouillonnant.

Il vit quelques bouts de tissu rouge passer en flottant, et aperçut d'autres résidus coincés sur les branches emmêlées d'un aulne qui se trouvait au bord de l'eau.

Du Pré descendit jusqu'à la rive et se pencha pour attraper deux morceaux. Il remonta en glissant sur la terre détrempée et examina les lambeaux. Il fronça les sourcils.

— Que se passe-t-il ? demanda Bart.

Du Pré secoua la tête. Il s'avança vers Bill Stemple.

— Tu as vu un grizzli cet hiver ? lui demanda-t-il.

— Oh ! mon Dieu ! Non.

— Il se passe quoi, là, putain ? Je peux savoir ? se fâcha Bart.

— Les grizzlis mâles n'hibernent pas, expliqua Du Pré. Je pense que l'un d'eux faisait juste une petite sieste quand l'avalanche s'est déclenchée. Alors il est sorti de sa tanière, et il est tombé sur l'une de nos victimes. Il l'a mangée puis il est simplement passé à la suivante. Elles étaient peut-être tout près les unes des autres. Ce vêtement porte des traces de piqûres, des trous faits par les dents d'un ours, je pense.

— Hé ! hé ! dit Booger Tom. Ce foutu ours s'est payé un gueuleton sous la neige ! Même plus besoin d'aller se servir dans les décharges de viande.

— Oh ! mon Dieu ! s'écria Bill Stemple. J'aurais dû m'en douter, avec tous ces moutons morts qu'on a balancés, et deux vaches crevées. J'aurais dû deviner.

— Quelles décharges de viande ? demanda Bart. Je ne comprends pas.

— On laisse les animaux morts dehors pour que les coyotes et les ours les mangent et ne viennent pas embêter le bétail, expliqua Du Pré. Ça marchait bien. Puis on nous a dit que c'était illégal

— Je suppose que les cadavres sont réduits à de la merde d'ours, maintenant, dit Bart. Oh ! ils vont adorer ça à *USA Today*. Il va falloir s'attendre à un sacré bordel, côté journalistes. Je suggère qu'on n'en parle pas tout de suite.

— Au contraire, dit Du Pré. Convoque une conférence de presse d'ici une heure environ. Fais-le par téléphone.

— Pourquoi ?

— Cette histoire va déclencher un tel merdier que

le gouverneur sera obligé d'envoyer des renforts pour creuser ici. Autrement, tout le boulot va nous retomber dessus.

— Je comprends, dit Bart. Mais il suffirait juste de mettre un tamis en travers du cours d'eau à ce niveau.

Benetsee dit que ce pays, cette terre hait ces gens, songea Du Pré. Depuis que je vis ici, je n'ai jamais connu une chose pareille. Mais elle ne m'a pas tué. Non. Elle aurait pu, elle m'a tenu un moment, et elle m'a relâché. Vers le haut, vers la lumière.

— Merci, dit Bart à Bill Stemple.

Ils remontèrent sur leurs motoneiges et retournèrent au ranch. Bart conduisit aussi rapidement qu'il l'osa pour se rendre à Cooper. Du Pré l'accompagna dans son bureau et l'écouta informer une agence de presse des événements inattendus de la journée. Ils retournèrent en voiture au bar de Toussaint.

Benny et Susan, très affairés, tiraient des bières et préparaient des cocktails. L'endroit était bondé. L'hiver avait été si pénible que personne n'était beaucoup sorti, mais la chaleur était là, et le printemps avec sa boue et sa neige fondue n'était plus très loin.

— Il semblerait qu'un ours ait mangé ces malheureux au fond du Cooper Canyon, annonça Bart.

— Je sais que tu as arrêté de boire, dit Susan. Alors, quoi ? Tu es tombé sur la tête ?

— Du Pré pense que l'avalanche qui a enseveli ces gens a aussi enseveli un grizzli qui dormait dans une grotte ou un truc de ce genre. Puis l'ours est sorti en rampant et s'est mis à table. C'est saugrenu, mais Gabriel a sans doute raison.

Benny regarda Du Pré pendant un long moment.

— Cooper Canyon fait partie du territoire de ces grands ours, dit-il. J'ai vu deux fois ce fils de garce. Il doit faire dans les six cents kilos.

— Il peut se déplacer dans la neige ? demanda Bart.

— Facile, dit Du Pré. Ils ont une force incroyable. Du genre à soulever un taureau et le porter, tu vois.

— Doux Jésus !

Du Pré hocha la tête.

Quel drôle d'endroit, maintenant ! Une époque étrange, aussi, songea-t-il. Je ne vois pas quelque chose. Les éleveurs ont tué, le pays a tué, mais qui a tiré sur les quatre personnes dans la montagne ? Tiré sur les loups ?

Cette fois ils ont réfléchi à leur coup, ils l'ont mijoté, longtemps. Ils connaissent ce pays, ils le connaissent aussi bien que moi. Je peux dire ça de beaucoup de gens.

Là-haut, un grand ours dort sous la glace, le ventre plein.

Il se fraye un chemin dans la neige, je connais leur force.

Du Pré baissa soudain les yeux sur le verre que Benny venait de poser devant lui. Il le souleva et le but d'une traite.

Les meurtriers se trouvent parmi les amis pour qui je joue du violon.

Les gens de Fish and Wildlife vont abattre cet ours maintenant, ils devront le faire, le gouverneur va le leur demander. C'est mauvais pour le tourisme, plus personne ne viendra.

Mon État ressemble à un bordel. Et je travaille dedans. Je distribue de jolies serviettes chaudes.

Je dois aller voir Benetsee.

— Du Pré !

Du Pré se retourna. Corey Banning se tenait devant lui, un verre de cognac à la main. Elle avait déboutonné sa veste de cuir. Du Pré vit son 9 mm en acier inoxydable dans l'étui fixé à sa ceinture.

— Vous vous sentez bien ? lui demanda-t-elle.

Du Pré avait mal aux doigts. Il baissa les yeux. Sa

cigarette s'était consumée jusqu'aux phalanges. Il la lâcha, l'écrasa du pied, se pencha et ramassa le mégot.

— Je réfléchissais, dit-il. C'est très dur pour moi, vous savez.

— Quelle histoire étrange, ce truc avec l'ours ! Vous en êtes sûr ?

— Très étrange, dit Du Pré, mais je ne vois pas ce qui aurait pu déchiqueter ces vêtements autrement. Une avalanche, ça brise les os, ça ne troue pas vos habits. Les rochers étaient recouverts de glace, il n'y avait pas d'arbres, juste quelques broussailles.

Elle hocha la tête.

— Corey, dit Du Pré, je pense que peut-être tout a changé un peu, vous savez. Je n'ai jamais connu une époque semblable à celle-ci. Un jour prochain, peut-être, les vents auront une odeur différente, je regarderai les étoiles par une nuit claire et la Grande Ourse sera partie et il y aura quelque chose à la place que je ne connais pas.

— Eh bien, dit Corey, les choses devraient commencer à se démêler bientôt.

— Ah ! dit Du Pré. Comme ce tissu, Corey ? Sauf qu'il ne s'est pas démêlé, il a été déchiqueté.

Elle but son cognac.

Ils gardèrent tous les deux les yeux baissés.

Chapitre 22

La pelleteuse creusait la soupe de glace dans la rivière. L'eau boueuse jaillit soudain. On avait tendu un lourd filet à mailles fines en travers du courant en aval. Il était attaché à deux autres pelleteuses, stationnées sur les rives. Quand les blocs de glace approchaient, les conducteurs soulevaient le filet, laissaient passer la glace et le reposaient de nouveau. Des bouts de tissu étaient accrochés dans le filet.

On était début avril. La neige fondait dans le canyon. On avait fait venir des engins de terrassement qu'on avait confiés à des hommes de la garde nationale. Les grandes machines portaient une peinture de camouflage façon « désert ».

L'une d'elles creusa dans la neige, souleva son godet et recula.

— Là ! dit Bart en montrant quelque chose du doigt.

Le bout d'une raquette dépassait du godet.

Le conducteur posa le godet sur le sol. Bart et Du Pré avancèrent vers l'engin. Ils examinèrent la raquette. Elle était tordue et le cadre de bois était cassé. Du Pré regarda le bout. Il avait été mordu. On voyait des traces de dents, et des grosses, coupant net le frêne robuste.

— Et voilà, dit Du Pré.

Bart secoua la tête. Il fit signe au conducteur, qui souleva le godet et déversa sa charge devant eux. Le bloc de neige s'ouvrit. Il y avait encore une botte attachée aux lanières, mais la fourrure intérieure avait disparu ainsi que le pied qui s'était trouvé dedans.

— Bon Dieu ! s'exclama Bart.

Du Pré secoua la tête.

Pas grand-chose à dire. Jusqu'à maintenant on n'a récupéré aucun morceau de cadavre, mais je doute qu'on en trouve. Ces grizzlis ont des mâchoires puissantes. Ils vous mangent une tête d'homme comme s'il s'agissait d'une pomme.

— Depuis que tu es shérif, les choses sont devenues intéressantes, se moqua Du Pré. Moi, je crois que je vais démissionner, changer de nom, et m'installer au Canada.

— Trop tard, dit Bart. Sinon, je partirais avec toi.

Il planta le bout pointu d'un levier dans la neige. On entendit un craquement. Un gant apparut. Bart le ramassa et le roula. Quelques os apparurent.

— Bingo, dit Bart. Maintenant, on peut appeler le médecin légiste.

Il pataugea dans la gadoue vers la tente où était installé un radiotéléphone.

Du Pré sortit la main gelée du gant. Une main de femme, avec une alliance et un diamant, là dans la neige.

Du Pré prit dans sa poche un sac de plastique transparent et fourra la main et le gant dedans. Il leva les yeux vers la pelleteuse. Le conducteur reculait. Une longue cagoule rouge s'étirait entre le godet et le tas de neige. Du Pré se laissa glisser le long du talus. Il sortit son couteau et tailladа la cagoule afin de la libérer.

Juste de la neige blanche compacte, pensa-t-il. Ce fichu ours a donc mangé tout le reste ?

Bart fit signe à Du Pré. Du Pré le rejoignit, avec sa nouvelle trouvaille.

— Ils ont demandé qu'on ne touche à rien, dit Bart. Ils nous envoient des gens plus intelligents que nous.

Du Pré haussa les épaules. Il tendit à Bart le sac de plastique avec la main et le gant dedans.

— Une minute, dit Bart en retournant à la tente.

Il revint les mains vides.

Ils descendirent le sentier boueux et glacé, enjambant des mottes de neige et de gravier, vers le véhicule de Bart.

Les pneus patinèrent un peu en éclaboussant les pare-chocs. Ils cahotèrent jusqu'à un sol plus ferme puis atteignirent la route dégagée. Bart sortit avec Du Pré pour débloquer les moyeux à l'avant.

— Où as-tu mis la main ? demanda Du Pré.

— Au-dessus des sandwiches, dans la glacière, répondit Bart.

Du Pré hocha la tête.

— Le ciel est clair, reprit Bart, j'irais bien faire un tour au-dessus des montagnes.

Du Pré approuva d'un signe de la tête.

— Je t'accompagne, dit-il.

Je veux voir s'il y a quelqu'un là-haut. Personne ne pose de pièges maintenant. Et personne n'en a beaucoup posé cette année. Il faisait trop mauvais. Mais il y avait quelqu'un là-haut pour tuer ces gens et ces loups. Un fou. Pour le reste, on ne saura peut-être jamais, mais lui, je l'aurai.

Faut monter, faut descendre, il y a bien quelqu'un qui a vu quelque chose.

Ils allèrent déjeuner au bar de Toussaint. Ils finissaient leurs cheeseburgers quand l'hélicoptère des Martin atterrit en vrombissant sur le terrain de softball de l'autre côté de la route. Les tables de pique-nique n'avaient pas été remplacées depuis la cérémonie calamiteuse en l'honneur des martyrs écologistes.

Du Pré et Bart montèrent et bouclèrent leur ceinture. Taylor Martin mit les gaz et l'appareil se souleva. Il était léger et servait à pulvériser des produits insecticides et à rassembler le bétail.

Bart indiqua par un croquis grossier l'endroit où ils voulaient aller sur le calepin posé sur le genou du pilote. Martin répondit d'un hochement de tête, et ils se dirigèrent vers les Wolf Mountains qui étincelaient sous la neige, la forêt parcourant ses flancs comme une longue traînée de peinture vert foncé.

Ils survolèrent le bassin le plus proche. Il était immaculé, sauf sur ses bords ombragés. Un arbre trembla, un paquet de neige tomba et un lynx apparut, cramponné au sommet de l'arbre, jetant des regards furieux sur l'appareil bruyant.

Le pilote se dirigea vers le nord et longea les flancs de la montagne sur un tiers du chemin. Quelques corbeaux se nourrissaient dans un fourré. Ils s'envolèrent puis se reposèrent.

Le pilote se dirigea vers le sud. La profonde crevasse du Cooper Canyon, ses flancs nus et sa forte pente au fond apparurent. Ils survolèrent un éperon de la montagne vers le bassin suivant.

Du Pré remarqua alors quelques traces.

— Des skis !

Bart se pencha, puis tapa sur l'épaule du pilote et lui indiqua la direction. L'hélicoptère plongea rapidement vers la double ligne tracée sur le sol blanc. Elle disparaissait dans des buissons épais un kilomètre environ plus bas.

Le pilote descendit. L'éperon de la montagne se terminait par un rocher.

Les traces ne réapparaissaient pas de l'autre côté.

Martin remonta lentement en suivant la ligne de l'éperon. Les pales agitèrent la neige, qui se souleva comme un blizzard.

— Dis-lui de remonter pour qu'on sache par où il est venu, cria Du Pré dans l'oreille de Bart. Pourquoi ce gars n'est pas redescendu par le même chemin ?

Très simple, ça. Quand tu installes une ligne de pièges, tu formes un grand cercle ou un U afin d'avoir le plus de pièges.

Ils remontèrent la pente jusqu'à ce que la montagne commence à s'élever à la verticale, en amas de roches dures. Il n'était pas passé par là. Ils volèrent vers la droite. Rien. Puis à gauche. Du Pré examinait le terrain. Il aperçut un petit bassin juste au-dessus de la limite des arbres. La neige qui le couvrait avait un aspect étrange.

Le vent l'avait bien déblayée.

Le pilote survola doucement l'endroit. Du Pré aperçut quelques traces de skis près des arbres.

— On rentre ! cria-t-il à Bart.

Ce dernier gribouilla quelque chose sur le carnet du pilote. L'engin entama son retour, ses lames frappant l'air glacé.

Ils passèrent de l'hiver au printemps.

Le pilote se posa sur le terrain de softball. Du Pré et Bart sortirent et l'hélicoptère décolla et s'éloigna.

— Ce fils de pute est toujours là-haut, dit Bart.

Du Pré hocha la tête.

— Il attendra l'obscurité pour redescendre, ajouta Bart. Mais il peut prendre tellement de chemins différents.

— Il descend assez bas, cache ses skis et marche. Ça prendra du temps, mais je ne crois pas que ça l'ennuie. On va appeler tous les éleveurs pour voir s'il y a un camion ou une voiture garée quelque part, mais je ne crois pas.

Bart hocha la tête.

— Qu'est-ce qu'il fait là-haut ?

— Ce n'est pas loin du lieu du crime, dit Du Pré. Je crois qu'il voulait juste revoir tout ça.

— Pourquoi ?

Du Pré se roula une cigarette.

— C'est un dur, dit-il. Il connaît très bien cette région, je parie.

Il fuma.

— Bart, reprit-il, il est très fier de ce qu'il a fait. Il voulait juste revoir cet endroit.

— Doux Jésus ! s'exclama Bart.

Ils marchèrent vers le bar.

Chapitre 23

Du Pré regardait les montagnes dans la lumière froide de l'aube. Il s'était posté sur une longue arête en pente qui lui offrait une bonne vue des deux côtés. Quiconque descendrait de la montagne devrait marcher à découvert à un moment ou à un autre.

Il jeta des coups d'œil derrière et devant lui. L'air était immobile. Il chassa son haleine enfumée loin de son visage.

Ce type, il est ici. Pas de voiture qui l'attend. Personne n'a entendu parler d'un gars qui serait monté. Je me demande s'il est pas tombé du ciel. Quelqu'un l'a laissé tomber du ciel.

Tout ça demande une sacrée préparation et l'aide d'un complice avec un hélicoptère. Voyons : qui en possède un et s'en est servi hier matin ? Le gars qui nous a emmenés hier après-midi ? Ce Taylor Martin, c'est un héros de la guerre, il a fait le Vietnam, il est pilote d'hélicoptère. Sa famille vit ici depuis aussi longtemps que les Du Pré. Ils ont un gros ranch à l'est.

Du Pré se leva. Il alluma son téléphone et composa un numéro.

— Ouais, murmura Bart.

— Le type qu'on recherche, il est déjà parti, dit Du Pré. Je pense que Taylor Matin l'a déposé, est venu nous chercher et nous a raccompagnés avant d'aller le reprendre.

— Tu sais qui c'est ? Qu'est-ce qui te fait penser ça ?

— C'est quelqu'un qui vit très près, dit Du Pré, l'appareil ne peut pas voler très vite. C'est le sien, il ne sort pas d'un aéroport mais de son hangar, à cent kilomètres. Il a un frère et deux beaux-frères là-bas. Certaines victimes ont été tuées près du ranch des Martin.

— Il y a une raison pour qu'on reste ici à jouer aux soldats ? dit Bart. J'ai faim et j'ai froid. Et tu dis qu'il est parti.

— Si tu appelais Corey ?

— Fais-le, toi. Elle aime trop me bousculer et j'ai un terrible mal de tête.

Bart lui donna le numéro. Du Pré raccrocha et le composa.

— Agent Banning, répondit Corey à l'autre bout de la ligne.

— C'est moi, dit Du Pré. Je pense que les Martin ont peut-être fait le coup. Le type qu'on recherche a été déposé par un hélicoptère, qui est revenu le chercher, je crois.

— Ouais, dit Corey. Je sais que c'est eux, cela ne peut être qu'eux, mais nous n'avons aucune preuve.

— Vous leur avez parlé ?

— Oh, oui ! J'ai vraiment fait de mon mieux et ces salauds me regardaient comme si j'étais timbrée et que j'avais besoin de vacances. Ils ont vraiment l'esprit de clan, vous savez.

— Et vous ne nous avez rien dit ! lui reprocha Du Pré, soudain en colère.

— Parce que je suis une femme manipulatrice, et j'ai pensé que si je vous laissais agir seul, vous finiriez par remuer la merde.

— Vous me l'auriez dit, j'aurais remué la merde il y a longtemps. Ne refaites jamais ça.

Silence.

— Satané Corey ! reprit Du Pré. Ces Martin, vous pensez qu'ils ont peut-être tué un de ces gamins aussi ?

— Vous êtes très vif, Du Pré, dit Corey Banning, mais ne faites pas tout foirer. Il y a trop de gens là-bas qui savent. Ils vont se trahir. Mais si vous remuez la merde, ils reculeront en formant un cercle, les cornes en avant, et il faudra encore six mois avant que ça se détende. Je dois les coincer rapidement ou bien on m'enverra de l'aide, et vous savez ce que cela signifie.

Du Pré éteignit le téléphone.

Je n'aime pas ça, je la croyais plus honnête que ça. Mais elle a peut-être raison. Le beau temps s'annonce. Des touristes et d'autres crétins vont arriver, et au train où vont les choses cela signifie peut-être plus de morts. Moi, je n'ai pas de réponses. Et merde !

Du Pré monta dans sa Rover, mit le contact, et fuma le temps que le moteur chauffe.

Je suis contrôleur de bétail, éleveur, grand-père et second rôle d'un film de série B. Mais je n'y suis pour rien, ce sont ces petits crétins des plaines avec toutes leurs idioties, ils se croient meilleurs que nous.

Du Pré se pencha et sortit de sous son siège une bouteille de whisky. Il en but une gorgée et resta assis à contempler les montagnes et le soleil qui les inondait maintenant.

Impossible de trouver Benetsee. Il n'est pas là quand je viens le voir, le vieux salaud. Je lui laisse de la viande, du vin, du tabac, il ne se montre toujours pas.

Et me voilà par un matin froid, à la recherche d'un type monté reprendre quelque chose qu'il a laissé derrière lui, et il a peur. Ou peut-être qu'il voulait juste voir... Oh ! je suis vraiment stupide. Pas fier, effrayé, et ils étaient deux.

Du Pré vit monter un véhicule dans sa direction. Une voiture de location couverte de boue. Des journalistes. Du Pré but une autre gorgée. Il se roula une cigarette.

Cela ferait un bon titre : « La police boit et fume alors que tant de gens meurent assassinés. »

S'ils m'embêtent, je les envoie balader.

Du Pré composa un numéro sur son téléphone portable et attendit.

— Agent spécial Banning, dit Corey.

— Plus vous êtes réveillée, plus votre nom s'allonge, fit Du Pré. Maintenant, je suis vraiment en colère contre vous. Vous ne mentez pas vraiment, vous vous contentez de ne pas me dire tout ce que vous savez. Eh bien, je sais quelque chose que je ne vous dirai pas encore. Cela me conduit à un certain endroit. J'arrête quelqu'un, je ne vous tiens pas au courant, on verra si vous aimez ça.

— J'essaye de sauver quelques vies, dit Corey.

— Vous continuez à me cacher quelque chose.

— Merde !

— Deux journalistes roulent vers moi en ce moment. Je vais peut-être leur dire que je passe mon temps à me geler le cul pendant que le FBI refuse de me dire ce qu'il sait. Intéressant, non ?

— Sale bâtard !

— Oh, non ! Mes parents se sont mariés trois jours avant ma naissance, ma mère tenait son missel sur sa poitrine, je tapais dans son ventre pendant qu'elle acceptait d'épouser Catfoot. Moi, j'arrive toujours au bon moment.

— Merde !

— Allons, allons, dit Du Pré, vous avez sûrement un gros et chouette dossier sur les Martin, vous me laissez y jeter un coup d'œil.

— Je vous déteste !

— Peut-être, comment on dit déjà, on se fait une bouffe. Faut que j'y aille, dès que les journalistes se retrouvent coincés.

Du Pré sortit, regarda la route couverte de boue et attendit. La voiture de location s'engagea sur une montée raide. Elle ralentit et s'arrêta tandis qu'un jet de boue jaillissait à l'arrière. Le véhicule glissa lentement vers le bord de la route. Les roues, bloquées, s'enfoncèrent.

Deux hommes sortirent du véhicule et le regardèrent d'un air désespéré. Ils portaient d'étranges vêtements avec des poches partout.

Du Pré but une autre gorgée de whisky, se roula une cigarette, remonta dans sa voiture, fit demi-tour et descendit la colline. Les deux reporters se tenaient à côté de leur voiture.

Il les dépassa en leur faisant un signe de la main.

L'un d'eux cria quelque chose. Du Pré s'arrêta, sortit de la Rover, en fit le tour, se plaça bien en vue, leur fit un bras d'honneur et repartit.

Toute cette affaire doit être démêlée maintenant, plus de nœuds, plus d'ombres.

Il jeta un coup d'œil dans son rétroviseur. Les montagnes rougeoyaient au soleil. Les sommets où la neige resterait profonde jusqu'en juillet étaient d'un rose orangé comme une coquille d'ormeau.

Du Pré s'arrêta au bord du surplomb sur l'aire dégagée. Il regarda en bas le ranch de Stemple, le bétail dans les prés, Bill Stemple au volant de son tracteur déroulant un gros rouleau de foin pour ses bêtes.

Il pouvait voir tout l'horizon jusqu'au sud où le Missouri courait entre les falaises et les collines.

Il contempla une saillie rocheuse entre les hautes herbes et l'armoise. Plusieurs rochers y étaient entassés, des blocs calcaires détachés des montagnes siècle après siècle. Ils étaient empilés sur trois mètres de long et un mètre de haut avec des éclats plus petits au sommet.

Plein de trous pour regarder à travers. Deux guetteurs pouvaient se cacher derrière, et observer sans être vus d'au-dessous.

Du Pré sortit de sa voiture, s'avança jusqu'à la barrière, la franchit et suivit une sente à travers l'armoise vers la saillie et l'empilement fait par les Indiens il y avait bien longtemps.

La roche derrière la pile était encore mouillée.

Du Pré s'accroupit. Il aperçut un mégot, puis un autre. Un bout de papier aluminium. Il se releva et marcha lentement, les yeux rivés au sol. Quelqu'un avait chié près d'un buisson. Du Pré sortit un sac de sa poche et mit la merde dedans à l'aide d'un bâton. Il regarda à gauche. Des graines de framboises.

Quelqu'un du coin, pensa Du Pré, mais ça, je le savais déjà, moi.

Chapitre 24

— J'étais si près du but, et il a fallu que vous vous en mêliez ! s'écria Corey Banning en tendant à Du Pré un dossier rempli de feuilles d'ordinateur.

Du Pré détestait ça. Ce papier, ça sentait toujours le néon, le vernis à bois pas cher.

— Ils ont trouvé autre chose à Cooper Canyon ?

— Oh, des restes ! dit Corey. Ce fichu gouverneur jure qu'il fera abattre l'ours. Ben voyons ! Maintenant, ces idiots de défenseurs des animaux manifestent devant le siège de la législature. Moi, de toute façon, si des gens veulent mourir par pure bêtise et se faire bouffer par un ours, je m'en fiche.

— Ils ont reçu beaucoup de médailles, ces deux gars, dit Du Pré.

Taylor Martin et son frère Clark. Des gens du Sud, probablement, venus du Missouri pour fuir la guerre de Sécession.

Je les ai croisés une ou deux fois. Des voix douces. Du bétail, des moutons, un ranch très grand. Selon ce rapport, tous les deux pilotes d'hélicoptère, tous les deux se sont écrasés derrière les lignes ennemies au Vietnam, et tous les deux en sont revenus. Ils se sont souvent portés volontaires. Quelques ennuis, une saoulerie à Saigon, ils ont tabassé des gars de la police militaire, ont perdu des galons, puis ont fini au sol. Après, ils se sont réengagés, deuxième tour pour Clark, troisième pour Taylor. Ils aiment ça.

— Très bon, conclut Du Pré. Les types qui recherchent les meurtriers sont les meurtriers, ils vont et viennent en volant. Personne n'a rien vu.

— Je vais aller voir les fauves, dit Corey. Vous m'accompagnez ?

Du Pré acquiesça d'un hochement de tête. Il téléphona à Madelaine et lui dit où il allait.

Du Pré conduisait en fumant. Il glissa sa main sous son siège et but une gorgée de whisky. Il en offrit à Corey, mais elle refusa en secouant la tête.

— Pas maintenant.

— Qu'est-ce que vous comptez faire si vous ne pouvez pas les arrêter ? demanda Du Pré. S'ils refusent de parler, vous faites quoi ?

— Je les énerve.

Elle le fera. J'espère qu'on s'en sortira vivants. Cette femme a une grande gueule, comme mon grand-oncle Hercule.

Du Pré fonça sur la route déserte, évitant de son mieux les plaques de verglas. Un faisan passa en courant devant lui et se cacha dans l'herbe brûlée.

Ils roulèrent une demi-heure. Corey lui montra un poteau couvert d'inscriptions, chacune indiquant un ranch au diable dans les High Plains.

Martin.

Du Pré tourna et fila sur la large route de comté. Une nuée de corbeaux s'envola du cadavre d'un cerf gisant sur le bas-côté. Un daim se tenait dans une dépression marécageuse entre deux collines, et regarda fixement la Rover filer devant lui. Des nuées de canards s'élevèrent des marécages qui seraient secs en juillet.

Un croisement sur la route, un autre poteau indicateur. Du Pré prit sur la droite. Vingt kilomètres plus loin, ils trouvèrent une boîte aux lettres indiquant « Martin ». Ils bifurquèrent et roulèrent sur la route défoncée. Quand ils parvinrent au sommet de la seconde colline, ils virent le ranch en contrebas dans un bouquet de peupliers de Virginie. Des granges, des hangars et trois maisons à deux étages, simples, achetées en kit dans une usine de Chicago, expédiées par chemin de fer puis tirées par des bœufs jusqu'à cet endroit entre la terre et le ciel où il n'y avait pas d'autres arbres que des peupliers de Virginie au bois fragile et inutile.

Du Pré pénétra dans la grande cour. Des tracteurs et des machines, des silos, quelques poulets voletant dans la boue. Deux chiens de berger arrivèrent en aboyant et firent le tour de la Rover, prêts à mordre les pneus dès qu'elle s'arrêterait.

Du Pré demeura assis. Corey ouvrit la portière, descendit et regarda autour d'elle.

Un homme sortit d'un des hangars à machines. Il portait des bottes de caoutchouc, une grosse veste de laine à carreaux rouges, une casquette jaune. Il avança lentement vers Corey Banning.

— Agent spécial Banning, FBI, dit-elle en lui montrant son badge.

L'homme s'approcha, regarda un long moment la carte dans son étui de cuir noir et hocha la tête. Corey remit son portefeuille dans sa poche.

Du Pré sortit à son tour et les rejoignit.

— Du Pré, dit-il.

— Le violoniste? demanda l'homme. Vous jouez sacrément bien.

— J'ai quelques questions à vous poser, dit Corey. On peut s'asseoir quelque part?

— Votre voiture, ça vous va? proposa l'homme.

Ils montèrent.

Du Pré et l'homme s'assirent devant, Corey à l'arrière.

— Je suis chargée d'enquêter sur les meurtres de deux agents de Fish and Wildlife et des deux hommes qui les accompagnaient la nuit du 16 novembre, et de deux autres personnes tuées en octobre. Bon, comment vous appelez-vous ?

— Taylor Martin, madame, comme je vous l'ai déjà dit.

— Vous possédez un hélicoptère ?

— Trois. On a douze mille têtes, ici.

Seigneur ! pensa Du Pré. Un sacré paquet de bêtes !

— C'est bien vous qui avez emmené Du Pré, ici présent, et le shérif Fascelli sur les Wolf Mountains hier ?

Martin acquiesça d'un hochement de tête.

Avec un casque et un masque, impossible d'être sûr, pensa Du Pré. Ses mains étaient bien calmes, pourtant.

— Ça vous ennuie si je fume ? demanda Martin.

— Pas du tout, dit Corey.

Du Pré se roula une cigarette et l'alluma. Taylor Martin l'imita.

— On dirait qu'il y avait quelqu'un là-haut sur les Wolf Mountains ; il ne pouvait y accéder et les quitter que par hélicoptère. Vous avez accompagné Du Pré et Fascelli une partie de la journée. Où étiez-vous avant et après ?

Taylor Martin souffla un long jet de fumée bleue.

— Agent Banning, dit-il d'une voix douce, j'ai tué les deux personnes qui avaient coupé mes clôtures et tiré sur mes bêtes la nuit du 12 octobre, et puis je les ai fait brûler avec de la thermite.

— PLUS UN GESTE ! hurla Corey.

Elle colla son 9 mm sur la tête de Martin.

— PASSEZ-LUI LES MENOTTES !

Du Pré sortit ses menottes et les referma avec un claquement sur les poignets de Martin. Ce dernier s'était tourné lentement afin de lui faciliter la tâche.

— Et puis, je suis monté en hélico sur les Wolf Mountains et j'ai tué quatre hommes et six loups. J'ai retiré les balles de leurs corps. De leurs têtes, en fait. Et je suis revenu ici.

— Bon Dieu ! s'écria Corey, qui cherchait frénétiquement son magnétophone.

— Et je me ferai un plaisir de répondre à toutes vos questions, ajouta Martin.

— Appelez Bart, et dites-lui de préparer une cellule, ordonna Corey. Il va falloir que je fasse transporter ce type à Billings.

— Laissez-moi sortir une minute, dit Taylor. Mon petit frère est dans le hangar là-bas, avec une carabine pointée sur vous, et j'aimerais autant que tout se termine maintenant.

Du Pré fit un hochement de tête. Il sortit, fit le tour du véhicule, ouvrit la portière et aida Martin à descendre.

— Clark ! cria ce dernier. Je leur ai tout dit. Je vais partir, maintenant. C'est fini. Va nourrir les veaux dans le troisième lot. Je t'appellerai quand je pourrai.

Clark Martin sortit du bâtiment. Il tenait un fusil d'assaut à la main.

— D'accord, Taylor, dit-il. Bonne chance.

Les frères Martin éclatèrent de rire.

Du Pré reprit le volant, puis une fois sur l'autoroute, accéléra et monta à cent cinquante gyrophare allumé.

Quand ils parvinrent à la prison de Cooper, Bart et Benny les y attendaient. Ils poussèrent Martin dans une cellule après lui avoir pris ses vêtements et lui avoir donné une combinaison orange.

Taylor Martin frotta ses poignets d'un air amusé. Corey Banning approcha une chaise de sa cellule et le mitrailla de questions.

Martin répondit à toutes celles qui n'engageaient que lui. Il continua à maintenir qu'il avait tué seul six personnes.

— Cela fait beaucoup de monde, non ? dit Corey.

— J'ai tué plus de trois cents personnes au Vietnam, répondit-il. J'ai un vrai don.

— Votre frère vous a aidé.

— Non.

— Je ne lâcherai pas tant que je ne saurai pas toute la vérité, dit Corey.

Martin haussa les épaules.

— Je peux avoir un soda ? Une cigarette aussi.

Du Pré alla lui chercher une boisson dans le réfrigérateur, alluma une cigarette et la lui passa à travers les barreaux. Taylor prit la cigarette avec un hochement de tête. Il but une gorgée.

— Apportez-moi un calepin et un stylo, dit-il, je vais écrire ce que j'ai à dire et je signerai. Ou fichez le camp.

Du Pré lui donna un carnet et un stylo.

Martin commença à écrire.

— Agent Banning, dit-il, je vais écrire tout ça. C'est très simple, croyez-moi. Et pendant ce temps, j'aimerais dire quelques mots à Mr. Du Pré. Il les comprendra mieux que vous, je crois.

— Vous ne parlez pas comme un éleveur, dit Corey.

Martin éclata de rire.

— Nous avons un discours uniforme ? Tiens, tiens, tiens. Non, c'est faux. Je suis allé à Yale, madame. J'ai étüdié les Humanités, j'en suis sorti avec mention. Ainsi que mon plus jeune frère. Clark est allé à West Point. L'un de nos beaux-frères aussi. L'autre a fait Princeton, mais il en faut bien un dans toutes les familles, n'est-ce pas ?

— Le Vietnam ?

— Je voulais voir ce que c'était que d'être un guerrier, expliqua Taylor. J'y suis allé et j'ai aimé.

— Vous aimez tuer ?

Martin haussa les épaules.

— Cela m'est égal. C'est nécessaire ou cela ne l'est pas, voilà tout.

— Vous mentez pour votre frère.

— Non.

Il gribouilla sur le calepin.

— Mr. Du Pré, reprit-il, votre famille vit ici depuis combien de temps ? 1870 ? 1886 ?

— 86, dit Du Pré.

— La seconde rébellion. Nous sommes sur nos terres depuis 1879. Et maintenant, on nous dit que notre bail pour les pâturages d'été doit prendre fin, une lubie de gens qui n'ont jamais été là. Une décision purement politique. C'est la propriété du gouvernement des États-Unis, et donc des gens de notre pays, bien sûr. Mais cette affaire a été très mal gérée et quand ces idiots sont venus couper les clôtures et tirer sur le bétail, je me suis dit que j'allais faire d'eux un exemple.

Il continuait à écrire.

— Tenez, dit-il, tendant sa déposition à travers les barreaux, vous devez signer comme témoins, là où j'ai mis les deux croix.

— Seigneur ! dit Corey. Je ne crois rien de tout ça.

— Oh, mais vous devez ! répliqua Taylor Martin.

Il but une gorgée de sa cannette de soda.

— Un tissu de conneries, dit Corey.

— Je viens d'avaler une capsule de cyanure, annonça Taylor Martin. Je suppose que vous allez avoir des ennuis pour ne pas avoir examiné l'intérieur de ma bouche. Trop tard, maintenant.

Corey Banning le regarda, stupéfaite.

Taylor Martin sourit, mit sa main sur ses yeux,

s'écroula par terre et mourut quelques secondes plus tard.

Du Pré frappa sur la poitrine de Martin pendant un moment, mais cela ne servit à rien.

Chapitre 25

— Je ne l'imaginais pas si petit, dit Madelaine.

Elle regardait le gouverneur qui pataugeait dans la boue vers une estrade mobile. Des équipes de télévision se tenaient devant en rangs serrés et attendaient.

— Eh bien, j'ai entendu des bouvillons péter, dit Du Pré, et je n'ai pas besoin d'entendre celui-là chanter aussi. Je crois que je vais aller au bar et boire un verre. S'il y a une jolie femme par là, je lui payerai un petit rosé.

— Pauvre homme, dit Madelaine, il ne doit pas être très heureux avec un boulot comme ça.

Ils montèrent dans la Rover de Du Pré et roulèrent jusqu'à Toussaint sous la pluie grise du printemps.

— Ce Taylor Martin, pourquoi a-t-il fait une chose pareille ? demanda Madelaine.

— Il était malade, dit Du Pré. Une sorte de cancer. Peut-être à cause de cet Agent Orange qu'ils ont utilisé au Vietnam. Donc, il fait ses aveux, et puis il se tue. On se retrouve avec une confession et une impasse. Un gars vraiment intelligent, vraiment coriace, aussi.

— J'aimerais que tous ces gens s'en aillent d'ici, dit Madelaine. Tout le monde est si en colère ! Je n'ai jamais vu nos amis et voisins aussi furieux.

Du Pré fit un hochement de tête. Il remua sur son siège, se gratta la tête.

— La seule raison pour laquelle ce n'est pas pire, vraiment pire, c'est que Bart et Foote sont des gens très très très puissants. Ils ont réussi à tenir le FBI à l'écart. Une vingtaine de ces idiots ici, et on avait une vraie guerre. En plus, Fish and Wildlife a décidé de lâcher d'autres loups. Ces bêtes seront tuées et d'autres gens aussi, je suppose. Rien de tout cela ne serait arrivé si ces gens s'étaient vraiment intéressés à ce qui existe ici, s'ils s'étaient renseignés avant de débarquer en force.

— Tu es très en colère, toi aussi, Du Pré, dit Madelaine.

— Il y a de quoi, non ? Je dois aller repêcher des cadavres, je me retrouve enterré vivant sous une avalanche, je suis adjoint du shérif, ce que j'avais juré de ne jamais faire. Et ce pauvre Bart devient shérif. Remarque, il nous fallait un homme riche, autrement on se serait fait écraser. Heureusement qu'il est là. C'est un type bien.

— Tu n'as pas eu le temps de faire de la viande cet automne, dit Madelaine. C'est la première fois que ça arrive.

Seigneur ! songea Du Pré. Je tue un élan ou un cerf tous les ans depuis que je vis ici. Depuis l'âge de quatorze ans exactement. Je tue des cerfs parfois l'été quand Benetsee veut des peaux pour les femmes de sa famille au Canada, c'est illégal, mais on a plus de cerfs ici que de lièvres. Et les carcasses de cerfs éloignent les coyotes des agneaux. Au lieu de chasser cet automne, j'ai recherché un tas de crétins qui auraient mieux fait de rester chez eux.

Je déteste ces gens, mais les tuer, non, c'est mal.

— C'est un vrai merdier, dit Du Pré. J'aimerais démissionner, tu sais, mais je ne peux pas faire ça à Bart.

— Tu ne peux pas te faire ça à toi, répondit Madelaine. Ce qui se passe est terrible, mais ce sera pire si tu abandonnes. Bart démissionne, tu démissionnes, le gouverneur envoie ses gens, c'est la guerre. Nos amis, nos voisins, sont tous de très bons tireurs. Et ils veulent juste vivre, mais ils le veulent vraiment.

— Hein ?

— Tu sais ce que je veux dire, Du Pré.

Oui, je sais. Je suis comme ça, moi aussi. Je me mets en colère, je me fiche de ce que les autres pensent. J'ai tué Lucky, c'est sûr. J'ai failli tuer ce foutu Bucky Dassault aussi.

— Ha ! dit Madelaine. Et maintenant ce fichu gouverneur s'inquiète pour les touristes. Ils vont avoir peur, ils ne viendront plus dans le Montana. Ils se feront prendre sous une avalanche, en juillet, un gros et vieux grizzli les dévorera sous la neige. Tous ces gros, tous ceux de la chambre de commerce, ils en ont des attaques. Ha !

Du Pré éclata de rire.

— Ouais, dit-il. On va faire des publicités à la télévision. « Vous voulez mourir, venez au Montana. On tire sur vous, on vous donne à manger aux ours. Tout ce qui marche ici mord. »

— Ne te mets pas trop en colère, Du Pré. Je te connais bien. Ne te mets pas trop en colère. Si tu te mets en colère, parle avec ta Madelaine avant de faire une bêtise.

— Ah ! dit Du Pré.

Il se gara en face du bar de Toussaint.

— Je n'ai pas envie de venir te voir en prison ou au cimetière, mettre des fleurs sur ta tombe, dire : « Du Pré, mon salaud, tu devais appeler ta Madelaine. »

Elle fondit en larmes.

Du Pré passa ses bras autour d'elle, la tint serrée contre lui, caressa ses cheveux. Elle sentait la rose et la gentiane.

— D'accord, dit Du Pré, je t'appellerai. Mais tu sais, si on essaye de me tuer, je te parlerai peut-être après.

— Bien, dit Madelaine. D'accord. S'ils te tirent dessus, tu les tues, comme ça tu peux me parler après.

Du Pré la berça dans ses bras.

Elle renifla, fouilla dans son sac à main, en sortit un mouchoir de lin, se moucha et s'essuya les yeux. Elle ne portait jamais de maquillage.

— D'accord pour le rosé, dit Madelaine.

Ils entrèrent dans le bar. Il était vide, à part Susan Klein et le vieux Benetsee avachi sur un tabouret.

Du Pré hurla.

— Je te cherche depuis des semaines, mon salaud ! Et maintenant tu es là ! J'imaginais que tu avais été bouffé par les coyotes. Bordel !

Madelaine courut vers le vieil homme et le serra dans ses bras.

Benetsee se retourna et fit son vieux sourire édenté à Du Pré.

— J' suis parti au Canada, dit-il. Je t'ai laissé un mot, tu sais, accroché à un buisson derrière ma maison.

Merde ! pensa Du Pré. Je n'ai jamais fait le tour de sa foutue maison. La neige était profonde. Je ne suis pas allé assez loin. Jamais assez loin. J'ai peur de la neige, maintenant. Un peu. Beaucoup. Je ne voulais pas voir mes jambes s'enfoncer dedans. Trop profond sous cette neige, j'ai eu peur. Cela m'a mis assez en colère pour vivre, mais j'ai eu peur. Bon sang ! je devrais aller creuser là-dedans, dormir dessous quelques nuits. Bon sang !

Les messages de Benetsee sont gravés sur du bois, des os, de la pierre. Des phrases très dures à comprendre. Faciles à lire, très difficiles à comprendre.

Le vieil homme souleva un grand verre de vin pétillant et le but.

— Ces gens ont fait une foutue bonne viande pour Old Black Claws [1], dit Benetsee. Je l'ai vu se réveiller sous la neige, il grogne, taille son chemin à coups de griffes, trouve quelqu'un. Peut pas croire sa veine, Old Black Claws. Il mange bien là, pendant deux ou trois mois. Hi ! Il dort un peu, se réveille, mange. La belle vie.

— Dieu ! s'exclama Susan Klein.

— Ouais, dit Du Pré, ils vont le chasser et le tuer maintenant, c'est sûr. Le vieux salaud. Il me manquera.

— Il est parti, annonça Benetsee.

— Parti ? répéta Du Pré.

Parti où, putain ? Cette chaîne montagneuse des Wolf Mountains forme une île. Il y a deux cent cinquante kilomètres d'ici au prochain territoire des ours.

— Parti où ? demanda Du Pré.

Benetsee fit un rot.

— Vers le nord.

Susan Klein servit Madelaine, un verre de vin, et Du Pré, un whisky.

— Où, au nord ?

— Il ne me l'a pas dit.

— Vieil homme, dit Du Pré, j'ai besoin de ton aide, maintenant. Que sais-tu sur ces gens tués ? Qui les a tués ? Ce n'est pas bien, tu sais. Et on ne peut en avoir d'autres, tu sais.

— Pas d'autres, dit Benetsee. Pas eux. Ils vivent tous maintenant. Quelqu'un d'autre meurt, mais je ne vois pas qui.

Le vieil homme connaît toujours les énigmes. Je

1. Vieilles Griffes Noires. *(N.d.T.)*

n'ai pas besoin de ça. Qui meurt ? Bart ? Moi ? Qui ?

— Oui, dit Benetsee, Old Black Claws, il les mange, mais il n'aime pas beaucoup ça, je crois. À part les bonbons dans leurs poches. Hi ! c'est vraiment mauvais quand un grizzli n'aime pas vous manger.

— Oh ! Horrible vieil homme, dit Madelaine, ces gens, ils ont un père, une mère, tu sais. C'est affreux. Ils ne peuvent même pas enterrer leurs petits. Vraiment affreux.

— Ces Blancs, ils aiment mettre leurs morts en conserve, dit Benetsee. C'est très égoïste. Des tas d'animaux affamés dehors. Les Blancs prennent et ne redonnent pas.

— Oh, tu es dégoûtant ! dit Susan Klein. Tu mériterais que j'aille déterrcr quelqu'un et que je te le donne à bouffer.

Elle remplit son verre de vin. Il le but.

— Tu prends un cheeseburger maintenant, sinon plus de vin.

— Est-ce que cela va s'arrêter, demanda Madelaine, ces choses horribles ?

Benetsee hocha la tête.

— Bien sûr, dit-il. Tout s'arrête un jour, tu sais.

Du Pré regarda le whisky et les glaçons dans son verre. Il vit quelques lettres gravées sur le comptoir, des initiales très vieilles remplies de poussière. Le comptoir avait sûrement plus d'un siècle.

— Hé ! Susan, dit Du Pré, il date de quand ton vieux bar ?

— Il a été fait en Pennsylvanie en 1868. Par de vieux menuisiers allemands. Transporté par bateau jusqu'à Fort Benton puis Miles City et ici. Il y a des dates sur le dos de la porte gauche au fond, là où étaient conservés les blocs de glace. C'est tout en zinc dedans, comme le plafond ici.

« HDP », disait l'inscription. Mon ancêtre Hercule

Du Pré, celui qui jurait si bien, s'est assis ici et a gravé ses initiales dans ce bois.

Il disait : « Merde ! putain ! », tout ça.

Moi aussi.

Chapitre 26

Du Pré et Bart levèrent les yeux sur le Cooper Creek Canyon. De la boue et des rochers. Deux carcasses de chèvres tuées par l'avalanche.

L'un des médecins légistes se tenait près d'eux, tirant sur sa pipe. Il était jeune, moustachu, très calme.

— L'ours a laissé les mâchoires inférieures, dit-il, sympa de sa part. Nous avons pu ainsi identifier toutes les victimes. S'il avait tout dévoré, on y serait encore au prochain millénaire.

Du Pré hocha la tête.

Tant mieux pour Old Black Claws. J'espère qu'il parviendra jusqu'au Canada et se trouvera une piste de ski sympa pour se nourrir de jeunes et jolis yuppies bien gras. Je lui enverrai un carton de sauces. C'est vraiment terrible, mais très drôle.

— Oui, dit Du Pré, le gouverneur va envoyer ses chasseurs. Ils ne trouveront pas Old Black Claws, mais je pense qu'ils tueront un autre ours et s'estimeront quittes.

— Les gouverneurs sont comme ça, acquiesça le médecin légiste. Offrir une récompense d'un million de dollars pour tout renseignement permettant la condamnation des meurtriers d'octobre en est un autre exemple. Vous parieriez que quelqu'un va être condamné ?

— Non, dit Du Pré.

— Vous avez fini avec ça, maintenant ? demanda Bart.

Le sol convulsé avait été piétiné par les équipes de recherche. La glace soulevée par l'équipe de terrassement avait emporté les buissons.

— Huit certificats de décès, dit le médecin légiste. Je suppose que je serai bientôt de retour. On a vraiment du mal à croire que Taylor Martin ait pu tuer six personnes sans aucune aide.

— Moi, je veux juste savoir qui a tué les deux dans mon comté, dit Bart. Je reste modeste.

— Eh bien, dit le médecin, l'un d'eux est mort instantanément. Un tir de carabine Magnum. Mais pas la femme. Quelqu'un lui a coupé la gorge. Elle était vivante jusqu'à ce que sa jugulaire soit tranchée.

— Il n'y avait pas tant de sang que ça dans la voiture, intervint Du Pré.

— Du temps avait passé, dit le médecin. Avec certains produits chimiques, on peut déceler de toutes petites quantités de sang. Mais sans aucune piste, comment savoir où regarder ? Et si vous obtenez un mandat de recherche et trouvez des traces de sang, cela ne sera sans doute pas suffisant pour une identification, même s'il y en a assez pour le déclarer humain, ce dont je doute.

— Je me demande si on saura jamais, dit Bart.

— Les assassins sont des gens peu remarquables, répondit le médecin. Ils tuent par colère, pour de l'argent, quand un braquage tourne mal ou par jalousie. Si vous n'avez encore rien trouvé à cette heure, je ne crois pas que vous trouviez de quoi condamner qui que ce soit. Il vous faut une corroboration. Et vous n'en aurez pas. Il n'y a aucune raison pour que quelqu'un se mette en avant. Si personne n'a parlé jusqu'à maintenant, vous n'avez plus rien à espérer, à mon avis.

— Merci, c'est très encourageant, dit Bart.

— Taylor Martin vous a piégé avec ses aveux, dit le médecin légiste. Maintenant, il va falloir vous débrouiller avec ça. Même le si renommé FBI est paumé là-dedans. Cette femme formidable, Banning, au fait, elle est dangereuse.

— Hé ! dit Bart.

— Il se trouve que je ne suis pas du Montana, mais j'adore ce coin. J'aime les habitants. J'aime même aussi le fait qu'ils soient fous. Mon frère a fait le Vietnam et quand il est arrivé, jeune second lieutenant frais émoulu, le sergent recruteur l'a pris à part et lui a sauvé la vie.

— Hein ? fit Bart.

— Le sergent lui a dit : « Fiston, ici ce sont des garçons du Montana et du Wyoming. Tu leur demandes de faire quelque chose, ils le feront probablement. Tu le leur ordonnes, ils te tueront. Le dernier officier qui leur a donné des ordres a tenu sept heures. » Mon frère s'est montré poli avec ses hommes et a survécu grâce à eux. Cette femme, Banning, elle est d'ici, mais elle s'énerve, et je crains qu'elle ne charge juste pour voir ce qu'elle va arriver à secouer. Même illégalement. Je vous conseille de demander son transfert.

— Elle vous a parlé ? demanda Bart.

— Souvent, dit le médecin. Elle a quatre suspects. Elle a probablement raison, mais le temps où vous pouviez jeter des suspects en prison, les enfermer dans le noir et les tabasser à coups de tuyau en caoutchouc est fini depuis longtemps. Mais elle peut agir sous l'emprise de la colère, et ce ne sera pas la bonne décision.

— Cette femme déteste perdre, c'est sûr, dit Du Pré.

— Débrouillez-vous pour qu'elle parte, insista le médecin.

Il les quitta sur ces mots.

— Qu'est-ce qu'on fait ? dit Bart.

— Euh... Nous sommes un peu ses amis, nous allons lui parler.

— Ça vaut la peine d'essayer. Il ne nous manquerait plus qu'un agent du FBI assassiné. Je croyais qu'on l'avait envoyée ici pour éviter ça.

Du Pré haussa les épaules.

Corey Banning a l'air épuisée, et elle ne nous laisse rien savoir.

— Peut-être qu'on envoie ma Madelaine lui parler, proposa Du Pré.

— D'accord, dit Bart.

Ils retournèrent vers le 4 × 4 en pataugeant, firent marche arrière, dérapèrent sur la boue et prirent la route défoncée qui conduisait à Cooper.

Des enfants jouaient au ballon sur le terrain de softball. Les arbres étaient en bourgeons, attendant prudemment les dernières gelées avant l'été. Du Pré vit un long vol d'oies sauvages se diriger vers le nord, l'oie de devant se repérant sur l'étoile Polaire même en plein soleil.

Du Pré et Bart se garèrent devant le bureau du shérif et entrèrent. Bart essaya de joindre directement Corey puis passa par le bureau du FBI dans la caravane.

— Je n'ai rien à vous dire à vous, tête de nœud, fit Bart à son interlocuteur. Dites juste à Banning qu'on est au bar de Toussaint, et qu'on a quelques trucs intéressants à discuter avec elle.

Il raccrocha.

— D'habitude, je suis plutôt sympa, pourtant.

Du Pré hocha la tête.

Ils allèrent à Toussaint. Le gros bahut boueux de Corey était déjà garé devant le bar.

— Je vais chercher Madelaine, dit Du Pré à Bart par la vitre baissée.

Il roula jusqu'à chez elle; c'était aussi chez lui, maintenant.

Elle était assise à sa table de travail dans le salon, choisissant des perles dans des bocaux, cherchant la couleur parfaite à ajouter au chapeau qu'elle faisait pour son fils.

— J'ai besoin de toi, mon amour, dit Du Pré. Viens parler avec cette Banning, je crois qu'elle est sur le point de faire une bêtise.

— Je veux bien, dit Madelaine, mais je ne sais pas quoi lui dire.

— Oh! contente-toi de l'écouter. Tu fais ça très bien avec moi.

— C'est tout ce dont les gens ont besoin, dit Madelaine. Ils parlent et ça va mieux.

Du Pré approuva.

Elle vissa le couvercle d'un petit bocal de perles et prit sa veste. Ils sortirent et allèrent au bar.

Bart et Corey Banning étaient assis à une table sans se parler. Bart regardait un peu à droite, Corey un peu à gauche. Bart se leva pour se rendre au comptoir au moment où Madelaine s'avançait vers eux.

Madelaine resta debout un instant. Elle dit quelque chose à voix basse, rit et s'assit. Corey se pencha pour l'écouter. Madelaine murmura. Les deux femmes se levèrent et firent le tour de la table afin de pouvoir s'asseoir le dos tourné au reste de l'assemblée. Elles penchèrent leurs têtes l'une vers l'autre.

— Je crois qu'on n'a plus besoin de nous ici, dit Bart. Je dois passer chez moi, aller voir cette vieille misère de Booger Tom et signer quelques chèques. Tu n'irais pas faire un tour du côté où on a retrouvé les deux jeunes ? Je me demande si on n'a pas raté quelque chose l'automne dernier.

— D'accord, dit Du Pré.

Oui, on a raté quelque chose l'automne dernier. Tu rates un truc à chaque fois. Mais maintenant, peut-être que l'eau et le printemps l'ont déplacé vers le petit ruisseau en bas, ou coincé dans un buisson d'armoise, et peut-être que maintenant je le verrai. On peut toujours espérer, en tout cas.

Du Pré fit un signe à Madelaine, sortit, reprit sa voiture et se dirigea vers l'endroit où le 4 × 4 et les deux idiots avaient été balancés il y avait de cela cinquante ans, semblait-il.

J'en ai assez de cette neige, songea Du Pré. Si je déménageais... Le foutu désert, pourquoi pas ?

Il se laissa glisser petit à petit en s'accrochant aux buissons d'armoise jusqu'à l'endroit où l'on avait retrouvé les cadavres des deux gamins. Les traces sur la terre avaient été effacées Il restait juste quelques bouts de verre par terre. Du Pré s'accroupit, examina attentivement le sol puis leva les yeux au ciel. Un corbeau volait au-dessus de lui.

Il y a eu un blaireau par ici. Il est parti depuis deux jours.

Sentir l'herbe fraîche.

Quelque chose ne va pas ici. Cette racine est trop droite. Celle-ci aussi.

Je me demande...

Du Pré avança d'un pas lent. Il se baissa et ramassa un clou. Un clou de fer à cheval. Qui n'avait jamais servi.

Un autre. Un autre. Un autre.

Du Pré se redressa. Il fourra les clous dans sa poche, remonta jusqu'à sa Rover et repartit.

Chapitre 27

— Du Pré, s'écria Packy, tu es fou ! Je n'aurais pas pu descendre cette colline avec ma jambe. On dirait que je suis le seul dans ce fichu pays à utiliser des clous de fer à cheval. C'est à cause du chien ? Bon sang, mec ! je l'ai trouvé cinquante kilomètres plus loin.

— Si je raconte ça à Corey Banning, elle ne te lâchera plus, menaça Du Pré. Tu as intérêt à bien réfléchir et tu as intérêt à ce que d'autres personnes sachent où tu étais cette foutue nuit, tu vois.

— J'ai déferré des chevaux jusqu'à deux heures du matin, putain ! Je suis allé dans trois endroits différents. Tu me connais, je fais mon boulot, j'envoie ma facture, et c'est tout. Je n'ai vu personne. Soit ils étaient sortis, soit ils dormaient.

— Chez qui es-tu allé ?

— Chez les Stemple. C'est en dehors de Billings, tu sais. Après, je suis allé chez Moore jusqu'à dix heures du soir. Et j'ai fini au diable, chez les St. Francis. Je déteste ces salauds, et ils ne prennent aucun soin de leurs bêtes, mais faut bien gagner sa vie. Et j'aime les chevaux.

— Ils étaient en prison, cette nuit-là.

— Comme souvent. Mais les lumières étaient allumées dans la maison et il y avait un pick-up garé devant. Je ne l'ai pas reconnu. Il faisait sombre, j'ai pas regardé la plaque d'immatriculation. Il m'a fallu un sacré bout de temps pour attraper ces foutus chevaux. Il était deux heures et demie passées quand j'ai terminé.

Du Pré hocha la tête.

— Packy, dit-il, si tu me mens, même un tout petit peu, dis-le-moi maintenant, pour l'amour de Dieu. C'est une sale affaire. Les gens d'ici, ils doivent bien savoir un peu qui a fait ça. D'accord ? Le FBI ne partira pas ; Bart et moi, on n'arrêtera pas. On ne peut pas, il ne peut pas. C'est pas bien, ce qui s'est passé. Ils coupent des barbelés et tuent des bêtes, on les arrête, on le leur fait payer, mais pas comme ça.

Packy leva les mains. Elles étaient couvertes de cicatrices dues à son dur travail. Deux traces rouges toutes fraîches.

— D'accord, dit Du Pré. Je parlerai à Banning des clous, mais je ne dirai rien sur toi. Elle devinera probablement toute seule. Je ne peux pas faire autrement, tu sais.

Du Pré se roula une cigarette, l'alluma et fuma en silence avant de reprendre :

— Bien, tu es chez les St. Francis, tu vois le pick-up. Mais ils possèdent d'autres véhicules. L'un d'eux manque ?

Packy secoua la tête.

— Il y avait deux vieux tracteurs, ils ne les ont même pas immatriculés, ils s'en servent juste pour tirer des trucs sur le ranch. Et puis leur camion frigorifique, aussi.

— Bon Dieu ! je l'avais oublié, celui-là.

Les frères St. Francis achetaient des bêtes mortes pour les fabriques d'aliments pour chiens. Ils possédaient un camion avec un container en acier inoxydable à l'arrière qui pouvait être nettoyé à la vapeur. Le véhicule était équipé d'un treuil.

Je parie que le câble est assez long pour faire descendre cette foutue voiture avec ses deux cadavres dans la ravine. Tout doucement, pour éviter qu'elle ne prenne feu.

— Le pick-up, demanda Du Pré d'un ton doux, il était comment ? Clair ? Sombre ? Quelle marque ?

— Je connais pas bien ces nouveaux camions, dit Packy. Il était sombre, et il était bâché, c'est tout ce dont je me souviens. J'étais épuisé, je l'ai à peine regardé. Je ne sais même pas si le camion frigorifique était là ou pas.

Il n'était pas là, sûr. Et je vais découvrir qui conduit ce camion quand les frères St. Francis sont en prison ou occupés ailleurs.

— Bien, dit Du Pré, je pense que je vais parler à Banning des clous là-bas dans la ravine.

— J' te dis que c'étaient pas les miens, bon sang !

— Il faut qu'on comprenne certaines choses, dit Du Pré. Tu ferais mieux de venir avec moi, je suppose.

— Bon sang !

— Tu préfères qu'elle vienne t'arrêter avec un de ces crétins qu'elle garde enfermés dans la caravane ?

Packy monta dans la Rover de Du Pré. Ils roulèrent jusqu'au terrain où le FBI était installé. Le gros pick-up Diesel de Corey s'y trouvait.

Du Pré et Packy entrèrent. Corey et ses trois assistants levèrent la tête. Du Pré fit un petit signe de tête.

— Il faut qu'on parle, Corey, dit-il.

Elle prit son manteau, l'enfila, sortit avec eux et s'assit dans la Rover. Toutes les cinq secondes, un visage apparaissait à la fenêtre de la caravane.

— Bien, dit Du Pré, je suis retourné là où on a trouvé les deux cadavres, dans la ravine. J'ai découvert des clous de fer à cheval. Je suis allé parler avec

Packy. Il dit que ce ne sont pas les siens, qu'il ne les a pas mis là.

Corey regarda Packy d'un air impassible.

— Ce soir-là, Packy dit qu'il est allé travailler, enlever les fers pour l'hiver. Chez les Stemple, les Moore, puis les St. Francis. Ils étaient en prison, on le sait. Mais Packy a vu chez eux un pick-up qu'il ne connaît pas, qu'il n'a jamais vu là, en tout cas. Et alors, je lui ai demandé si les St. Francis possèdent d'autres camions. Il dit qu'ils ont un camion frigorifique.

— Doux Jésus ! s'exclama Corey Banning. Qui conduit ce camion quand les frères St. Francis sont au trou ?

— Je ne sais pas, répondit Du Pré. Je ne vends pas mes chevaux morts, je les enterre. J'enregistre les chargements de chevaux, mais pas les bêtes déjà mortes destinées à la pâtée pour chiens. J'habite ici depuis toujours, je sais que les St. Francis font ça, mais pas qui les remplace quand ils ont un empêchement.

Corey Banning hocha la tête.

— Ils doivent avoir un chouette treuil dessus, dit-elle. Je ne crois pas qu'ils aient pensé qu'on le verrait. Ils n'ont pas pensé qu'on utiliserait des hélicoptères.

— Non, dit Du Pré, ce n'était pas grave. Si le véhicule des victimes a été retrouvé, c'est que Martin voulait qu'on le retrouve.

— C'est une conspiration. Bingo ! S'ils étaient plusieurs, cela signifie un complot.

— Il y a autre chose : je pense qu'ils savaient que ces petits cons allaient venir. Ils les ont repérés et ils les ont suivis. Avant de les tuer pour marquer le coup.

— Hum ! Hum ! Oh ! Oh ! dit Corey. Et qui, ici, vit dans les deux mondes ?

— Ouais, je suppose qu'on sait, maintenant.

— Qu'est-ce que vous en pensez, Packy ? demanda Corey en lui souriant.

Packy détourna les yeux.

— J'ai peur. Je suis accusé d'un truc horrible. Vous pensez que c'est moi qui ai fait ça.

— Pas du tout, dit Corey Banning, je ne pense pas que vous ayez fait quoi que ce soit de mal, Packy. Pas du tout. À aucun moment. Ce que je pense, pauvre con, c'est que vous savez quelque chose et que vous ne nous le dites pas. Pas quelque chose que vous avez vu, mais que vous avez entendu, plutôt. Alors, qu'est-ce que vous avez entendu, Packy ?

— Entendu ?

— Vous vous déplacez beaucoup, Packy, et il n'a pas fait si mauvais cet automne. Pourquoi étiez-vous dehors à trois heures du matin, bon Dieu ?

— Ça m'arrive souvent. Le temps était sec, je fais ça souvent.

Corey Banning regarda au loin.

— Qui conduit ce foutu camion, Packy ?

— Le camion frigorifique ? Moi.

— *Toi !* s'exclama Du Pré. Fils de pute ! Tu vas arrêter de jouer au con avec moi ?

— Écoutez, dit Packy, je n'ai rien fait, et je ne sais pas si ce camion était là cette nuit. C'est tout ce que j'ai à dire. Maintenant, j'en ai assez qu'on me crie dessus. Je veux rentrer chez moi, bordel !

Du Pré regarda Packy. Il regarda Corey Banning.

— Laissez-le partir, dit Corey. Mais, Packy, vous restez dans le coin. Et quand je vous pose une question, mon salaud, vous me donnez la réponse en entier du premier coup !

Packy sortit de la Rover et s'éloigna en boitant.

Du Pré se roula une cigarette. Il l'alluma et souffla par la vitre ouverte.

— Passez-moi votre tabac, dit Corey.

Elle l'imita en marmonnant.

— Ces types qui ont été tués, dit Du Pré, ils appartiennent à un groupe qui veut s'emparer de l'Ouest et le refaire rien que pour eux. Ce groupe décide, cette nuit-là, de couper les clôtures, tuer des vaches. Mais peut-être qu'ils n'y sont pas tous allés, peut-être que certains ont eu la frousse.

Corey Banning acquiesça.

— Enfin ! mes trois chers amis dans la caravane vont pouvoir se rendre utiles. Chercher qui est à la fois membre d'Earth First[1] — ou un truc dans ce genre — et vit ici.

— Je déteste ça, dit Du Pré. Je pourrais peut-être comprendre s'ils étaient fous. Mais attendre ces gamins comme ça, ça me débecte.

Corey et Du Pré fumèrent en silence. Du Pré se pencha en avant, prit la bouteille sous son siège, but une gorgée, la rangea.

— Packy, dit Du Pré, il a vraiment peur.

— Il a de quoi.

— J'ai peur, moi aussi.

— Vous avez de quoi, vous aussi.

— Pourquoi, à votre avis ?

— Avant qu'on en ait fini, nous allons découvrir des choses sur nos voisins que nous regretterons d'avoir apprises.

1. « La Terre d'abord » : organisation écologiste. *(N.d.T.)*

Chapitre 28

— Je me fiche que tu n'aimes pas ça, dit Bart.

Les deux frères St. Francis se tenaient devant leur camion frigorifique comme pour essayer de le cacher.

— Combien de longueur de câble possède ce truc ? demanda Bart.

— Qu'est-ce que ça peut te faire ? rétorqua le frère St. Francis qui se tenait sur la gauche.

— Écoute-moi bien, trou du cul, dit Bart, s'il faut que j'aille chercher un mandat d'arrêt, ça va m'énerver, et je vais en demander un bien gros, et j'en profiterai pour fouiller ta baraque aussi. Alors maintenant, réponds : combien de mètres de câble ?

Il regardait le grand treuil monté à l'arrière du plateau du camion, au-dessus du container en acier inoxydable.

— Cent cinquante mètres.

— Il peut soulever deux tonnes ?

— Ouais. On n'a jamais eu à le faire, mais il peut.

Bart fit le tour du camion, sauta sur le tambour, attrapa le crochet, défit le frein, et tira un mètre de câble.

— Tiens, tiens, tiens ! fit-il. Lequel de vos chevaux crevés était peint en vert ?

— Quoi ? dit le même frère St. Francis.

— Je dis que ton putain de camion est confisqué. Maintenant, file les clés.

Du Pré haussa les sourcils.

Ça y est, maintenant on passe de l'autre côté, dans le brouillard. Je préférais ici, mais le soleil finira par se lever, réchauffera l'air et fera disparaître le brouillard. Et je porte mon 9 mm. Merde.

— Les clés sont dessus.

— Je vous préviendrai quand vous pourrez venir le chercher. Il y a de l'essence dans ton bahut ?

— Le réservoir est plein.

— Tu veux qu'on tire à pile ou face, pour voir qui conduit ce corbillard ? demanda Bart en s'adressant à Du Pré.

— Pas la peine, je te laisse volontiers la place.

— Et si je t'en donne l'ordre ?

— Ah ! je crois que ça ne changera rien.

— C'est bien ce que je pensais, dit Bart.

Il grimpa dans la cabine et fit démarrer le camion. Ce dernier, bien réglé, produisit aussitôt un grondement égal.

Du Pré prit la direction de Cooper. Il ouvrit la porte de la fourrière et attendit. Il fallut à Bart quinze bonnes minutes de plus pour arriver.

— Je suppose qu'il vaut mieux que nous partagions notre nouvelle piste avec nos amis du FBI.

— Oui, dit Du Pré. Elle va hurler si on ne le fait pas.

Ils entrèrent et téléphonèrent à Corey Banning. Elle n'était pas là. Le larbin de service mit Bart en contact avec elle.

— Le wagon à viande de ces cons de St. Francis dispose d'un treuil et d'un câble. On a trouvé des traces de peinture verte sur un mètre à partir du crochet. Le 4 × 4 qu'on a sorti de l'arroyo était vert foncé. Je pense que nous détenons là notre première pièce à conviction, enfin, je crois.

— Ça me paraît bien, dit Corey Banning. Coupez le bout et envoyez-le aux gars du labo.

— Et pourquoi pas aux *filles* du labo ?

— Autre chose ? dit-elle, ignorant sa remarque.

— Il faut tout faire examiner. Les cadavres ont pu être transportés dans le container à l'arrière. Il a l'air impeccable, mais on ne sait jamais.

— Très scrupuleux. Et qui va conduire le camion ?

— Si on disait un de vos gars ?

— Je ne leur confierais même pas un canard en caoutchouc, dit-elle, mais si vous insistez.

— J'insiste.

— Bien.

— Où êtes-vous, au fait ? demanda Bart.

— Là-haut, sur la terrasse.

— Bien, dit Bart. Et pourquoi ?

— Je suis Packy. Je veux juste voir si je peux le faire courir un peu.

Du Pré regarda d'un air distrait le haut-parleur sur le bureau de Bart.

Il y a tellement de foutus gadgets de nos jours. Aucun ne me plaît.

— Écoutez, reprit Bart, si vous veniez jeter un coup d'œil sur ce truc ?

— Non, dit Corey. J'appelle un de mes clowns.

— D'accord.

Le haut-parleur émit soudain un bruit de glace brisée puis de bouchons qui sautent, suivi d'un silence puis d'un gargouillement.

Bart et Du Pré se regardèrent.

— Mon Dieu ! s'exclama Bart.

Ils se précipitèrent vers la Rover de Du Pré. Ce dernier démarra, alluma le gyrophare et fonça en faisant hurler le moteur.

— Cette foutue terrasse fait trente kilomètres de long, bon sang ! hurla Bart. Où est-elle ? Où est le téléphone, bon sang ? Je vais appeler Booger Tom.

Bart composa le numéro, attendit puis cria dans le combiné.

— Pas là, dit-il en l'éteignant. Booger Tom dit que Packy se dirigeait vers le ranch des Stemple, mais il ne lui a pas parlé, donc il ne sait pas vraiment.

Du Pré braqua pour éviter un porc-épic mort puis redressa le volant. Il appuya sur le champignon.

— Je vais descendre et tu surveilles là-haut, dit-il, on voit facilement les voitures, il n'y a pas d'arbres.

Il bifurqua et parcourut à toute allure la route du bas. Bart surveillait le plateau.

Ils roulèrent, roulèrent.

— Là ! cria soudain Bart en indiquant un point du doigt.

Le gros pick-up de Corey Banning se trouvait près d'un tas de gravier sur la route du haut. Du Pré fonça sur un raccourci qui y conduisait. Ils parvinrent au sommet à toute allure. Du Pré freina en dérapant à côté du véhicule.

La vitre arrière côté conducteur était brisée.

Du Pré contourna par la droite, Bart par la gauche, chacun l'arme au poing, cherchant un abri possible.

Du Pré regarda dans la cabine.

Corey était tombée sur le siège passager, la tête à moitié explosée, ses cheveux couverts de sang coagulé. Le téléphone état toujours dans sa main.

— Putain ! dit Du Pré. Maintenant, on est vraiment dans la merde.

Il se détourna, la respiration coupée, et essaya de reprendre son souffle.

Le tas de rochers plus bas dans le champ. Un canon de fusil pointait à travers.

— Bart, baisse-toi ! cria Du Pré.

Il sortit son 9 mm et tira plusieurs fois sur les rochers.

Ça lui fera baisser la tête, salaud !

Une balle ricocha sur la calandre du camion en sifflant.

Elle devait avoir une carabine là-dedans, pensa Du Pré.

Il rampa à reculons et ouvrit la portière.

Un trou noir apparut, juste au-dessous de la poignée.

Une jolie carabine d'assaut, sur râtelier, avec des munitions supplémentaires.

Du Pré la sortit. Il se glissa loin vers la droite et s'approcha doucement du bord de la route. Il visa les rochers et attendit.

Le canon de la carabine bougea légèrement.

Si je le touche, la balle peut ricocher et le tuer.

Du Pré attendit.

— Du Pré !

— Ouais, Bart !

— Qu'est-ce que je fais ?

— Reste où tu es ! Prends pas de risques !

Là. Je vois ce foutu canon trembler un peu. Je sais.

Je regrette de ne pas avoir mes yeux de vingt ans.

Le canon bougea un peu.

Du Pré lâcha six coups.

Le canon disparut.

— Bien, dit Du Pré. Je descends la colline, maintenant. Tu restes ici, j'ai un meilleur fusil.

Du Pré serpenta, se redressa et dévala soudain la pente.

Aucun mouvement en bas.

Il se jeta à plat ventre et rampa dans l'herbe. Il contourna furtivement les rochers.

Une main, tendue.

Le fusil coincé dans l'armoise. Du Pré se redressa et avança lentement.

— Mince, dit-il en baissant les yeux. Je voulais t'arrêter, Packy, et puis je me suis dit non, et puis tu fais ça, merde.

Il regarda la colline.
Pas de Bart. Il devait téléphoner.
Oh ! merde !
Salut, Packy.

Chapitre 29

Du Pré était assis sur le porche de Benetsee, le dos appuyé contre la pile de bois, les pieds dans les iris qui fleurissaient en abondance autour de la cabane du vieil homme. Les plantes ici poussaient droites et drues. Le vieil homme ne s'en occupait jamais.

Du Pré se roula une cigarette et fit claquer son vieux briquet de cuivre jusqu'à ce qu'il prenne. Quelques poils de sa moustache grillèrent. Il inspira une bouffée. Il expira.

Ah ! vieil homme, j'ai besoin de toi, je ne sais pas quoi faire. Corey Banning se fait trouer la tête et je tue ce pauvre Packy. Total : un agent du FBI mort et on se retrouve dans une impasse, avec peut-être cinquante agents fédéraux qui s'apprêtent à débarquer. Et ni Bart ni Foote ne peuvent arrêter le FBI quand l'un des leurs se fait tuer, même si le tueur a été tué, lui aussi.

Moi, je sais qu'ils sont allés chercher leurs fusils, vérifier leurs munitions, et ici, dans les cabanes et greniers de mes amis et voisins, il y a des fusils d'assaut et des mitraillettes et des armes plus lourdes aussi.

La Constitution dit que le gouvernement ne peut pas empêcher les gens d'avoir des armes. Puis le gouvernement discute, pas de mitraillette pour toi ni d'artillerie lourde, pas de bombes, de grenades, de bazookas ni même de fusil de chasse à canon scié. Nous, au gouvernement, nous pouvons en avoir, mais pas vous.

Parmi mes amis et voisins, certains disent merde au gouvernement. Bon sang ! je n'ai aucune idée de ce qu'ils ont, mais moi, dans mon grenier, j'ai toujours ce MP-40 que Catfoot a rapporté de la Seconde Guerre mondiale, et ce fusil d'assaut russe que j'ai acheté et donné à Dave l'armurier pour qu'il le lime, plus les munitions et vingt-cinq kilos de dynamite, du gazole, du fertilisant. Je peux facilement faire exploser ce que je veux là où je veux.

Il doit y avoir dans le coin deux cents grenades volées dans l'arsenal de Great Falls. Plus deux canons de 20 mm, sans compter ceux du vieil avion de guerre, le Lightning P-38. Ce truc a rendu fous les gars de la FAA[1] parce qu'il n'est pas enregistré, mais il est là, caché quelque part, entièrement armé. Et je ne sais pas qui le possède.

Et ça, c'est seulement les trucs que je connais.

La cervelle de Corey Banning éparpillée sur le tableau de bord.

Packy n'avait plus de visage quand j'en ai eu fini avec lui, les éclats de rocher s'en sont chargés.

C'est le temps de la lune rousse, le temps du chagrin.

S'ils blessent ma Madelaine, font du mal à ma Jacqueline, à mes proches, je tue ces fils de pute l'un après l'autre. Moi, j'en ai assez de ces cons, on se débrouillait vraiment bien avant que ces têtes de nœud débarquent, coupent des barbelés, tuent du bétail et obtiennent que le gouvernement mette des loups dans les montagnes. C'est comme si tu étais assis à la table de ta cuisine un dimanche matin et qu'un groupe de prêcheurs ouvrait ta porte d'un coup de pied, tapait

1. *Federal Aviation Administration. (N.d.T.)*

sur un gong à te donner mal à la tête, fouillait ta maison et décidait de rester, comme c'est chouette, on va vivre ici, vous aider. Vous pourrez devenir l'un des nôtres.

Merde merde merde merde.

Putain de XXe siècle. Le XIXe n'était pourtant pas si merveilleux, bordel !

J'espère que Bart va garder son sang-froid. Il a un de ces caractères. Ces types du FBI veulent du sang. Ils se fichent de savoir à qui il appartient, pourvu qu'ils obtiennent une promotion, un bureau plus grand.

Tout ça est terrible.

Cela ne serait jamais arrivé si ces idiots étaient restés chez eux, n'étaient pas venus faire ce qu'ils ont fait.

Du Pré entendit le rhombe. Il retourna vers la hutte de sudation. Les rabats étaient soulevés. Le son du bâton de cèdre attaché à la corde en cuir brut rugit, mourut puis rugit encore.

Le vieux Benetsee, loin de sa maison, bien loin, derrière les lilas et les saules rouges.

Du Pré avança à travers les buissons. Le vieil homme était accroupi dans l'ombre. Un homme plus jeune, petit et trapu, faisait tournoyer le rhombe et Benetsee hochait la tête ou bien levait un doigt. Quand il levait un doigt, le jeune homme se soulevait sur la pointe des pieds et mettait toute son ardeur à la tâche.

Du Pré s'accroupit à côté de Benetsee et attendit. Le vieil homme parlerait quand il le voudrait, pas avant.

Ils observèrent l'apprenti pendant un moment. Puis Benetsee se leva. Le jeune Indien s'écroula, épuisé, et le rhombe retomba silencieux.

— Va voir la voiture de cet homme, dit Benetsee, il y a du vin dedans, du tabac, de la nourriture.

— Juste du vin, dit Du Pré.

Le jeune homme s'étira puis partit.

— Il y a eu du vilain, reprit Benetsee.

Du Pré acquiesça.

— Ça va empirer, dit-il.

— Pas sûr. Si j'allais leur parler ?

— Hein ? Tu te souviens de la dernière fois ? Ils sont venus ici, j'ai dû sortir mon arme pour leur rappeler leurs putains de bonnes manières. Tu crois qu'ils se sont améliorés ?

L'apprenti revint avec le vin et un grand bocal de conserve. Il servit à Benetsee une dose impressionnante, posa la bonbonne et disparut dans les arbres de l'autre côté du ruisseau.

— Tu es en colère, mon fils, dit Benetsee.

Il ne m'a jamais appelé comme ça avant, pensa Du Pré. Je parie qu'il va me donner un bon conseil, maintenant. Peut-être meilleur que je ne le souhaite.

Tout est si fou, ici. La terre devient folle, peut-être. J'aurais bien besoin d'un grand tremblement de terre.

— Bon, dit Benetsee. On va aller chez Susan, tu m'offres un cheeseburger. Tu sais, deux jeunes hommes sont venus ce matin, avec de longs cheveux, des vêtements chers, ils veulent partir en quête de vision.

Du Pré attendit.

— Je les ai envoyés voir Benjamin Medicine Eagle, il fait ce genre de choses, lui.

Du Pré éclata de rire.

— Que t'ont-ils dit ?

— Rien. Je leur dis, moi, je fais seulement des circoncisions. Benjamin Medicine Eagle est l'homme qu'il vous faut.

Du Pré hurla de rire.

— On y va maintenant, dit Benetsee.

Il se leva en se grattant la nuque.

Il entra dans sa cabane et en ressortit avec le sac de

nylon rouge contenant l'aile d'aigle qu'il avait confisquée aux jeunes idiots, l'hiver précédent. Il balançait le paquet rouge par un lacet, d'un geste négligent.

— Bien, on fume maintenant.

Du Pré roula deux cigarettes, les alluma. Puis il conduisit jusqu'à Toussaint.

Quatre voitures étaient garées devant le bar et huit hommes se tenaient à côté de l'entrée. Susan Klein leur faisait face sur le seuil en secouant la tête.

Du Pré accrocha son insigne sur sa veste de cuir. Il sortit de la voiture avec Benetsee. Les agents du FBI se tournèrent et les regardèrent avec curiosité. L'un d'eux contourna la voiture la plus éloignée. Un grand homme au teint foncé qui marchait avec aisance.

Beaucoup de sang indien, lui, songea Du Pré.

L'homme jeta un coup d'œil sur sa droite.

De longs lobes d'oreilles. Beaucoup de sang indien.

— Agent spécial Harvey Wallace, dit l'homme en tendant une main vers Benetsee. Comment allez-vous, oncle ?

Il baissa poliment les yeux, et attendit.

Encore deux minutes, pensa Du Pré, et Benetsee parlera. Ce FBI est indien. Il sait respecter les vieux, ils savent des choses.

— Tu es bien loin de ton peuple, dit Benetsee, tu retournes là-bas souvent.

L'agent hocha la tête.

— Je suis Wallace dans le monde blanc, dit-il en langue blackfeet, et Weasel Fat[1] dans le monde indien.

— Ah ! dit Benetsee. Peut-être qu'on va aller parler avec Susan, elle est bouleversée, on peut adoucir les choses. Moins de bruit.

— Bien, dit Harvey Wallace.

1. Belette grasse. *(N.d.T.)*

Les deux hommes s'avancèrent vers Susan Klein qui bloquait encore la porte d'entrée. Du Pré les suivit. Les autres agents le regardèrent puis détournèrent les yeux après avoir aperçu son insigne.

— Bon après-midi, madame, salua Harvey Wallace.

Il se retourna, passa devant Du Pré et s'adressa d'une voix douce à ses hommes. Ils montèrent dans leurs véhicules et partirent dans des directions opposées, deux par deux.

Harvey Wallace, pensa Du Pré, voilà un putain de dur à cuire.

Harvey Wallace revint sur ses pas, en passant un long doigt sur l'arête de son nez, les yeux baissés.

Il les releva soudain. Des yeux très noirs, très tristes.

— Gabriel Du Pré, dit-il, Corey Banning pensait beaucoup de bien de vous. Elle respectait l'endroit où vous vivez. C'est une sale affaire. Et j'ai besoin de votre aide.

Du Pré attendit.

— Nous devons faire respecter la loi, poursuivit Harvey Wallace. Je suis chargé de le faire et je le ferai. Mais de telle sorte qu'on ne déclenche pas de guerre.

Du Pré poussa un soupir.

— Rendez-nous service, dit Wallace, ne tuez plus personne. Le pauvre Packy aurait pu nous conduire aux tueurs. Peut-être pas. Je sais qu'il vous menaçait, mais à l'avenir, s'il vous plaît, contentez-vous de courir. J'ai besoin des tueurs et de leurs complices en vie. Morts, ils posent encore plus de questions.

Du Pré hocha la tête.

Oui, mais moi, je ne recule pas. S'il y a une bagarre, je fonce.

— Laissez-moi vous inviter à déjeuner, dit Harvey Wallace.

Chapitre 30

— Ils ont peut-être changé, dit Bart.

Du Pré haussa les épaules.

— Il suffit que l'un d'eux fasse une connerie pour que tout explose, dit Du Pré. Ils vont peut-être arrêter de se comporter comme de vrais cons, mais certains de ces éleveurs sont du genre ombrageux et n'aiment pas qu'on se mêle de leurs affaires.

— J'aime bien l'agent Wallace.

— C'est un type bien, acquiesça Du Pré, mais il n'est pas seul. Ils en ont envoyé dix à l'est, vingt de plus au nord, et on en a vingt ici. Il suffit que l'un d'eux énerve quelqu'un. Les gens ici, ils ne sont pas difficiles à mettre en rogne. Oh, oui ! La plupart d'entre eux, tu sais, tu leur fais une grimace, tu es mort.

— Foote appelle ça le test du tapis chaud. Tu roules le tapis, tu attends et tu vois ce qui file par les bords.

— Ils ne filent pas, à mon avis, répliqua Du Pré, ils creusent plutôt des terriers.

— Bon sang, je suis fatigué, dit Bart.

— Octobre, ça paraît si loin.

— C'était il y a longtemps, nous n'étions pas des hommes âgés en octobre dernier. Tu sais, je n'ai pensé à rien d'autre qu'à la mort. Seize en tout, et puis les deux dans l'accident de voiture. Deux morts bien normales, charmantes. Juste deux gamins ivres qui ont raté un virage.

— Qui vit dans les deux mondes ? demanda Du Pré.

— Hein ?

— Corey Banning, expliqua Du Pré, c'est elle qui a dit ça, on était en train de discuter. Je me suis demandé, tu sais, ces gens ont été tués quand ils coupaient des barbelés cette nuit-là, mais les Stemple sont venus me voir avant pour me parler de bêtes tuées, de clôtures coupées. Et les frères St. Francis, ils étaient absents la nuit où les deux ont été tués. La voiture a été larguée avec eux dedans, probablement avec le camion frigorifique.

— Des suppositions, dit Bart.

— Je n'ai pas vu le rapport d'autopsie sur ces deux cadavres.

— Moi non plus.

— Quoi ?

— Je ne me souviens pas de l'avoir reçu, ou alors, je ne l'ai jamais vu. C'était un peu la panique, à l'époque.

Bart alla téléphoner. Du Pré sortit fumer dehors et contempla le printemps.

Un chouette temps, ça. Mais je ne peux pas le voir.

Bart sortit du bureau en claquant la porte avec un juron.

— Ils l'ont envoyé à Corey, qui avait promis de nous passer une copie pour gagner du temps et économiser un timbre. Elle ne l'a pas fait, bien sûr.

— Ah !

Corey, Corey, si vous n'étiez pas morte, je vous engueulerais.

— En tout cas, poursuivit Bart, ils sont tous les

deux morts par balle. Mais le médecin légiste n'a pas pu indiquer l'heure parce que leurs corps étaient réfrigérés. Pas gelés, juste refroidis, pense-t-il. Il suffit qu'ils aient été gardés juste au-dessus de zéro pour qu'on ne puisse pas donner d'heure.

— Les Stemple n'ont plus d'alibi, dit Du Pré.

— Ils n'en ont pas besoin, pour le moment, et Corey les avait interrogés sans rien en tirer.

— Ah ! Alors, peut-être ce type, Harvey, nous donnera le dossier.

— Je verrai, non, nous verrons tous les deux. J'ai demandé au médecin légiste de nous faxer son rapport. Il a dû arriver. Je reviens tout de suite.

— Eh bien, dit Du Pré, je te parie que la femme a été violée et je te parie que ce sont les frères St. Francis. Et je te parie que Corey était après le pauvre Packy parce qu'elle savait qu'il en savait plus qu'il ne disait.

Bart retourna à son bureau et revint avec des papiers à la main.

— Tu veux bien conduire, mylord ?

— Ouais.

— Tu vois, dit Bart, j'avais raison. Maintenant, si cousin Weasel Fat a un cœur généreux et partage ses infos, nous allons peut-être enfin faire quclque chose de bien. Cela ne m'est pas souvent arrivé dans ma vie, je suis impatient.

Wallace se trouvait dans le parking devant les caravanes du FBI. Il leur fit un signe de la main. Du Pré ralentit afin de ne pas éclabousser son costume.

— Ça me fait plaisir de vous voir, dit Wallace. Vous n'allez pas me croire, mais je comptais vous appeler cet après-midi pour m'excuser et vous expliquer que mon prédécesseur avait manqué à la courtoisie la plus élémentaire en omettant de vous mettre dans la confidence. Je ne sais vraiment pas pourquoi.

Nous sommes plus gentils, plus doux de nos jours envers nos frères officiers. Et si vous croyez à ces conneries, vous méritez ce qui vous arrive.

— Je sais que ce sont les frères St. Francis, bon sang ! dit Du Pré. Ils ont tué ces gamins, les ont enfermés dans leur chambre froide, ont caché leur voiture et l'ont larguée après qu'ils ont appris pour les autres.

— Non, dit Bart, ça ne marche pas.

— Ça marche s'ils sont en prison et que le pauvre Packy est coincé avec. Ça marche très bien. Il rapporte le foutu chien, aussi.

La seule personne que j'aime dans cette affaire, c'est le chien, songea Du Pré. Moi y compris.

— Corey avait pigé ça, dit Wallace, mais elle avait besoin d'autre chose, et elle était à sa recherche quand Packy a craqué et l'a tuée. Quoi ? je l'ignore. Mais les frères St. Francis sont des ploucs, des imbéciles, et on va leur tomber dessus vers quatre heures du matin avec des mandats d'arrêt. Ils ont foiré. J'aime les gens qui foirent. Je ne peux pas attraper les bons, ils sont malins, ils font des listes du genre « À faire » et « À ne pas faire ». La première règle quand vous tuez quelqu'un, c'est : ne compliquez pas trop. Tuez, débarrassez-vous de l'arme, répondez plus ou moins à toutes les questions, et vous êtes tranquille.

— D'accord, dit Bart. Je me fiche des arrestations glorieuses. Je ne me présente pas aux élections. Je me fiche même d'être au générique. Mais j'aimerais vraiment que cet endroit ne se transforme pas en champ de bataille. Je veux la paix, et je l'aurai, peu importe le prix.

Harvey Wallace regarda Bart longuement. Il lui fit un grand sourire et lui tendit la main.

— Comme c'est chouette que vous vouliez éviter le massacre ! Maintenant, vous voulez spéculer sur le nombre d'armes automatiques détenues illégalement ici ? J'ai recensé un P-38, quatre brownings calibre 50, un canon de 20 mm et deux mustangs. Des modèles récents, aussi, avec canon. J'ignore où ils se trouvent. Il y a toutes sortes de soldats, et cet État a produit un nombre impressionnant d'unités de combat. Ils détestent tout ce qui vient du gouvernement, les flics, la télé, le fluorure dans leur eau, les démocrates, les mots de plus de deux syllabes, et surtout ces cons prétentieux de Washington.

Bart éclata de rire.

— Mais j'aurai ces meurtriers. Parce que si nous ne les trouvons pas, cela va devenir un sport ici, comme tuer des lièvres. On ne peut pas permettre ça, vous en conviendrez.

Bart et Du Pré hochèrent la tête.

— Personne ici n'est assez bête pour faire quelque chose avec les frères St. Francis. On les arrête, c'est l'impasse, d'accord ? Mes estimés collègues de l'Est et du Nord trouveront peut-être quelque chose sur les caprices du Montana, mais guère plus. Les Martin n'ont pas besoin de parler. Les gens du Nord présentent un front uni de silence.

— Ils ont tort, dit Bart.

— Ça n'a rien à voir ! répliqua Wallace. Le fait est que personne n'a agi par esprit de revanche ou par appât du gain. C'est arrivé comme ça, que ce soit les frères St. Francis ou pas, personne ne parlera. Et ils n'ont rien à gagner là-dedans. Vous détestez quelqu'un de nos jours, vous lui donnez une vache. Personne ne convoite le ranch du voisin. Je ne peux même pas espérer que quelqu'un soit assez cupide pour l'attirer avec un foutu dollar. Non.

— J'ai une idée, dit Du Pré. Pour les deux premiers morts, on se demandait s'il n'y aurait pas un jeune Martin qui espionnait les écolos et aurait filé le tuyau à sa famille, les prévenant que ces idiots prévoyaient de couper les barbelés ce soir-là.

— Bien, dit Wallace.

— Le gamin peut même faire partie d'un groupe écolo.

— Excellent, dit Wallace.

— Vous y avez déjà pensé ?

— Oui, et la petite garce est Angela Green, un Harold Green ayant épousé une sœur Martin. Elle est très connue dans le milieu écolo. Elle appelle régulièrement chez elle, on n'a rien trouvé de ce côté.

— Jeune ?

— Vingt-trois ans.

— Vous lui avez parlé ?

— Oh, on lui a beaucoup parlé ! Elle fait des discours passionnés du genre « à bas le bétail et vive le bison », mais elle vient aider sa famille en été. Le retour aux racines.

— Que vous a-t-elle dit ? demanda Bart.

— Oh ! elle a dit que ses affaires la regardaient, elle, et que celles de sa famille regardaient sa famille, et maintenant s'il vous plaît, fichez le camp, débarrassez-moi le plancher.

— Une vraie fille du Montana, on dirait, commenta Du Pré.

— Jusqu'à ses bottes faites sur mesure, dit Wallace. On est même remontés aux crétins qui avaient mis sur pied le massacre du bétail, ce qui a provoqué finalement la mort de seize personnes, si l'on compte ceux que l'avalanche a eus et que l'ours a mangés.

Bart et Du Pré attendirent.

— Elle s'est rigoureusement opposée à ce plan, et donc ils sont partis préparer leur suicide dans un endroit plus sympathique.

— Comment aurait-elle pu connaître la date ? demanda Bart.

— Elle est remarquablement belle, dit Wallace.

— Je vois, dit Bart.

Chapitre 31

— Tu me rends malade d'inquiétude, dit Madelaine. Tu maigris, tu ne souris pas, tu fumes trop, tu bois, et pas par plaisir.

— Je suis désolé, dit Du Pré. C'est cette affaire, tu sais, voir l'endroit où je vis se disloquer. Plus rien ne sera comme avant maintenant. Je ne te vois pas, je ne vois pas ma fille ni mes petits-enfants, personne. Je ne joue pas du violon, je ne suis plus Du Pré, tu as raison.

— Eh bien, nous, les Métis, nous sommes ici au Montana depuis 1700. Quand l'expédition de Clark et Lewis[1] est arrivée, nous étions ici, on leur a fait des cartes, on les a données aux Blackfeet pour qu'ils les leur donnent parce que nous étions des Métis, et si on les leur donnait, on était des traîtres. Beaucoup de sang a coulé, tu sais. Mon arrière-arrière-arrière-grand-père était le fameux Mitch Bouyer[2], il a renvoyé les autres éclaireurs métis, et il a descendu la colline pour mourir avec Custer. Ce n'est pas la pre-

1. Mission d'exploration menée entre 1804 et 1806 de l'ouest du Mississippi à l'océan Pacifique. *(N.d.T.)*

2. Célèbre éclaireur-interprète, moitié sioux, moitié français, qui accompagna le général Custer lors de la bataille de Little Big Horn. *(N.d.T.)*

mière fois, et tu n'es pas Dieu et tu ne peux pas tout arrêter. Je te dis que tu vas jouer de ce foutu violon chez Susan cet après-midi. Ou je vais pleurer et pleurer et pleurer jusqu'à ce que tu sois si malheureux que tu pleureras aussi. Je le ferai, Du Pré. Tu es en train de mourir juste sous mes yeux, je ne te laisserai pas faire.

— Je me sens très bien.

— Tu parles ! Parmi tes amis, ennemis, voisins, il y a des meurtriers. Tu as failli mourir sous l'avalanche, tu gigotes la nuit et tu transpires. Et moi, je t'éponge avec des serviettes.

— Oh ! fit Du Pré.

— Je sais déjà que tu es un héros, dit Madelaine, tu n'as pas besoin de me le prouver.

— Bien.

— J'ai ton violon. J'ai acheté de nouvelles cordes. Je les ai mises comme j'ai pu. Maintenant tu l'accordes et tu emmènes ta Madelaine au bar. On boit quelques verres, je t'écoute jouer. Je t'ai même fait une jolie chemise rouge, un foulard de cachemire. Tu la mets, s'il te plaît. On y va, on s'amuse, on revient, on baise et tu dors tranquille.

Du Pré prit une douche, enfila un jean propre, mit sa nouvelle chemise, noua son foulard et ils partirent en voiture pour Toussaint. Il prit son vieil étui de cuir râpé et se dirigea vers le bar. Il n'y avait aucune voiture garée devant, bizarre pour un dimanche après-midi.

Du Pré tint la porte à Madelaine. Il entra. Cinquante personnes étaient assises là en silence. Une grande table était couverte de plats, un cochon entier trônait sur un énorme plateau de bois, celui que son père Catfoot avait sculpté dans un gros morceau de tilleul qu'il s'était fait envoyer.

Le cousin LeBlanc du Canada était là avec son accordéon. Le cousin Beauharne du Dakota du Nord aussi, avec sa guitare, son harmonica et ses chaussures de danse. Il connaissait les vieilles danses métisses, aussi vieilles que les Romains. Un tas de gens, de braves gens.

— Tu bois un bon coup, Du Pré, dit le cousin LeBlanc, et puis on joue de la bonne musique.

Du Pré regarda autour de lui, un peu sous le choc. Les Stemple étaient là, les Moore et des tas d'autres couples. Du Pré croyait certains liés aux meurtres. Mais ils étaient là et ils paraissaient contents.

Le vieux Benetsee me manque, j'aurais aimé qu'il vienne, songea Du Pré, j'ai vraiment besoin de lui maintenant. Qu'est-ce qu'il y a là-dedans que je ne peux pas ou ne veux pas voir ? Qui suis-je pour décider ça ? Qu'est-ce que je fais ? Je ne sais pas.

Jouer un peu de musique avec mes amis. Boire un peu de whisky et aimer ma femme. Oublier la mort et créer un bon moment dont on se souviendra.

Du Pré sentit qu'on le tirait par la manche. Il se retourna : Benetsee lui souriait en lui tendant un énorme verre rempli de whisky et de glaçons.

— Tu joues une chanson de *voyageurs**, dit Benetsee. Ils traversent cette forêt sombre, ils meurent dans l'eau noire, mais ils chantent et jouent du violon. Du Pré, tu me donnes du tabac, tu bois et tu joues du violon.

Du Pré roula une cigarette pour Benetsee et une autre pour lui, les alluma, but une longue gorgée de whisky et posa son bras sur les épaules de Benetsee.

— Vieil homme, dit-il, je... Nous devons arrêter ça maintenant, tu sais, les femmes auront trop de larmes et les enfants trop de malheurs. Qu'est-ce qu'on fait ?

— Bien, dit Benetsee.

— Comment ça, « Bien » ?

— Tu me demandes toujours ce que *tu* dois faire, jamais nous. Tu es vraiment bête.

— Hé ! dit le cousin LeBlanc, tu accordes ton violon, oui ? On leur joue des chansons de pagayage, de ballots. Tu connais celle du pari sur le poids des colis pendant le portage ?

Je la connais depuis l'âge de trois ans, pensa Du Pré. Combien de ballots de cent livres porte le *voyageur** ? Trois, parfois quatre, mais cette chanson dit qu'ils en portent dix, une demi-tonne ! Ils devaient rentrer chez eux en roulant sur leurs couilles, je suppose.

La légende du *voyageur**.

Du Pré tira sur les cordes neuves pour les tendre, frotta ses doigts de colophane, puis accorda son instrument, envoyant les cordes vers l'aigu, les laissant revenir pour trouver le ton juste.

Le cousin Beauharne commença à gratter quelques notes de basse, le cousin LeBlanc relâcha les soufflets, Du Pré joua du violon. Un jeune couple métis que Du Pré ne connaissait pas monta sur la piste et se mit à danser, talons et pointes, à l'ancienne

On faisait ça, les peaux de bison clouées au sol. Les petits bateaux nous ont amenés en premier ici, certains disent qu'on était dans le golfe du Saint-Laurent en 1200 déjà. On fuyait ces satanés prêtres et les collecteurs d'impôts.

Une musique très ancienne.

J'irai en Bretagne, un jour.

La chanson se termina. LeBlanc et Beauharne regardèrent Du Pré. Gabriel tira une longue note de son instrument et commença une complainte des *voyageurs** qui évoquait les femmes qu'ils avaient laissées et qui ne tiraient pas assez sur la corde pour les ramener chez eux, trop occupées avec les soldats qui ne quittaient jamais le fort.

Peut-être même n'avaient-elles pas fabriqué des canots assez résistants, pour qu'ils se noient et se perdent avec leur embarcation dans les Big Rapids. Tous les cœurs des *voyageurs** contenus dans une bouilloire en cuivre échouée au pied des rapides, leurs âmes condamnées à chercher éternellement la lumière.

Une époque très dure.

Les gens se mirent à danser. Les deux jeunes gens passèrent leurs bras autour des épaules de ceux qui voulaient apprendre le pas à quatre temps. Tout le monde riait et dansait.

Du Pré leva les yeux et vit Jacqueline et Raymond entrer. Sa fille était encore enceinte, mais ce serait la dernière fois, le docteur avait dit. Cela lui en ferait douze. Sa deuxième paire de jumeaux.

Mais elle dansait et riait avec son Raymond, et Du Pré se sentait très fier d'elle. Il la regarda et joua une chanson juste pour elle, et tout le monde s'arrêta de danser, sauf Jacqueline et Raymond.

Du Pré transpirait à grosses gouttes. Il s'arrêta, s'essuya le visage et posa son violon. LeBlanc et Beauharne continuèrent, accélérant le tempo. Les danseurs avançaient et reculaient en rythme.

Du Pré se fraya un chemin jusqu'au bar. Madelaine, assise sur un tabouret, lui sourit comme une jeune fiancée.

— Ça, c'est mon Du Pré, dit-elle, mon Gabriel, pas le vieux ronchon qui marmonne entre ses dents. Ah ! tu n'as pas oublié comment on joue du violon. Donnez une jolie chemise rouge à mon Du Pré, un peu de whisky, et il jouera de ce violon, ah !

Du Pré sourit. Il se tourna vers le comptoir. Bart officiait derrière, tirant des bières pression et préparant des cocktails. Harvey Wallace se trouvait à l'autre bout, habillé d'un jean et de bottes, souriant.

Du Pré but un whisky et fuma une cigarette avant de rejoindre l'orchestre. Il reprit son violon et joua une gigue de pêcheur. Les Métis étaient de grands pêcheurs. Remontaient les brochets, les ouvraient et les fumaient. Des saumons et des grosses truites aussi.

LeBlanc et Beauharne posèrent leurs instruments. Le vieux Benetsee s'avança en traînant les pieds jusqu'à l'estrade, s'assit au bord, sortit une flûte de saule de sa veste et souffla dedans doucement pendant quelques instants, ses doigts tordus cherchant les trous.

Il joua. Un air qui ne ressemblait à rien de ce que Du Pré avait jamais entendu, sur une gamme étrange au rythme profond, en boucle, avec des notes à la fois douces et perçantes.

Le visage du vieil homme était noyé dans l'ombre de son vieux chapeau. Seule dépassait la tige de saule rouge. Ses doigts se soulevaient et s'abaissaient, la foule silencieuse osait à peine respirer, comme clouée sur place.

Je n'ai jamais entendu le vieil homme jouer, songea Du Pré. Combien d'autres choses demeurent cachées au plus profond de lui ? Je ne sais même pas quel âge il a.

Je ne sais pas. Il m'a mis parfois très en colère. Mais autant se fâcher contre la rivière Rouge, les ombres, les fantômes de bisons.

Mes ancêtres.

Aidez-moi.

Chapitre 32

— On ne le saura peut-être jamais, voilà tout, dit Bart.

Harvey but son café et expira un long filet de fumée bleue. Il posa sa pipe sur le cendrier.

— Peut-être, mais si vous mettez assez de colle, la mouche s'y prend. Une chose m'embête. Il ne s'agit pas d'un crime commis par une seule personne pour une seule raison. Ces jeunes crétins se sont engouffrés pile dans la brèche entre l'ancien temps et le nouveau. Angela Green continue à faire des discours pour condamner ce que sa famille fait depuis six générations, et ils lui envoient toujours trois mille dollars par mois. Allez comprendre. Je ne peux pas accuser des parents pour excès d'indulgence.

— C'est vrai que cet imbécile de gouverneur a fait abattre un ours à l'ouest de Glacier ? Qu'il l'a fait balancer d'un hélicoptère chez nous afin de pouvoir raconter que l'ours qui a mangé les gens dans l'avalanche a été tué ?

— Inutile de vérifier, dit Harvey, c'est vrai. Je le sens dans mes os. Je le sais mieux que mon propre nom. Je travaille pour le gouvernement depuis des années, je peux vous dire que c'est vrai.

— Ouais, dit Du Pré, Old Black Claws, il est parti,

c'est sûr. Il me manque. Il venait voir qui était là, quand je me trouvais là-haut. Un gentleman. Sauf le jour où il a mangé le cheval du vieux Jimmy Moore.

— Hein ? fit Bart.

— Tu étais... euh... ailleurs. C'était du temps où les grizzlis étaient protégés par le gouvernement fédéral. Un jour, Old Black Claws, qui avait très faim, quitte la montagne à la fin du printemps, saute la barrière de la pâture du cheval du vieux Moore, pousse ce bel étalon percheron dans un coin, et lui brise la nuque d'un coup de patte.

Du Pré tira une bouffée de sa cigarette.

— Le vieux Jimmy est à sa fenêtre, il voit ça, il pousse un juron horrible, met ses bottes, va chercher sa carabine pour tuer l'ours. Sa femme dit : « Non, tu vas avoir de gros ennuis, ils te mettront en prison. Appelle les gens de Fish and Game[1].

— Hou ! s'exclama Harvey.

— Jimmy appelle. Il n'y a personne. Le téléphone sonne, finalement un gamin lui répond : « Vous êtes sûr que c'est un grizzli ? » Jimmy répond qu'il sait reconnaître un grizzli quand il en voit un. Le gamin dit : « Vous êtes sûr qu'il a tué votre cheval ? Votre cheval n'était pas déjà mort, et cet ours n'a pas fait une bonne chose en le dévorant ? » Jimmy lui répond un tas de choses avant d'arracher le téléphone du mur, et va chercher son arme. Mais Old Black Claws a déjà tiré l'étalon vers le canyon. Jimmy hausse les épaules et dit : « Bon, je suppose que ce vieux salaud avait faim. »

— Jésus ! s'exclama Bart.

— Ouais, dit Harvey Wallace. Le gamin avait dû voir cette émission stupide à la télé, celle où un ours mange du soja ou un truc comme ça.

1. Pêche et chasse. *(N.d.T.)*

— Mais pourquoi, demanda Bart, Old Black Claws est-il parti ? Benetsee dit qu'il est allé vers le nord.

Du Pré haussa les épaules. Il ne voulait pas en parler.

Booger Tom entra d'un pas lourd, traversa le salon et passa dans la cuisine où les trois hommes étaient assis.

— Bon sang de police ! dit-il. Chaque fois que j'arrive, je tombe sur l'un de vous, rabat-joie. Il ne manque plus que le prêtre ! La compagnie ici devient de plus en plus mauvaise.

— On se disait qu'on allait lyncher quelqu'un, pour s'entraîner, dit Bart, alors surveille ta grande gueule.

— Alors, les petits génies, aucun de vous n'a encore trouvé qui a fait tout ça ? se moqua Booger Tom. Vous voulez que je le fasse à votre place ?

Le téléphone sonna. Bart le décrocha, écouta, puis raccrocha après avoir seulement dit : « Bon sang ! ouais, j'arrive. »

— Quoi ? demanda Harvey.

— Oh ! un de mes plus remarquables concitoyens s'est enfermé dans son hangar à machines, armé jusqu'aux dents, pendant que deux de vos gars, Harvey, accroupis derrière leur voiture, pointent leur arme sur lui. Genre *Règlement de comptes à OK Corral.* Je pense qu'on ferait mieux de se magner.

— De qui s'agit-il ? demanda Harvey. Et qu'est-ce que mes gars font là-bas ?

— Ils posent des questions, dit Bart en s'avançant vers la porte.

— C'est la dernière fois. À partir de maintenant, je vais leur dire de poster des questionnaires tout prêts.

Du Pré éclata de rire.

— Mes gars ne tireront pas tant qu'on ne leur tirera pas dessus, affirma Harvey.

— Pas très réconfortant, dit Bart.

— Où sont-ils ? demanda Du Pré.

— Benny Klein est dans son hangar, et les deux gars du FBI derrière leur voiture. Susan est dans la maison, postée à la fenêtre. Elle est tellement furieuse qu'à mon avis, quand les agents du FBI partiront, Benny restera barricadé dans le hangar.

Du Pré roula à toute allure vers la maison de Benny. Elle ne se trouvait pas très loin. En prenant l'allée conduisant aux bâtiments, il vit le gyrophare bleu de la voiture du gouvernement, et les deux agents cachés derrière.

Bart et Harvey sortirent du véhicule et foncèrent vers les gars.

— Benny ! cria Bart. Arrête tes conneries et sors ! Bon sang, mec, qu'est-ce que tu fous ?

— Je veux passer à la télé ! dit Benny en sortant du hangar vêtu d'une salopette sale, une clé à molette à la main. Ils ont appelé, je suis sorti du hangar avec mon Magnum à molette à la main et ils ont couru chercher leurs armes. Je me suis planqué et voilà. Vous voulez que je vous serre vos putains de pistons, espèces de cons ?

Il regarda d'un air furieux les agents, qui baissèrent les yeux.

— Magnum quoi ? demanda Bart.

— La clé à molette, dit Benny. Écoute, je ne leur reproche rien. Tout le monde ici est à cran, neuf crans de trop. Susan est dans la maison, et elle a un truc pointé sur eux, tu peux en être sûr.

— Ouais ! dit Susan, qui apparut à côté du hangar à peinture, situé à cinq mètres de la voiture du FBI, un fusil à canon scié à la main.

— Je crois que je vais aller au bar boire un verre, dit Du Pré. Vous savez, c'est vraiment mauvais signe quand notre ancien shérif et sa femme sont prêts à déclarer la guerre aux représentants du gouvernement américain.

— Ancien shérif, soupira Harvey Wallace.

— Et merde ! dit un des agents. Tout le monde peut se tromper, non ? J'ai vu un éclat métallique et j'ai plongé.

— Je suis désolé, ironisa Benny. Je ne pensais pas que les clés à molette vous fichaient autant la trouille. Bart, tout ça va provoquer encore plus de morts. Personne n'arrivera à rien, excepté nous qui vivons ici. Rien.

— Bon, les gars, dit Harvey Wallace, c'est fini pour vous. Allez chercher vos collègues, faites vos valises et partez pour Billings, tout de suite. Je vous appellerai plus tard. Ne retournez même pas voir si vous avez bien fermé la porte.

— Ça me va, dit un des agents. C'est des conneries, tout ça.

Ils partirent.

— Mon boulot vient de montrer les premiers signes de décomposition progressive, dit Harvey Wallace. Je dois maintenant annoncer à mes supérieurs que la meilleure façon d'agir, c'est de partir. Ils ne vont pas apprécier, mais c'est comme ça.

— Je suis désolé, dit Bart.

— Je... euh... Je n'ai jamais compris que le pied que j'écrase aujourd'hui peut être connecté au cul que je devrai lécher demain, fit Harvey. Je suppose que vous avez le moyen de joindre l'attorney général des États-Unis, Bart ? C'est une question de vie et de mort.

— Je vais appeler Charles Foote et lui dire que soit il vous fait sortir d'ici, soit il vient lui-même.

— Il déteste cet endroit tant que ça ? demanda Harvey.

— Il aime à le dire, répondit Bart.

Il s'éloigna avec son téléphone.

— Il les fera tous partir, j'espère, dit Du Pré. Parfois, je pense qu'il y a quelque chose de dingue dans l'air, il suffit de le respirer pour devenir cinglé.

— On en est bien là, répondit Harvey.
— Angela Green, dit Du Pré.
— Notre seul espoir. Vous obtenez que cette petite fille chante une jolie chanson claire, et on aboutit quelque part. Non, oubliez ça. C'est les Martin et leurs alliés, quelques riches éleveurs du Nord. Vous savez comment je sais cela ? Les gens pauvres lancent des menaces. Les riches sourient et agissent. C'est tout, les amis.

Les pauvres agissent comme des gens, les riches comme le gouvernement, pensa Du Pré. Hé, c'est de moi, ça ?
— Elle ne relève pas de ma juridiction, intervint Bart, et je pense que le shérif là-bas est sur l'affaire, de toute façon.
— Probablement, dit Harvey.
— Bon sang ! fit Bart.
— Ouais, dit Harvey. On est tombé sur un os, c'est sûr. Plein de pistes mais qui ne mènent nulle part. Ce qui est drôle dans ce genre de conspiration, c'est qu'avec notre système de libertés civiles et de preuves au-delà du doute raisonnable, il est presque impossible de les briser.
— Et la Mafia ? demanda Du Pré.
— Des idiots, répondit Harvey. Ils se feraient plus d'argent en conduisant des camions.
— Angela Green... dit Bart.
— C'est tout ce que vous avez, dit Harvey.
— Et vous, qu'est-ce que vous avez exactement ?
— Venez voir, mais ne dites à personne que je vous ai laissé jeter un coup d'œil.

Chapitre 33

— Vieil homme, j'ai besoin de ton aide ! cria Du Pré.

Il s'assit et attendit que Benetsee daigne apparaître.

Mensonge, je ne crois pas un instant que ce Harvey Weasel Fat soit parti bien gentiment, mais Benetsee a dit que la tuerie était finie, qu'il n'y en aurait pas d'autre. Je ne comprends pas ce qu'il veut dire. Je comprends toujours plus tard. Ce qu'il dit ne prend sens que si on regarde en arrière.

J'aimerais monter à cheval avec ma Madelaine, grimper dans les Wolf Mountains, voir peut-être le fantôme de mon grand-père, trouver un endroit où il y a un arbre qui ne devrait pas pousser là. Regarder ces vieilles mines où quelqu'un a gardé espoir jusqu'à ce qu'il ait dilapidé tout son argent. Ce petit endroit en haut de Toussaint Peak où il y a de la turquoise partout, des gros morceaux, certains vert foncé, d'autres bleus, d'autres presque blancs.

Je me demande ce qui a fait émerger les Wolf Mountains sur les plaines. C'est là-dessous pourtant. Elles ont de très grosses épaules.

Maintenant, je rêve que je suis dehors dans la neige pour toujours sur une plaine toute plate, moi petite chose noire luttant contre la neige profonde, avançant vers l'horizon, une ligne blanche, même pas le fichu vent, juste moi et rien du tout.

Voilà peut-être pourquoi les chansons des *voyageurs** sont presque toujours tristes. Celles pour danser avec nos femmes ne sont pas tristes, mais les autres, oui, celles qui parlent des canots si lourds et de ces salauds de la Compagnie de la baie d'Hudson.

Il y a longtemps, bien du sang a coulé, on a fait la guerre là-bas, dans la colonie Selkirk[1]. On fait la guerre ici maintenant, et c'est d'une grande tristesse. Tous ces morts, et leurs familles qui les pleurent sans comprendre.

Ma Jacqueline, ma Maria, Madelaine, si elles mouraient, je ne comprendrais pas non plus.

Ces idiots, s'ils étaient restés chez eux, ils seraient vivants et toujours idiots.

Ça me fout en l'air, tout ça.

Même si on a de bonnes raisons de briser la loi, ça reste une loi brisée.

Du Pré retourna lentement à sa Rover, fouilla sous le siège avant et sortit une bouteille de whisky. Il but une gorgée et leva les yeux vers les Wolf Mountains aux cimes enneigées. Le vent avait changé de direction, il soufflait des sommets vers la plaine, lourd d'un parfum de pin frais.

Je rêve de fleurs sortant des orbites d'un crâne, je rêve d'ours sous la glace et la neige, je rêve de louveteaux volés et élevés en cage loin du nord, loin de la liberté.

Je rêve de jeunes fous qui ont su quelques secondes avant la fin qu'ils allaient mourir.

Ils ont dû être surpris. Ils n'ont pas dû y croire.

1. Colonie fondée par Lord Selkirk en 1815 dans la région de la rivière Rouge. Elle deviendra la province du Manitoba. Une lutte farouche a opposé les Métis à ces nouveaux colons. *(N.d.T.)*

Nous ne croyons jamais à la mort, c'est le genre de truc qui n'arrive qu'aux autres.

Il se roula une cigarette. Il entendit au loin, plus bas sur la route, le gémissement cliquetant d'un moteur VW, qui s'approcha et ralentit.

Un vieux bus VW couvert des habituels symboles et slogans de paix.

Un jeune homme aux cheveux longs en sortit. Il salua mollement Du Pré d'un geste de la main, monta vers la Rover, en fit le tour, avança jusqu'à Du Pré, le dépassa, s'arrêta sur le porche puis frappa durement à la vieille porte.

Du Pré regarda dans le lointain.

— Hé ! mec, demanda le chevelu, vous savez où est le chaman ?

— Chez le dentiste, il se fait arracher une dent.

— Oh ! dit le chevelu. Et qui êtes-vous ?

— Je suis l'autre chaman. Mes dents vont très bien.

— Oh ! ouais, super ! Écoutez, je veux partir en quête de vision, vous pigez, et je voulais voir le chaman, vous voyez ?

— Oui.

— C'est bien ici que vit Benjamin Medicine Eagle ?

— Oui, mais il n'est pas là. Je peux vous aider ?

— Super, dit le chevelu. Je ne sais pas où est cette putain de butte, mec, là où je dois aller pour une vision.

— C'est là-haut dans le canyon, dit Du Pré en indiquant une coupure dans les flancs des Wolf. Pas très grande.

Un gros orage arrive, mais il ne frappera que la montagne pourtant, pensa Du Pré. Un gros, dans deux heures.

C'était une belle journée chaude.

— Écoutez, dit Du Pré en arrachant une touffe

d'herbe sèche, prenez ça, montez dans le canyon, vous verrez une petite butte devant vous, montez dessus, allumez ces brins d'herbe, elle est sacrée, allongez-vous et attendez. Peut-être toute la nuit, le jour suivant et l'autre nuit.

— Ouais, dit le chevelu, je sais que c'est dur. J'ai vu dix fois *Danse avec les loups*.

— Oh ! oui, dit Du Pré.

Il avait tellement ri aux mauvais moments que le gérant de la salle de cinéma de Billings l'avait fichu dehors.

Et tant mieux. Pourtant, moi, je n'aime pas beaucoup les Sioux, mais ce film était vraiment insultant. Ils avaient l'air d'une bande d'abrutis.

— Vous ne devez porter aucun truc d'homme blanc, dit Du Pré. Pas de couverture. Vous avez des fourrures dans votre coffre ?

— Les fourrures, c'est mal.

Il partit. Du Pré regarda le bus tourner et monter le sentier des services forestiers. Il grimpa dans sa Rover, prit ses jumelles et regarda le chevelu ôter ses vêtements, remettre ses chaussures et monter à pied le chemin menant vers la petite butte coincée dans la gorge du canyon.

Un bon endroit, le sommet de cette butte. Quand l'orage éclate, elle est toujours frappée par la foudre. Elle est roussie et brûlée jusqu'au rocher.

Des nuages noirs s'élevaient au-dessus des Wolf Mountains. Des étincelles à l'intérieur, violet foncé sur noir.

D'accord, je suis un con, pensa Du Pré. Mais on m'a forcé à l'être.

Il but une gorgée à la bouteille.

Je ne vois jamais ma Madelaine. Je ne vois pas ma fille. Ça fait des semaines que je n'ai pas parlé à ma cadette. Je suis en train de perdre tout ce qui compte pour moi.

Qu'est-ce que je fais ?

Bart et moi, on ne peut pas démissionner. On ne trouvera rien d'utile et ce Harvey Weasel Fat, il peut attendre longtemps.

Un sifflement.

Un sifflement de faucon. Un faucon de prairie, chassant.

La pauvre Corey Banning, elle a plongé si vite, elle a heurté le rocher.

Quoi ?

J'ai besoin de ce vieil homme, maintenant, il me dira quoi faire. S'il sait. Il ne sait pas toujours, peut-être juste ses énigmes.

Old Black Claws, parti au nord.

Merde.

Du Pré entendit le tonnerre rouler au loin, un grondement profond. Il marcha jusqu'à un endroit d'où il pouvait voir toute la chaîne des Wolf, qui s'étendaient d'est en ouest, juchées sur les plaines jaune et rouge. Une île dans le ciel.

Les nuages envoyèrent une rafale de pluie noire. Des éclairs balafraient les canyons.

Je me suis trouvé deux fois là-haut sous l'orage, les rochers explosaient comme d'énormes grenades.

Un mouvement dans le petit canyon.

Du Pré regarda dans ses jumelles.

Nu, le chevelu dévalait le sentier vers la voiture. Un jeune grizzli le coursait, deux cents mètres derrière. L'ours était juste en train de s'amuser.

Je t'appelle Young Black Claws, songea Du Pré. Ça, c'est très bien, je me sens beaucoup mieux, maintenant.

Une main sur son épaule.

— Hé ! dit Benetsee. Tu n'as rien de mieux à faire que de taquiner un pauvre idiot comme ça ? Il veut être indien. Je ne sais pas pourquoi tout le monde veut être autre chose que ce qu'il est. À quoi bon ? Tu m'as apporté du vin ?

Du Pré hocha la tête. Il tendit sa blague à tabac au vieil homme, alla à sa voiture, en sortit une bonbonne d'un horrible mousseux bon marché, revint, ramassa un bocal dans l'herbe, le renversa pour en chasser les scarabées et le remplit. Il le tendit à Benetsee.

Le vieil homme le vida d'un trait. Il mit sa cigarette dans sa bouche et attendit que Du Pré l'allume. Le VW passa dans un hurlement.

— Drôle d'époque ! dit Benetsee.

— Tu parles ! Moi, ça ne me fait plus tellement rire.

— Cette terre, drôlement calme pendant longtemps. Elle sera calme à nouveau, dit Benetsee. Pas selon ta mesure du temps, pourtant. Attends.

— Bien, dit Du Pré, mais je ne peux plus me voir, tu sais.

— Je me demande quand tu vas poser des questions. Tu as des questions.

Du Pré hocha la tête.

— Honore tes ancêtres.

— Ils sont dans le petit cimetière de Toussaint, dit Du Pré.

— Ils ont leurs trous. Tu y vas, tu prends ta couverture. Apporte un peu de tabac, un peu d'herbe douce, dis une prière avec le père Van den Heuvel, c'est un homme bon.

— Bien, dit Du Pré.

— Bien ? répéta Benetsee.

Chapitre 34

— Ah ! dit Madelaine. Alors j'ai peut-être un espoir de revoir mon Du Pré, qui sait. Je ne l'ai pas vu depuis presque un an maintenant. Bon, je vais aller prier. Tu vas voir tes ancêtres, tu dis bonjour, mais, un jour, ta Madelaine risque de ne pas te laisser revenir dans la maison.

Du Pré hocha la tête. Le juke-box hurlait, un couple jouait au billard. Pas grand-chose d'autre chez Susan. C'était un soir de début juin, chaud, bruissant du chant des criquets, parfumé par la senteur des petites roses enchevêtrées qui poussaient dans les ravines près de l'eau.

Custer, ses hommes, ils sont morts dans cette odeur, et la poussière, à Little Big Horn, songea Du Pré. Quel idiot, ce Mitch Bouyer, de mourir avec Custer ! Nous, les Métis, nous mourons beaucoup. Disputes de Blancs ou d'Indiens, nous mourons. Sans tous ces fils de putes, nous aurions vécu longtemps, je parie.

La porte s'ouvrit, et Harvey Wallace entra à pas feutrés. Il portait des chaussures de sport, de vieux vêtements et un coupe-vent pour cacher son arme.

Le vieux Harvey Weasel Fat... S'il peignait son visage, je me sentirais plus à l'aise, pensa Du Pré. Ces Blackfeet, c'est des coriaces. Ils vous repoussent jusqu'à chez vous. Puis ils attendent. Ils mâchonnent un peu de pemmican. Ils s'allongent dans la rivière, respirent à travers un roseau. Ils s'allongent près des chevaux, cachés dans l'herbe, vous marchez dessus, ils vous plantent un couteau dans la cuisse gauche, à l'intérieur et en haut pour couper l'artère, vous pivotez, c'est le poignet droit puis votre gorge.

Qui m'a raconté tout ça? Je ne sais pas.

Harvey s'assit avec eux, un soda dans la main.

— Madelaine, dit-il, comment allez-vous ce soir? Vous voulez danser?

Il parlait un bon *Coyote French*[1].

Madelaine sourit et se leva. Ils dansèrent près du juke-box. Du Pré les regarda en sirotant sa boisson.

Une femme comme il y en a peu. Je suis vraiment pénible, ces derniers temps, vraiment lourd. Elle se mettra peut-être avec Harvey Weasel Fat. Non, elle m'aime bien. Elle est juste inquiète.

Du Pré alla au bar, prit un autre whisky et un vin rosé pour Madelaine.

Harvey et Madelaine revinrent s'asseoir à la table. Elle s'assit et but son rosé. Harvey resta debout et vida son soda.

— J'ai été flic dans des endroits pires, dit-il.

— Il y en a des tas, répondit Du Pré. Vous savez, Harvey, je ne pense pas qu'on trouvera quelque chose un jour. Bart, il est tenace, il a bien fait son boulot, tout. On a demandé encore et encore, mais ici personne ne parle. Personne ne se vante. Personne.

— Ouais, mais j'aime bien pêcher. Parfois, je ne mets rien à l'hameçon, j'aime tellement ça, pêcher, ne pas être dérangé.

Du Pré hocha la tête.

— La marée monte, dit Harvey, et je vais pêcher au

1. Mélange de français et de langue cree. *(N.d.T.)*

fond. Vous savez, j'ai parlé avec la femme du pauvre Packy. Je ne pense pas qu'il avait quelque chose à voir avec tout ça. Juste un plomb qui a sauté, et la pauvre Corey l'a allumé. On peut jamais savoir. Le gars a juste pété les plombs.

Ouais, Packy fait tout ce que son charmant gouvernement lui dit de faire, il prend peur, il arrête pendant un certain temps. Trop dommage, c'était un type plutôt bien et il avait des enfants, une femme, qui restent seuls, sans argent. Il faut que j'en parle à Bart.

Susan et Benny arrivèrent avec des plats. Ils s'assirent à la table à côté pour dîner rapidement avant le rush. S'il y en avait un. Quand les nuits étaient si courtes, que la lumière s'accrochait à l'ouest jusqu'à onze heures du soir, le bar marchait au ralenti.

— Salut, Harvey, dit Susan. Vous voulez quelque chose ?

— Non, non, mangez. Si un client entre, je le servirai.

Susan hocha la tête.

— Harvey, dit Benny. « Si tu tires dix-sept points, ne va pas plus loin. »

Harvey hocha la tête.

Du Pré but une gorgée et se roula une clope. Il l'alluma, puis alluma la cigarette filtre de Madelaine. Ils fumèrent en se tenant la main.

— C'était un message ? demanda Harvey.

— Une phrase tirée d'une chanson que j'aime bien, dit Benny. J'espère simplement que les choses iront mieux maintenant. Tout ça est horrible.

— Quelle chanson ?

— Je ne connais pas le titre, dit Benny, mais la chanson parle de la vitesse à laquelle file l'argent quand on est saisonnier, vous savez.

— Ah ! dit Harvey. Ouais, je me souviens, j'aime bien cette chanson, moi aussi.

— Tu prends ton violon, Du Pré, dit Madelaine.

Du Pré alla le chercher et joua tout doucement, la fumée des cigarettes s'élevant au plafond. Personne n'entra dans le bar.

Il joua les vieilles complaintes, les chansons de fatigue et de solitude dans les forêts vert foncé que les *voyageurs** traversaient en ramant vers le nord, là où leurs canots croisaient les empreintes des glaciers. Un mètre vingt par siècle. Dans un endroit plat, les rivières coulaient dans un sens pendant un moment, puis dans l'autre.

La rivière Rouge n'était presque plus que des lacs.

Harvey partit. Benny et Susan se tenaient les mains. Madelaine caressait le genou de Du Pré.

Ils quittèrent tous le bar à deux heures du matin. Susan ne fermait jamais tôt, disant qu'un endroit sur lequel on pouvait compter pour boire un verre était un must dans une petite ville.

Du Pré déposa Madelaine chez elle et roula vers le petit cimetière catholique situé derrière la modeste église. L'endroit était soigné, des fleurs artificielles sur certaines tombes, et les mauvaises herbes entassées dans un coin pour les faire brûler à l'automne.

Une chouette hulula doucement.

Un grand duc en train de chasser. Peut-être un autre grand duc, ils s'en fichent, ils se contentent de manger.

Du Pré sortit du coffre son tapis de couchage, prit sa bouteille de whisky, entra dans le cimetière et se dirigea vers l'endroit où étaient enterrés ses grands-parents, ses parents, et sa femme aussi. Il déroula les couvertures épinglées dans leur fourreau de toile, s'assit les jambes croisées et leva les yeux vers la Grande Ourse tournant autour de l'étoile Polaire.

Le ciel était clair et les étoiles brillaient ardemment, très proches.

Je pourrais allumer ma cigarette avec l'une d'entre elles, pensa Du Pré.

Il but une gorgée. Une chauve-souris fila au-dessus de sa tête. Il l'entendit crier.

Ils font un bruit doux, ces petits vampires.

Du Pré pensa à Black Claws sous la neige.

Il a failli me manger. Et alors ? J'ai failli être tué bien des fois.

De belles étoiles.

Un coyote hurla, le chef de chœur.

Le chœur l'accompagna.

Ce sont les chiens de Dieu, ils savent tout ce qui est important. Très futés, ces coyotes. Trop futés, même. Ils se créent des embrouilles, en étant si futés. La meilleure manière de les piéger, c'est de poser deux pièges : ils regardent le premier puis vont y réfléchir sur un petit monticule tout près. C'est là que se trouve le deuxième.

Les coyotes s'interrompirent. Un gémissement.

Ils ont eu un lapin. Ils le font courir en se relayant jusqu'à l'épuiser. Ce pauvre vieux lapin, il n'a rien d'autre que sa vitesse.

Mais si les lapins ne couraient pas, le coyote pourrait-il les attraper ?

Je réfléchis comme il faut et j'obtiens que dalle. Madelaine n'est pas contente et mon ami Bart se retrouve avec un insigne dont il ne voulait pas vraiment. Et la même merde va recommencer bientôt, avec l'été.

Alors où suis-je ?

Je dors avec mes grands-parents dans le cimetière, mon père est là, ma mère, ma femme. Des tas de tantes, grand-tantes, des amis. Des vieilles personnes que j'ai connues enfant. Je regrette qu'ils ne soient plus là, je n'étais pas assez vieux ou assez futé pour leur poser les bonnes questions et ils savaient tant de choses, comme tous les vieux. Je croyais que moi aussi je serais plus sage en vieillissant, mais ça ne m'en a pas l'air.

Du Pré but une autre gorgée.

Il leva les yeux. La Grande Ourse avait tourné comme les aiguilles d'une montre. Une heure s'était écoulée.

Plus de coyotes. Ils sont en train de manger le lapin.

Une chouette mange de la chouette.

Moi, je bois du whisky et je fume du Bull Durham.

Je me demande ce que je fous ici, à faire ce que je suis en train de faire.

Il n'y a que moi qui suis assez bête pour le faire.

Angela Green. Je dois lui parler.

Nous ne savons rien.

Ce Taylor Martin, il nous a craché au visage.

Du Pré s'allongea sur son tapis de couchage. La nuit était froide, la rosée se formait.

Il se fourra sous les couvertures et fuma une dernière cigarette.

Il l'écrasa, puis s'endormit.

Il se réveilla juste avant l'aube, quand les oiseaux commencèrent à gazouiller. Les prédateurs nocturnes avaient disparu ; les chasseurs diurnes filaient dans les airs ou sur terre.

Le vent apporta une odeur d'urine de renard.

Du Pré s'assit. Il se roula une cigarette. Il leva les yeux vers les Wolf Mountains.

— D'accord, dit-il. Merci à vous, grands-pères.

Chapitre 35

— Eh bien, dit Benny Klein, je suppose qu'ils ont pensé que s'ils organisaient cette réunion ici, ils n'en sortiraient jamais vivants.

Du Pré hocha la tête.

Les gens de Fish and Wildlife s'apprêtaient à lâcher un nouveau contingent de loups dans les Wolf Mountains, mais ne voulaient pas l'annoncer sur place.

— Ouais, dit Du Pré. Ils vont jeter ces loups d'un avion, avec des parachutes.

La réunion se tenait dans la bibliothèque du North Montana College. La plupart des éleveurs présents portaient des bottes couvertes de bouse et étaient occupés à salir le tapis.

— Ils ne comprendront donc jamais ? demanda Benny.

Du Pré secoua la tête.

— J'ai connu des gens comme ça à l'armée, dit-il. On leur dit que les Chinoises ne sont pas faites comme les Américaines, ils le croient pour le restant de leur vie. Ça ne va pas servir à grand-chose, cette discussion.

Du Pré regarda autour de lui. Il aperçut la jeune femme qu'il avait mise en colère lors de la dernière réunion. On aurait dit que dix ans avaient passé depuis.

Elle vit Du Pré, lui lança un regard furieux, puis donna un coup de coude à sa voisine en le montrant du doigt.

Toutes deux regardèrent Du Pré.

— Je ne connais pas la fille de droite, dit ce dernier à Benny, mais celle de gauche est Angela Green. Regarde-la bien, Benny, elle est notre seul moyen de trouver une piste, tu peux me croire.

Angela était grande, avec des cheveux noirs et des yeux clairs. Elle se pencha pour murmurer quelque chose à l'oreille de sa compagne, puis elles s'assirent toutes les deux.

Un des représentants de Fish and Wildlife déclara la séance ouverte, parcourut une liste qu'il tenait à la main, appela un nom et s'assit d'un air ennuyé.

La décision avait été prise il y avait longtemps. La réunion n'était qu'un leurre.

Un éleveur se leva et s'avança, tandis que les partisans des loups gloussaient. L'homme parla d'une voix hésitante, timide. Il dit qu'il ne voyait aucune raison de faire revenir les loups, qu'ils allaient tuer le bétail et qu'il y était opposé. Le Montana n'était pas un parc d'attractions.

Il retourna à sa place d'un pas lent, traînant sa jambe gauche. Une jambe artificielle.

Dans quelle guerre l'as-tu perdue ? se demanda Du Pré. La Corée. C'est ça. Il habite juste de l'autre côté de la limite du comté. Bill Gustaffson, c'est le contrôleur de bétail là-bas.

Du Pré sortit fumer. Dehors, deux éleveurs qui faisaient de même le saluèrent d'un hochement de tête.

— Cette année, c'est ces conneries de loups, dit l'un d'eux, et puis l'année prochaine, ils augmenteront les droits de pâture et on fera tous faillite.

— T'en fais pas, Wally, dit l'autre. On n'aura qu'à ouvrir un stand de tofu pour ces petits salauds. Ils vont adorer ça.

Wally haussa les épaules.

Du Pré termina sa cigarette et retourna dans la salle.

Un autre éleveur quittait la barre.

Angela Green se leva, s'avança d'un pas gracieux vers la barre et s'adressa d'une voix douce au public, plaidant pour le retour du prédateur dans l'écosystème. Il ne pouvait en aller autrement. Tant de dégâts avaient été commis, par sa famille en premier, c'était un moyen de réparer. Le loup symbolisait le monde sauvage. Et puis dans le Minnesota, les loups tuaient très peu de bétail. Les objections soulevées par les éleveurs étaient nulles et non avenues.

Elle continua jusqu'à ce que le représentant de F and W l'interrompe : elle avait dépassé son temps de parole.

En se dirigeant vers la sortie, un étui à cigarettes en cuir à la main, elle passa devant Du Pré. Ce dernier lui emboîta le pas.

Ils fumèrent, face à face, chacun appuyé contre une barrière.

Du Pré l'observa. Un jean neuf — les vieux délavés étaient pour les touristes. Des bottes faites sur mesure, éraflées, ressemelées, à talons. Un ceinturon à boucle turquoise et argent, ancienne.

Elle a des mains de cavalière, pensa Du Pré. Elles sont devenues grandes parce qu'elle a travaillé avec quand elle était petite. Elle est très dure.

Elle se tenait contre la barrière comme font les gens lorsqu'ils s'appuient contre les clôtures.

Elle croisa le regard de Du Pré.

— Bien loin du comté, dit-elle d'un ton agréable.

— Hum. C'est comme ça que tout a commencé l'autre fois, vous savez. Alors je cherche des choses.

— Je n'en doute pas.

— Vous aimez les loups.

— Ce sont de magnifiques animaux. Pensez à ce

beau pays. Les bisons, les Indiens des Plaines, l'élan sur la colline, un véritable paradis.

Ouais, songea Du Pré, l'Ouest n'était pas si sauvage avant que le Blanc n'arrive avec ses armes. Mais regardez le monde maintenant. Tout le monde a des armes et passe son temps à s'entre-tuer.

— Depuis combien de temps votre famille est-elle ici ? demanda Du Pré.

— Un siècle et quart, dit Angela Green. Occupée à violer la terre.

Elle passa devant Du Pré. Elle jeta sa cigarette par terre et l'écrasa avec sa botte.

— Taylor Martin était un homme, lui. C'était mon oncle favori.

Du Pré hocha la tête. Il tira une bouffée de sa cigarette.

— Je suppose que nous aurons l'occasion de nous revoir souvent, dit Angela. Si vous voulez bien m'excuser maintenant, je dois aller livrer le bon combat.

Elle embrassa Du Pré sur la joue et retourna dans la salle.

Bien, pensa Du Pré, j'y vois plus clair. Pas grand-chose à faire maintenant. Oh ! non, ce Harvey Weasel Fat, il va aimer ça, pourtant. Un bon Indien apprécie toujours une bonne blague.

Même si elle vous tue, si elle le fait d'une manière amusante, vous devez rire.

Cette Angela, elle ne craquera jamais.

Mais ce truc ne doit pas recommencer.

Benny le rejoignit dehors.

— Un tas de trous du cul parlant d'une seule voix, dit-il. On est venus ici pour une raison précise ? Je veux dire, je ne suis même pas adjoint, plus maintenant.

— Juste faire un tour. Mais il n'y a pas de raison particulière, non. Il n'y en a plus, du moins.

Ils montèrent dans la Rover, firent demi-tour et prirent la route. Du Pré s'arrêta acheter une bouteille de whisky, quelques sodas, du fromage et de la viande froide. Un paquet de Pall Mall aussi. Elles n'étaient pas très fortes, mais c'était ce qu'il y avait de mieux après les cigarettes roulées à la main.

Lui et Benny roulèrent et burent, roulèrent et burent.

— Est-ce que je suis toujours un officier assermenté ? demanda Benny.

— Oh ! oui, dit Du Pré. C'est comme un tatouage.

Benny hocha la tête.

Du Pré roulait à cent soixante-dix sur une route à deux voies.

— Je te signale qu'on commet un tas d'infractions au code.

— Quatre, dit Du Pré. J'ai bu plus qu'il ne faut, nous sommes plus ou moins en service, la voiture est bourrée d'armes, toutes chargées, et je roule à quatre-vingt kilomètres de plus que la vitesse réglementaire.

— Oh ! c'est tout ?

Ils dépassèrent une voiture de la police de la route. Le véhicule les suivit en rugissant, gyrophare allumé.

Du Pré alluma son gyrophare et sa radio.

— Officier Du Pré, dit-il dans le micro, je transporte un cœur à l'aéroport pour une transplantation.

Des grésillements.

La voiture ralentit derrière eux.

— Vilain, très vilain, commenta Benny.

— Sacrément bon, ce whisky, dit Du Pré, prends-en un peu.

Benny but.

— Alors, qu'est-ce qu'on fait maintenant ? Tu sais, ces agents fédéraux ont beau se remuer, ils n'arrivent à rien.

Du Pré hocha la tête.

— Tu as parlé avec Angela Green ?

— Oui.

— Elle est comment ?

— Une gamine idiote, du genre qui se rebelle contre ses parents. Elle sera la prochaine à se prendre un coup, à mon avis.

Benny hocha la tête.

— Une famille très riche.

— S'ils se remettent à lâcher des loups, tout va recommencer, dit Benny.

— Ouais.

— Qu'est-ce qu'on va faire ?

— Il faut qu'on les arrête.

— Comment ?

— Ça, il faut que j'y réfléchisse.

Chapitre 36

— Baisés, dit Harvey Wallace, alias Weasel Fat, baisés jusqu'à la moelle. Je le leur avais bien dit, on va là-bas, on se fait baiser. Point barre. Ça va pas aider mon avancement.

— Et vous ne savez rien faire d'autre, peut-être ? demanda Du Pré.

— Je n'aime rien faire d'autre. Tout ce que j'aime, c'est arrêter les méchants et les mettre au trou. Remarquez, je crois que je préfère encore chasser le canard, si on y réfléchit bien. Je pourrais être un flic de canards.

— Bien, dit Du Pré. Écoutez-moi, maintenant : vous pouvez m'accompagner si vous savez vous tenir. Et je ne plaisante pas, je ne veux plus d'autres morts ici. Peut-être que ce n'est pas la meilleure idée qu'on ait jamais eue, mais je n'en ai pas trouvé de meilleure. Je suis trop vieux et bête.

— D'accord, dit Harvey.

— Je vous demande, s'il vous plaît, de vous tenir, répéta Du Pré. Et n'essayez pas de me baiser.

— D'accord, aussi sûr que mon nom n'est pas vraiment Wallace, je saurai me tenir. Je vous conduis là-bas, je m'assois dehors et j'attends.

— Vous savez, dit Du Pré, ils ne lâcheront pas. On n'a aucune preuve, aucune balle, aucune arme. Elles ont été démontées et fondues. Personne ne sait rien de plus que ce qu'il doit savoir. Et il y a moins de gens impliqués que nous le pensions. Voilà où nous en sommes.

— Baisés, dit Harvey.

— Baisés, baisés, baisés, intervint Madelaine en apparaissant sur le seuil de la cuisine, les mains sur les hanches, fixant Du Pré et Harvey d'un regard furieux. Vous êtes si bêtes, tout ce que vous savez faire, c'est dire des gros mots dans ma maison. Je me fiche que vous parliez mal, mais soyez drôles, au moins.

— D'accord, dit Harvey.

— D'accord, dit Du Pré.

Ils attendaient le dîner et se montrèrent conciliants.

— Et vous, Harvey, reprit Madelaine, quand vous répétez « baisés, baisés », vous savez ce qu'on dirait ?

— Non.

— Un pleurnichard. Et si vous n'arrêtez pas, je vous appellerai Weasel Baise pendant deux semaines, on verra si vous aimez ça.

Harvey hocha la tête d'un air penaud.

Madelaine apporta les plats et ils s'assirent pour manger. Ses enfants ne mangeraient pas avant une heure, mais Du Pré et Harvey étaient pressés.

Un rôti, des pommes de terre, des petits pois mis en conserve par ses soins, du pain fait maison, et une tarte aux mûres.

— Merveilleux, dit Harvey. Je fais la vaisselle ?

— Non, répondit Madelaine, je ne veux pas de vous ici. Faites ce que vous devez faire, revenez me raconter, et on ira prendre un petit verre sympa. Je supporte mieux vos pleurnicheries quand je suis à moitié ivre.

— Moi et Du Pré, dit Harvey, on enlève nos insignes et on vous envoie à notre place.

— Je suis une femme. Pour les boulots idiots

comme ça, on vous envoie vous, les gars. Pas question.

— Vous parlez drôlement bien le *Coyote French*, Harvey, dit Du Pré.

— Ces foutus Métis sont partout, comme les gens pénibles et les mauvaises dettes.

Ils se levèrent.

Madelaine embrassa Du Pré. Au bout d'un moment, elle embrassa Harvey sur la joue.

— Soyez de retour ici à dix heures, dit-elle.

— Peut-être, dit Du Pré. Je ne sais pas.

— Je sais, moi, je sais ce que vous allez faire, aussi. Très bien. Bonne idée. Revenez à dix heures. J'aurai envie de vin rosé, à ce moment.

Du Pré et Harvey partirent dans la voiture de fonction de Harvey vers le Grange Hall, à quatre-vingts kilomètres de là. Le bâtiment était perdu au milieu des plaines, loin de tout. L'Association des éleveurs de bétail devait y tenir une réunion.

— Qu'est-ce que c'est, un sac sacré ? demanda Harvey.

Du Pré regarda l'étui posé à l'arrière. Il avait été fabriqué un siècle auparavant pour abriter un arc en oranger des Osages. Du Pré ne savait pas très bien d'où il venait. Benetsee lui avait donné l'étui en cuir souple, orné de perles, tanné, craquelé.

— Ouais, répondit simplement Du Pré. Ne réfléchissez pas autant, Harvey.

— D'accord.

Du Pré sortit un flacon de whisky de sa poche, en but une gorgée et l'offrit à Harvey. Ce dernier secoua la tête.

— Après, d'accord, dit-il. Je ne sais pas ce que vous avez en tête, et ce ne sont pas mes affaires, mais je préfère après.

Du Pré hocha la tête. Ils s'engagèrent sur l'autoroute et filèrent vers l'est. Le moteur rugit et les oiseaux s'envolèrent brusquement des carcasses de spermophiles écrasés sur l'asphalte.

Ils roulèrent vitres baissées sous le soleil brûlant. Des merles gazouillaient dans les marécages.

Du Pré regarda sur sa gauche. Il ne voyait pas les Wolf, juste les prés au-delà de la clôture. Un renard rouge fila comme une flamme dans l'herbe verte.

Du Pré se roula une cigarette, l'alluma et regarda vers le sud, le Missouri lointain et les failles, le pays des bisons où le bétail paissait, là où les gens vivaient dans des préfabriqués Sears et Roebuck, avec les ormes de Sibérie qui les protégeaient du vent, et les moulins à vent craquant au-dessus de leurs têtes.

Vous pouvez prendre cette terre, mais alors vous lui appartenez, songea-t-il. Vous vivez un peu ici, elle pénètre dans votre sang, vos os, votre moelle, et vous ne faites plus qu'un.

Mon pays.

Ils roulèrent à bonne allure. Du Pré indiqua la vieille salle de la fédération agricole, tache rouge au milieu des peupliers de Virginie en feuilles. Tout autour, des voitures, des camions, la foule avançant lentement vers le lieu de réunion.

Harvey se gara derrière les véhicules, près de la route, et poussa un soupir.

— J'attendrai ici comme vous me l'avez demandé, dit-il, mais s'il vous plaît, ne tuez personne.

— Il y a déjà eu trop de morts, répondit Du Pré.

Les derniers éleveurs entraient.

Du Pré sortit de la voiture. Il ouvrit la portière arrière, prit l'étui et le coinça sous son bras. Il avança vers la porte, attendit un moment puis entra.

Dans la salle, les gens parlaient et plaisantaient tout en cherchant une place.

Les Martin regardèrent Du Pré un instant puis

reprirent leur conversation. Clark Martin abandonna son clan, monta sur le podium et donna quelques petits coups secs sur le pupitre avec un bout de bois. Tout le monde s'assit sauf Du Pré, qui demeura le dos appuyé contre le mur du fond.

— Je déclare la séance ouverte, annonça Clark Martin d'une voix forte.

Du Pré sortit discrètement le MP-40 de l'étui. Il le souleva, et appuya sur la détente. La mitraillette tressauta entre ses mains. Il broda une ligne pointillée au plafond. Le cuivre continua à cliqueter puis à tinter sur le vieux plancher de bois.

Certains plongèrent au sol, d'autres demeurèrent collés sur leurs chaises, les mains sur les oreilles. On entendit quelqu'un sangloter. Morgan Taliaferro Martin se retourna et lança à Du Pré un long regard indéchiffrable. Du Pré regarda Angela Green. Elle était assise, une main sur la bouche.

— Comptez les trous au plafond ! cria Du Pré. Il y en a seize. C'est le nombre de morts qu'on a eus ici. De jeunes idiots, des idiots tout court, Packy, Banning. Vous qui avez fait ça, vous êtes si grands, montez jusqu'à ces trous, et appelez les jeunes pour qu'ils en sortent. Appelez Packy. Appelez les quatre qui sont morts dans la montagne alors qu'ils faisaient juste leur boulot. Appelez Corey Banning. Faites-les sortir, que je les voie, ensuite je partirai.

Clark Martin fixait Du Pré d'un regard las.

— Je me suis fait une foutue bonne idée de ce qui s'est passé, poursuivit Du Pré. Mais je peux me tromper. Dans ce cas, je balancerai mon insigne dans le fossé, mais pas mon arme, et je viendrai vous chercher. Je m'en fiche, maintenant. Je m'en fiche, vraiment.

— Mr. Du Pré, dit Morgan Martin, ceci est épouvantable. Tout simplement terrible. Je vous ferai poursuivre pour ça.

Du Pré glissa la mitraillette dans son étui.

— La nuit où les quatre ont été tués dans la montagne avec les loups, quelqu'un est allé là-haut en hélicoptère, mais il y a plus. Une ou peut-être deux personnes y avaient été déposées avant. Bien avant les loups et les biologistes. Ils attendaient dans la neige, et alors l'hélicoptère est revenu, a fait un tas de bruit, ces quatre personnes se sont dirigées vers l'appareil en se demandant ce qu'il faisait là, sans regarder derrière eux. L'engin avait probablement le sigle d'une chaîne de télévision collé sur le côté.

Du Pré prit l'étui, se dirigea vers la porte puis se retourna.

— On touche au but, dit-il, et on va attraper ceux qui ont fait ça, et très vite. En attendant, n'oubliez pas, plus de morts. Ça suffit. Maintenant, vous pouvez continuer votre foutue réunion.

Du Pré sortit en laissant la porte ouverte. Il enjamba la flaque au bas des marches, ouvrit la portière arrière de la voiture de Harvey, posa l'étui sur le siège, ferma la portière, ouvrit celle de devant et s'assit. Il claqua la portière.

— Parfois, dit-il, tu perds au poker, tu dois tenter ta chance aux dés.

— Aurais-je entendu un bruit de mitraillette là-dedans ? demanda Harvey. Bien sûr que non, des pétards, je suppose. Une petite fête, sans doute. Les pétards sont interdits. Surtout quand ils sont aussi gros que ceux qu'il m'a semblé entendre. C'est terrible, mais en dehors de ma juridiction. Je suppose que vous n'avez pas envie de me dire ce qui s'est passé.

— Les gosses de nos jours, dit Du Pré, ils ne respectent plus rien.

Harvey fit demi-tour et se dirigea vers Toussaint.

— Si on arrive en retard, Madelaine va nous tuer, dit Harvey.

Du Pré se roula une cigarette, l'alluma et baissa sa vitre.

— Ouais, c'est important, c'est sûr.

— Vous pensez que cela a été utile ? demanda Harvey.

— Peut-être, ça dépend du nombre de types impliqués. À mon avis, ils n'étaient pas nombreux. On verra.

Ils roulèrent en silence quelques instants.

— Madelaine, vous pensez qu'elle dansera encore avec un Blackfeet ? demanda Harvey.

— Oh ! je suis sûr que oui, dit Du Pré.

Chapitre 37

— Vous êtes sûr qu'elle va venir ? demanda Harvey.

Il sirota son café. Ils étaient assis dans le bar de Toussaint. À dix heures du matin. Le lieu empestait l'eau de Javel, la bière éventée, la cigarette.

Du Pré haussa les épaules.

Merde, je suis fatigué, je suis très fatigué de tout ça. Ça me rend très triste, aussi.

La porte de devant était ouverte et d'épais rais de lumière pénétraient dans le bar. Du Pré entendit une pie jacasser.

Un véhicule se gara dehors. On entendit un diesel vibrer pendant quelques minutes puis le moteur s'arrêta et une portière claqua.

Angela Green apparut sur le seuil, nimbée de lumière. Elle portait une veste à franges légère et un Stetson neuf. Elle se tint immobile un moment, s'accoutumant à la pénombre. Elle aperçut Du Pré et Harvey Wallace assis au bar et se dirigea vers eux. Elle tira un tabouret, le posa en face d'eux puis s'assit.

— Vous leur avez tendu un piège, dit Harvey.

Angela le regarda, impassible.

— Ils se sont piégés tout seuls, dit-elle. Tout ce qu'on leur demandait, c'était de rester chez eux et de s'occuper de leurs foutues affaires. Taylor... Personne ne savait qu'il allait partir en guerre. Voilà toute l'histoire.

— Taylor était un homme puissant, dit Harvey, mais il avait besoin d'aide. Il n'a pas pu agir seul.

— Taylor s'est toujours parfaitement débrouillé seul, répondit Angela. Maintenant, si vous voulez que je continue à répondre à vos questions, il vous faudra m'arrêter.

— Quand le moment sera venu, dit Harvey. Mais j'en doute. Vous saviez probablement ce qui allait arriver. Probablement. Mais Taylor ne voulait sans doute pas vous mêler à ça.

— C'était un gentleman.

— Ouais, alors, montrez-vous digne de lui et cessez d'espionner ces imbéciles d'écologistes. Laissez-les tranquilles avec leurs lapins. Ces pauvres petits, ils trouveront bientôt une nouvelle cause à défendre. Mais si je découvre autre chose, je vous arrêterai avec plaisir.

Angela s'alluma une cigarette. Elle regarda Harvey.

— Vous aimez ça ? demanda-t-elle.

Harvey haussa les épaules. Susan Klein sortit de la cuisine.

— Vous voulez quelque chose ? demanda-t-elle.

— Un whisky à l'eau, dit Angela.

Susan la servit.

— Comment va votre famille ?

— Elle prospère, dit Angela.

Un sac en plastique, lancé par la porte entrouverte, atterrit par terre. Du Pré et Harvey se raidirent.

— Regardez dedans ! cria Clark Martin de dehors.

Du Pré se leva, s'avança et ramassa le sac, son arme dans la main droite. Le soleil brillait sur le parking défoncé, le champ derrière le petit parc. Clark était invisible.

Du Pré posa le sac sur le comptoir, mit son arme à côté, puis l'ouvrit. Il contenait des portefeuilles. Quatre. Du Pré les ouvrit. Deux d'entre eux contenaient des badges de Fish and Wildlife.

— Merde ! dit Harvey.

Il avait sorti son arme, lui aussi.

Angela sirotait son whisky.

Du Pré regarda Harvey. Il fit un signe de tête.

Ils s'avancèrent jusqu'au seuil de la porte. Harvey s'accroupit, son arme pointée devant lui.

Personne. Du Pré le suivit d'un pas lent. Ils descendirent les marches en plissant les yeux sous le soleil.

Clark Martin se tenait de l'autre côté de la route, appuyé contre un négondo au bout du parc, à une centaine de mètres. Il avait les bras croisés sur sa poitrine.

Harvey traversa la route à pas feutrés, Du Pré sur ses talons.

— Clark Martin, vous êtes en état d'arrestation ! cria Harvey.

— Ne bougez plus ! ordonna Clark.

Harvey continua à avancer.

— On était seuls, dit Clark, moi et Taylor. Du Pré avait raison, Taylor m'a lâché là-haut la veille et quand il est revenu avec l'hélicoptère, ils sont tous venus voir. Je suis sorti de ma cachette. Tout a été fini en cinq secondes.

Harvey s'arrêta.

— Les mains en l'air ! dit-il en relevant son 9 mm.

Du Pré se plaça à côté de lui, son pistolet à la main, sans le pointer.

— *Show time !* cria Clark.

Il fourra sa main dans sa poche, en sortit un automatique, se jeta au sol et fit feu.

Du Pré se sentit atteint à la poitrine.

Harvey lança trois rafales de deux coups chacune. Clark Martin tressauta sous l'impact des balles. Il tomba en arrière sur l'arbre, roula sur le côté et s'affaissa comme un tas de chiffons.

Du Pré tâta sa poitrine. Ça piquait à l'endroit où il avait été touché. Ses doigts sentaient la cire.

Harvey marcha sur la pointe des pieds vers Clark Martin en gardant son pistolet pointé sur lui. Il éloigna d'un coup de pied l'arme de Martin puis s'agenouilla et tira sur ses épaules pour le retourner. Il posa les doigts sur sa nuque. Il se releva.

Du Pré le rejoignit. Il contempla Clark Martin, sa poitrine rougie et ses yeux sans vie.

Harvey gratta sa chemise. Il regarda ses ongles.

— De la cire, dit-il.

— Moi aussi, dit Du Pré. Il a été vraiment rapide.

— Avec de vraie balles, je ne sais pas si on s'en serait sortis. Vous n'avez pas tiré, n'est-ce pas, Du Pré ?

— Non.

Harvey poussa un soupir. Il remit son arme dans son étui.

— Si on s'en fumait une ? proposa-t-il.

Du Pré acquiesça. Il roula deux cigarettes. Ils fumèrent debout en contemplant Clark Martin.

— Vous vous doutiez qu'il agirait comme ça ? demanda Harvey.

— Ouais. Ces Martin ont beaucoup de sang indien dans les veines.

— J'aurais pu m'y tromper, dit Harvey. C'est logique, pourtant.

Rien de tout cela n'a beaucoup de sens, pensa Du Pré, mais les gens pensaient que cela en avait. Ces petits salauds qui s'amusent à insulter cette terre et ses occupants, ils auront un peu peur, maintenant. Ces foutus Martin, ils ont pris un risque. Ça n'a pas marché. Taylor est mort. Clark est mort. Quand il a compris qu'on avait deviné, il est venu pour qu'on le tue. Une attitude très indienne, ça.

La Rover de Bart approcha dans un rugissement, gyrophare allumé, mais pas la sirène.

Il roula droit dans le parc, écrasant herbes et broussailles. Il coupa le moteur et sortit de sa voiture.

— Merde !

— Voilà, dit Harvey Weasel Fat, c'est fini.

— Oh ? fit Bart.

— J'ai vérifié les appels téléphoniques, dit Harvey, et il n'y a rien là-dedans. Angela Green a appelé fréquemment le Montana, mais jamais le ranch des Martin, pas une fois. Ses parents. Deux amies. Taylor nous a fait ses aveux. Clark nous a donné une pièce à conviction. Fin de l'histoire.

— Quelle pièce à conviction ? demanda Bart

— Quatre portefeuilles, dont deux appartenant à des officiers de Fish and Wildlife.

— Pourquoi les a-t-il gardés, bon sang ?

— Une preuve, dit Harvey. On a une preuve et beaucoup de suppositions. Presque personne d'autre dans le coup, pas directement, en tout cas. D'autres savaient certainement, plus ou moins. Quand la neige finira par fondre là-haut, on trouvera peut-être quelque chose, mais seuls Clark et Taylor étaient là-haut. À moins qu'un type vienne faire ses aveux juste pour le plaisir d'une longue peine de prison, c'est fini, les amis, fin de l'histoire.

Bart sortit une couverture de secours jaune de sa Rover. Il se dirigea vers Clark Martin et le couvrit.

— Mes supérieurs vont adorer mon rapport, dit Harvey. Comme je suis l'agent en charge, je me suspends donc durant l'enquête sur cette fusillade. Merci, agent Wallace. Harvey Weasel Fat a besoin d'un verre. Je vais enfermer ce putain de pistolet dans le coffre. Peut-être que cette fois ils vont me renvoyer.

Du Pré attendit que Harvey range ses armes dans le coffre de sa voiture. Harvey se retourna et regarda le parc. Bart griffonnait quelque chose sur son calepin.

Ils entrèrent dans le saloon. Angela Green était assise au bar et Susan Klein était avec elle. Toutes les deux pleuraient. Du Pré prépara deux whiskies avec des glaçons.

Ils prirent leurs verres et s'installèrent à une table dans un coin.

— Aux braves ! dit Harvey.

Du Pré hocha la tête.

Ils burent.

— Vous saviez que cela se terminerait de cette façon ? demanda Harvey.

Du Pré baissa les yeux sur son verre.

— Avec les braves, dit-il, tu peux avoir confiance.

Chapitre 38

— Alors, dit Madelaine, tu viens ? Oui ?

— Non, je ne viens pas, bon sang ! dit Du Pré.

Si je dois crier, je crierai, pensa-t-il, je crierai même très fort.

— Ils m'ont appelée, ils veulent que tu viennes.

Bon sang !

— Je n'irai pas aux funérailles de Clark Martin. Je ne suis pas allé à celles de Taylor, je n'irai pas à celles-ci.

— Tu as tort.

Madelaine était vêtue de noir. Elle avait posé une petite Bible et un rosaire sur la table de la cuisine.

Une ombre passa devant la fenêtre. Du Pré vit sauter deux fois la tignasse blanc sale de Benetsee. Du Pré ouvrit grande la porte de la cuisine.

— Et toi, vieux con ! Qu'est-ce que tu veux maintenant ? Tu n'es jamais là quand j'ai besoin de te parler. Tu es venu pour quoi ?

— Pour t'accompagner aux funérailles, dit Benetsee. Qu'est-ce que tu crois ? Du Pré, tu connais les Martin, hein ? Taylor, Clark, ils sont courageux. Tu es courageux, aussi.

— Bon Dieu ! je n'ai pas à vous supporter tous les deux, vous savez...

— Tu nous as tous les deux, ça, c'est sûr, dit Madelaine. Tu vas t'habiller maintenant et prendre ton violon. C'étaient de bons guerriers, tu vas jouer une chanson pour eux et les corbeaux. Là. Et je ne pense pas que ce soit un bon moment pour être en retard.

Du Pré mit ses vêtements usés et sortit. Madelaine et Benetsee étaient déjà assis dans la Rover. Benetsee sourit puis gloussa.

Du Pré s'installa au volant. Il regarda le tableau de bord. Madelaine y avait posé son violon.

— Je n'aime pas ça du tout, dit-il. J'ai aidé à les tuer tous les deux.

— Ferme-la et conduis, ou je le fais, dit Madelaine.

Le jour était froid et couvert. Il avait plu au petit matin. Du dos des bêtes qui paissaient dans les champs s'élevait une vapeur grise. Pas un brin de vent sous le ciel bas.

Du Pré conduisait vite, en silence, tandis que Benetsee et Madelaine bavardaient sur les meilleurs endroits où trouver des morilles, sur ces sous-bois miraculeux où les champignons étaient énormes.

Quand Du Pré arriva à l'embranchement conduisant à la propriété des Martin, il arrêta la voiture.

— Je n'aime pas ça, dit-il.

Benetsee lui assena un coup sur la tête.

— Ce monde blanc ne vaut pas grand-chose, dit-il. Maintenant, ou tu te souviens du sang indien qui coule en toi ou je te frappe jusqu'à ce que ça te revienne. Clark et Taylor sont encore là, ils ne partiront pas avant le prochain printemps. Si tu ne viens pas les honorer, ils se sentiront offensés.

— Merde !

Du Pré s'engagea sur le chemin de terre. Il fallait parcourir six bons kilomètres avant d'atteindre le bâtiment principal du ranch. Les Martin possédaient leur propre cimetière, à cinq cents mètres de la vieille ferme.

Environ deux cents véhicules, voitures et camions, étaient garés en rangs ordonnés dans une prairie tout près du ruisseau. Une longue ligne irrégulière de couples, de familles et de groupes avançait vers le bosquet de bouleaux où se trouvaient les tombes.

— Mince, dit Du Pré. Je ne prends pas mon violon.

— D'accord, dit Benetsee, je le porterai pour toi.

Du Pré se gara et sortit. Il fit le tour de la voiture, ouvrit la portière de Madelaine et l'aida à descendre. Benetsee se débrouilla tout seul. Madelaine lui prit le bras et l'entraîna vers les bouleaux qui bordaient l'eau guillerette du ruisseau.

Ils demeurèrent derrière la foule et écoutèrent le pasteur prononcer un sermon tout simple. Du Pré aperçut Morgan Taliaferro Martin, qui se tenait près des épouses de Taylor et Clark et de ses petits-enfants. Ils étaient neuf, les deux garçons les plus grands, à l'allure dégingandée, dépassaient le mètre quatre-vingts et avaient de longs cheveux blond foncé et de grandes mains. Du Pré reconnut la petite fille qui avait ri en dansant avec son père, se souvint des grandes bottes sous les pieds minuscules.

Quelqu'un le tira par le coude. Il se retourna et vit Angela Green, Benetsee souriant derrière elle. Le vieil homme avait allumé un énorme tortillon d'herbe douce. La fumée âcre s'élevait en volutes dans l'air immobile.

— Venez avec moi, murmura Angela, ma famille veut que vous jouiez un morceau. Une complainte pour les fils perdus des *voyageurs**.

Du Pré acquiesça. Angela le conduisit vers une tonnelle lourde de lilas pourpres. Les abeilles bourdonnaient dans les fleurs. La pluie s'annonçait.

Le pasteur se tut, et la femme de Clark Martin s'avança et posa un bouquet de fleurs sur le cercueil, des iris et du lilas. Puis quelques hommes en tenue de cow-boy soulevèrent le cercueil et le descendirent dans la tombe.

Du Pré vérifia que son instrument était accordé.

Morgan Martin le regarda puis lui fit un signe de la tête.

Du Pré joua une complainte pour un jeune *voyageur** perdu sous les eaux sombres sur le chemin du retour alors qu'il s'apprêtait à retrouver son amour. La chanson parlait d'épreuves, de courage, de perte. Puis comment ses compagnons, se souvenant de lui, chantèrent ses hauts faits à sa fiancée quand ils parvinrent enfin chez eux.

C'était un morceau assez long. Du Pré laissa la dernière note s'évanouir, posa son violon et entendit un bruit faible qui allait en augmentant. Il venait de la forêt derrière le ruisseau, le vrombissement aigu d'une cornemuse.

Le cornemuseux joua plusieurs ballades écossaises, d'abord le premier mouvement de *Brave Caledonia*, puis le triste *Flowers of the Forest*.

Une musique grave, pensa Du Pré, pour une époque vraiment grave.

Benetsee se tenait derrière lui. Des volutes de fumée s'élevaient au-dessus de la tonnelle de lilas.

La famille Martin retourna lentement vers le ranch. La foule ne bougea pas, jusqu'à ce qu'ils parviennent en haut des marches et ferment la porte derrière eux.

The Piper in the Forest, songea Du Pré, un de mes cousins joue ce morceau sur son concertina.

Du Pré rejoignit Madelaine. Elle était en train de prier, comme toujours, pour tout le monde.

Du Pré attendit qu'elle lève la tête. Ses yeux brillaient de larmes.

— Très beau, dit-elle. Alors, tu es content d'être venu ?

Du Pré hocha la tête.

— Où est Benetsee ? demanda-t-elle.

Du Pré haussa les épaules.

Il regarda autour de lui, mais le vieil homme avait disparu derrière les arbres. Il rentrerait chez lui par ses propres moyens.

Nous devons tous le faire.

— Bon, dit Madelaine. On va au bar, tu m'offres un rosé, on danse un peu. Arrête d'être si triste, Du Pré, chacun fait ce qu'il doit faire. C'est terminé, maintenant, d'accord ?

Non, ce n'est pas terminé, songea Du Pré. Une chanson finit, oui, mais pas la musique, jamais.

— D'accord, dit-il, on y va. J'ai bien besoin d'un petit whisky, je crois.

— Tu peux démissionner, maintenant, Bart aussi.

Ce dernier se trouvait cent mètres derrière eux et parlait avec Foote.

Ils accélérèrent le pas et arrivèrent à la Rover avant que trop de monde ne commence à quitter la prairie. Du Pré fit marche arrière, puis demi-tour, et se retrouva rapidement sur la route. Un véhicule, devant eux, roulait vite.

Angela Green.

Voilà, pensa Du Pré, je vais démissionner de ce boulot de merde d'adjoint. Ça suffit.

Il accéléra sur la route qui menait à Toussaint, la Rover se faisant parfois un peu molle dans les virages alors que le gravier roulait sous les pneus. Il n'y avait pas de voitures devant le bar quand ils y parvinrent.

Susan Klein leva les yeux à leur arrivée puis les baissa de nouveau sur le livre qu'elle lisait.

— C'était comment ? demanda-t-elle quand Du Pré et Madelaine s'arrêtèrent devant elle.

— Très triste, dit Du Pré, mais chouette aussi. À la fin du service, un joueur de cornemuse a joué dans les bois.

— Cette musique, ça me fait toujours pleurer, dit Madelaine. C'est peut-être mon sang écossais, un de mes arrière-grands-pères.

— Ils ont lâché d'autres loups, annonça Susan. J'aurais cru que ces imbéciles sauraient quand il faut arrêter !

— Hein ? dit Du Pré.

— C'était dans le journal de ce matin. Regarde sur la table, là.

Du Pré lut les gros titres du quotidien de Billings. Un idiot de journaliste écrivait que lâcher des loups de nuit était une chose merveilleuse.

Du Pré sirota son whisky.

Chapitre 39

Du Pré regarda le métal fondre à travers l'épaisse visière vert foncé qui couvrait son visage. Il sentit une odeur acide et l'acier fondu éclaboussa ses bottes.

Il souleva son masque et regarda la soudure. Du beau travail. Il s'avança de deux pas vers le baril d'eau et y plongea le métal. Il y eut un sifflement.

Il le martela, puis chauffa le ressort et le plongea dans l'eau plusieurs fois pour le tremper.

Ça me paraît bien. Ces pièges datent de combien ? Soixante-dix ans peut-être. C'est normal qu'ils s'abîment un peu.

— Du Pré ?

Du Pré se tourna vers la porte. La silhouette de Booger Tom se découpait dans la lumière, Benetsee se tenait derrière son épaule droite.

— Tu vas laisser tomber ça un instant et venir régler une dispute, dit Booger Tom.

Du Pré posa l'acier et enleva le lourd manteau en cuir de soudeur, le masque, les accrocha à leur place et chercha dans sa poche du tabac et des feuilles à rouler. Il sortit avec le petit sac blanc dans sa main.

Il roula une clope pour Benetsee et une autre pour Booger Tom, les alluma et puis s'en roula une pour lui.

Cette journée de juillet, lourde et nuageuse, laissait

présager une courte averse au coucher du soleil. Maintenant, l'après-midi, des draps d'argent tombaient des nuages noirs, mais la pluie s'évaporait avant de toucher le sol. Le tonnerre gronda. Un jet traça une ligne blanche à l'horizon.

Du Pré fouilla un instant dans sa voiture et en sortit une bouteille de whisky et un demi-gallon de vin blanc qu'il gardait au cas où il croiserait Benetsee.

Ils contournèrent la maison, se dirigèrent vers le ruisseau et s'assirent sur des rondins sous les buissons de lilas que Du Pré avait plantés des années auparavant, quand lui et Bart avaient découvert la triste histoire du père de Du Pré et du frère de Bart, unis maintenant dans la mort, et il était trop tard, sauf pour une bonne histoire peut-être.

La Rover de Bart se gara devant la maison. Les enfants de Jacqueline se précipitèrent vers lui en riant. Bart ne venait jamais les mains vides et ne leur parlait jamais de haut.

— Lequel de nous deux est le plus grand menteur ? demanda Booger Tom. Moi ou Vieux Plein de Plumes ?

Du Pré regarda un long moment les deux monstres anciens.

— Je ne suis qu'un contrôleur de bétail, parfois adjoint du shérif, violoniste, dit-il finalement. Seul un astronome pourrait répondre à cette question. Elle est trop compliquée pour moi.

Benetsee éclata de rire, lava un vieux pot de confiture dans le ruisseau et se servit du vin.

Du Pré et Booger Tom burent à tour de rôle le whisky au goulot.

— Benetsee et moi, on a joué aux cartes, dit Booger Tom. On triche tous les deux plutôt bien, alors on est à égalité.

— Lui, il triche plus, dit Benetsee.

— Je me fiche de savoir lequel de vous deux triche le plus, espèces de vieux cons, dit Du Pré. J'ai d'autres choses à penser, vous savez.

Benetsee coupa une tige de saule, l'entailla et tordit le bâton rouge dans ses vieilles mains. L'écorce tourna et il la détacha en la faisant glisser. Il creusa le bois un moment, remit l'écorce et posa les doigts sur les trous qu'il avait faits. Il en fit deux autres plus gros puis commença à jouer un air de cornemuse, une vieille chanson qui datait du temps où les Métis dansaient sur les peaux de bison fichées au sol.

Cette chanson évoquait les gens qui faisaient leur viande l'automne. Ils tuaient les bisons, découpaient la viande et la suspendaient. Elle séchait longtemps au soleil, puis ils la réduisaient en poudre, la mélangeaient avec des fruits séchés. Ils chauffaient ensuite la graisse, la salaient un peu et la versaient sur ce mélange. Puis ils s'en nourrissaient quand les faux soleils chevauchaient le ciel et que le froid vous saisissait avec des serres à vous arracher le cœur.

Du Pré prit son violon, l'accorda quelques instants et joua une mélodie lente qu'un *voyageur** avait composée par une nuit sans lune quand le lac clapotait sous le ciel constellé d'étoiles et que les huards criaient au loin. Le *voyageur** entendit soudain le *loup-garou** hurler dans le noir et sut qu'il flairait son sang et le suivait. La chanson était une prière pour se protéger du mal, pour qu'il ne puisse pas vous trouver.

Ils entendirent le rire tonitruant de Bart et les cris heureux des enfants.

Du Pré but une gorgée de whisky. Il se roula une autre cigarette.

Ses chevaux s'avancèrent vers la barrière, curieux de voir qui était là.

Benetsee joua un autre morceau. Du Pré écouta en hochant la tête.

Le vieil homme s'arrêta.

— Ça, c'était pour Femme Faucon.

Pauvre Corey, songea Du Pré, vous avez fait de votre mieux.

— Ouais, dit-il, eh bien, je pense que le calme va revenir.

Benetsee rit. Il rugit de rire.

— Bien sûr, dit Booger Tom. Maintenant tu vas peut-être me dire lequel de ces trois chevaux de bât tu veux, et arrête de mentir en ne prenant même pas la peine de me mentir.

Du Pré éclata de rire.

— D'accord. Je veux ces deux grullas[1] et le grand bai. J'ai presque fini de souder.

On entendit voler au loin deux gros hélicoptères. Ils se dirigeaient vers les Wolf. Deux autres plus petits les suivaient.

— Les voilà partis, dit Booger Tom. Ils n'apprendront jamais, on dirait !

— Je reviens, une minute, dit Du Pré.

Il entra dans le hangar, prit deux pièges à loup, les sortit, les posa et les enroula dans une toile. Puis deux autres. Deux autres.

Ils pesaient cinquante livres chacun, chaînes comprises.

Six pièges à loup, bien huilés, sans plus aucune trace de rouille.

— Je n'en ai pas vu des comme ça depuis un sacré bout de temps, commenta Booger Tom.

Du Pré hocha la tête.

Benetsee et Booger Tom retournèrent au pré avec des lassos, attrapèrent les grullas et les firent sortir. Les petits chevaux avancèrent volontiers.

Booger Tom et Benetsee les attachèrent à un

1. Mustang à la robe gris ardoise ou gris souris. *(N.d.T.)*

poteau, allèrent à la sellerie, revinrent avec des selles de bât, des couvertures, des cordes, et commencèrent à préparer les montures.

Madelaine arriva à son tour. Elle gara sa vieille voiture sur l'herbe près de l'allée. Elle sortit de son coffre de lourdes fontes remplies de nourriture et se dirigea vers les hommes.

Du Pré s'agenouilla près du ruisseau. Une truite de rivière fila comme une flèche dans l'eau miroitante.

J'ai bu cette eau toute ma vie. Elle sent la pisse de poisson. J'aime bien.

J'ai vécu toute ma vie sous ces montagnes.

J'ai vu cette pluie ne jamais toucher le sol tous les étés.

J'ai vu ces faux soleils apparaître dans le ciel par des hivers noirs.

Mon peuple vit ici depuis 1700 environ.

Mon arrière-arrière-grand-père s'est battu avec Gabriel Dumont. Il s'est réfugié ici après la rébellion de 1886 avec les gens de la rivière Rouge et y a élevé sa famille. Il ramassait des moules pour les fabricants de boutons. Il n'a jamais su lire ni écrire, mais c'était un grand violoniste. Il s'appelait Gabriel, lui aussi.

Ce pays est drôlement beau.

Du Pré se releva.

— Ils s'apprêtent à lâcher les loups, dit Madelaine. Ils ont emmené des équipes télé là-haut.

Du Pré hocha la tête.

— Ouais. Tu sais, mon grand-père a chassé les deux derniers loups avec Don Stevens il y a longtemps, bien longtemps.

Ces loups avaient des noms.

Old Snowdrift et Lady Snowdrift. Des loups blancs. Old Snowdrift était le plus gros jamais tué, en tout cas, c'est ce que j'ai entendu dire.

Du Pré alla à la pâture et siffla. Son vieux cheval de

montagne, Walkin' Tom, s'approcha de lui, soufflant doucement. Il était encore robuste. Du Pré l'avait toujours monté et s'il était parti sans lui, le cheval aurait eu de la peine. Il aurait sauté la barrière et l'aurait suivi, de toute façon.

Du Pré ouvrit la barrière. Le cheval le suivit jusqu'à l'écurie. Du Pré le sella. Il chargea les sacoches que Madelaine avait apportées sur les grullas et le reste sur le vieux bai.

Il prit son calibre 270 et l'attacha sur le flanc du bai puis s'assura qu'il avait du whisky.

Ils firent alors grimper les chevaux dans l'énorme remorque de Bart, et Bart la tracta jusqu'à son ranch puis vers la route de service conduisant au sentier forestier, l'accès le plus rapide vers la montagne.

Une fois les chevaux sortis, ils vérifièrent les nœuds. Du Pré sauta à cheval, prit la corde des mains de Booger Tom et se pencha pour embrasser Madelaine.

Bart, toujours shérif, le contemplait.

Un hélicoptère décolla du sommet de la montagne, puis un autre. Les deux plus petits faisaient des cercles au-dessus de l'endroit d'où ils étaient montés.

— O.K. Bon, eh bien, je vous remercie, dit Du Pré en touchant son chapeau de la main. Vous savez, c'est mon pays, ici. Et j'aime bien les loups, vraiment. Ils peuvent revenir... je suis prêt.

Il fit avancer le vieux Tom d'un claquement de langue, et la caravane suivit.

Il faut que j'écrive une chanson là-dessus, songea-t-il.

Imprimé en France sur Presse Offset par

BRODARD & TAUPIN

GROUPE CPI

La Flèche (Sarthe), 14755
N° d'édition : 3399
Dépôt légal : octobre 2002